Fantasy Frontier Spirit

김운영 판타지 장편 소설

흑사자
Dark Leonal
黑獅子

흑사자 8

김운영 판타지 장편 소설

초판 1쇄 찍은 날 § 2006년 6월 9일
초판 1쇄 펴낸 날 § 2006년 6월 19일

지은이 § 김운영
펴낸이 § 서경석

편집장 § 문혜영
편집책임 § 최하나
편집 § 문정흠

펴낸곳 § 도서출판 청어람
등록번호 § 제1081-1-89호
등록일자 § 1999. 5. 31
어람번호 § 제1-0711호

주소 § 경기도 부천시 원미구 심곡1동 350-1 남성B/D 3F (우) 420-011
전화 § 032-656-4452 팩스 § 032-656-4453
http://www.chungeoram.com
E-mail § eoram99@chollian.net

ISBN 89-251-0159-9 04810
ISBN 89-5831-759-0 (SET)

8 완결

황금사자의 어금니

Fantasy Frontier Spirit

김운영 판타지 장편 소설

흑사자
Dark
Leonal
黑獅子

도서출판

CONTENTS

질문이 있다

드래곤 로드가 보내온 바람의 정령을 돌려보낸 후 네미니스는 레어의 입구로부터 걸어 들어오는 자에게 의식을 집중했다.

이미 로드에게 선언한 그대로다. 드래곤인 그로서는 감히 허락도 받지 않고 레어에 들어선 인간을 용서할 수 없었다.

'훗, 아까 싸우지 않고 피한 것으로 로드의 명은 지킨 셈이지?'

그렇다면 이제 더 이상 참아줄 필요는 없다. 그는 그렇게 생각했다.

사실 레오가 쫓아온다는 것을 알아차린 지는 꽤 되었다. 마음만 먹었다면 다른 곳으로 가서 레오를 따돌릴 수도 있었을 것이다.

그러나 네미니스는 그렇게 하지 않았다.

드래곤 로드의 명으로 싸우지 않고 피했지만 일부러 쫓아오는 자를 피해 자신이 갈 길을 돌아갈 정도로 성격이 좋지 못했다.

그는 곧바로 자신의 레어로 들어왔고, 레오도 전혀 거리낌없이 쫓아 들어왔다.

이제는 물러날 곳이 없다. 레어를 버리고 도망간다는 것은 있을 수 없다.

드래곤끼리 싸운 것도 아니다. 인간에게 레어의 보물을 모두 바치고 제발 쫓아오지 말라고 목숨을 구걸하는 격이 된다.

'죽인다!'

네미니스는 눈을 감은 채 자신의 의지를 담아서 그렇게 중얼거렸다. 그의 머리에 나 있는 뿔이 파지직, 하고 뇌전을 내뿜기 시작했다.

그 순간에도 발칙한 침입자는 거침없이 레어 안으로 들어서고 있었다.

'제법이군!'

입구에 처져 있는 여러 가지 마법 함정들이 파파팍! 하고 순식간에 깨어졌다.

오우거도 순식간에 잿더미로 만들어 버릴 화염도, 상급의 마법사들도 꼼짝없이 빠질 수밖에 없는 환영의 미로도 전혀 소용이 없는 듯했다.

네미니스는 그런 상황을 바로 눈앞에서 보는 듯 느꼈다. 이제 곧 인간치고는 꽤나 강한 그놈이 이곳에 모습을 드러낼 것이다.

파지지직!

뇌전이 점점 강해져 이제는 그의 머리 윗부분에 커다란 공처럼 뭉쳐졌다.

충전은 끝났다. 넘쳐흐르는 힘이 스스로를 주체하지 못하고 빠져나가 조금씩 방전됐다. 넓은 공동 안에서 번개가 치는 것 같았다.

대량 살상력은 조금 떨어져도 힘의 집중력 면에서 모든 드래곤의 브
레스 중 가장 강력한 것이 바로 블루 드래곤의 전격 브레스가 아닌가?
그 힘을 극한까지 끌어올린 채 네미니스는 기다렸다.

　그때 입구 쪽에서 레오의 모습이 나타났다. 네미니스가 인간의 모습
으로 지나다니기 위해 만들어놓은 작은 구멍을 거침없이 통과한 그는
태연자약한 표정으로 주위를 둘러보았다.

　크라라라(선수 필승)!

　파드드드드드!

　네미니스가 눈을 부릅뜨며 고함을 치자 뿔에 머물러 있던 모든 뇌전
의 힘이 그의 의지에 따라 일직선으로 방출되기 시작했다. 두께가 거
의 5m는 될 듯한 전격의 기둥이 레오를 향해 날아갔다.

　챙!

　"차앗!"

　레오는 즉시 검을 뽑아 힘을 끌어올리며 옆으로 달렸다. 전격의 브
레스는 그가 막을 수 있는 힘의 한계를 훨씬 넘어선 것이었다. 하지만
일직선이다. 피할 수 있다!

　그러나 그의 생각과는 달리 전격의 기둥이 갑자기 기역 자로 꺾이며
레오가 피한 방향으로 날아들었다.

　"핫!"

　콰콰콰쾅!

　반사적으로 검을 내려친 레오의 주변으로 전격의 브레스가 그물처
럼 퍼졌다. 그리고는 마치 살아 있는 것처럼 레오를 감싸며 폭발해 버
렸다.

　네미니스는 그것을 보며 내심 웃었다.

'크크크, 전기의 힘은 표적이 움직이는 쪽으로 방전하지. 그 순간 건드리면 터진다. 마법사도 아닌 전사가 피할 수 있는 성질의 것이 아니지.'

물론 이런 식으로 브레스의 방향을 바꿀 수 있는 것은 블루 드래곤 중에서도 최고의 힘을 가진 자만이 할 수 있다. 네미니스는 그중에 속했다.

단 한 방에 끝냈다는 생각에 그는 속이 시원함과 동시에 약간의 서운함마저 느꼈다.

만만치 않은 상대라고 생각했는데 선공으로 단숨에 끝나 버리자 뭔가 몸이 안 풀린 듯한 기분이 들었다.

'쯧쯧, 멍청한 놈! 땅속으로 파고들었다면 조금은 힘을 줄일 수 있었을 것이다.'

네미니스는 그렇게 생각하며 아직도 레오를 중심으로 방전을 계속하고 있는 전격의 구를 보았다.

그런데 그때,

파지직, 쾅!

전격의 구로부터 다시 한 번 폭발이 일었다. 그런데 이번에는 브레스의 힘 자체가 사라지며 생기는 폭발이었다.

카릉(말도 안 돼)!

자신도 모르게 경악의 비명을 토해낸 네미니스의 눈동자가 크게 흔들렸다. 미약한 잔여 방전만이 남아 파지직거리는 공간, 그 공간에 흔적도 없이 사라졌어야 할 레오가 멀쩡하게 서 있었다.

네미니스가 믿을 수 없는 현실에 잠시 놀라 굳어 있는 동안 레오는 소리없이 앞으로 쏘아져 나갔다.

스으으으, 팍!

카라라락(내 꼬리)!

드래곤의 감각을 전혀 자극하지 않는 유령 같은 움직임은 네미니스의 반응을 약간이나마 느리게 했다.

네미니스가 퍼뜩 정신을 차렸을 때에 이미 레오는 바로 앞까지 다가와 있었다.

기겁해서 위로 뛰어올라 피했다. 그러나 완전히 피할 수는 없었는지 꼬리의 끝 부분이 잘리고 말았다.

고통도 고통이지만 수치로 인한 분노가 더 컸다.

카아(이놈)!

네미니스는 급히 허공에서 몸을 한 바퀴 돌리며 그대로 떨어져 내려 레오를 깔아뭉갰다. 가장 무서운 것은 바로 중력을 이용한 몸통 공격이 아니겠는가?

쿵!

전장 100여 미터에 달하는 몸집이 땅에 떨어졌다. 요란한 굉음과 함께 레어 전체가 무너질 듯 흔들렸다. 이 정도면 인간 따위는 피떡이 돼서 죽어야 한다.

그러나 네미니스는 조금도 방심하지 않고 그대로 몸을 옆으로 굴리며 다시 뿔에 힘을 모았다. 레오의 생기가 여전히 느껴지고 있었기 때문이다.

콰드드등!

바닥을 향해 퍼부어진 뇌전의 브레스가 땅을 타고 거미줄처럼 사방으로 방전되었다.

그러다 한 장소에 이르자 다시 주변의 전격이 둥글게 뭉쳐져 그곳을 집중 공격했다. 레오가 순간적으로 땅을 파 몸을 피한 곳이었다.

콰직, 쾅, 쾅, 쾅!

네미니스는 두 발로 그 땅거죽을 통째로 떼어냈다. 그리고는 다시 그걸 흙덩이째로 바닥에 찍었다.

전격 브레스를 정통으로 맞고도 오히려 그것을 튕겨낸 놈이다. 그러나 그사이에는 어느 정도 움직이지 못한 시간이 있었다. 아마 정신을 집중해서 무엇인가를 했을 것이다.

그러나 이번에는 여유가 있을 리 없다. 전격에 둘러싸인 상태에서 드래곤의 앞발로 두들겨 맞았다. 그것도 두 발로 연속으로!

파파파팍!

땅이 깊게 파이고, 그 파인 땅거죽이 다시 산산조각이 났다.

'끝인가?'

네미니스는 그렇게 생각하면서도 일단 상대의 기를 살폈다. 레오가 네미니스의 기운을 놓치지 않는 것처럼 네미니스도 레오의 생기를 놓치지 않았다.

'으응!'

죽지 않았다. 드래곤인 그의 감각을 통해 레오라는 인간이 살아 있음을 전해오고 있었다.

'이놈이!'

어떻게 안 죽을 수 있단 말인가? 드래곤 본으로 만든 물건이라도 가루가 되었을 것이다.

네미니스는 도저히 믿을 수 없는 심정이 되었다.

그러나 틀림없이 상대는 살아 있다.

얼마 안 있어 이대로 꺼져 버릴 정도로 미약한 생명력이었지만 여전히 존재하고 있다.

의식을 잃은 것도 아니다. 네미니스의 본능은 상대가 아직 싸울 수 있다는 것을 강력하게 경고하고 있었다. 의지의 힘이 느껴졌다.

어떻게? 공격을 피했다면 이해가 된다. 빠름으로 힘의 크기를 극복한다면. 그러나 상대는 피하지도 않고 막았다. 그럼에도 불구하고 죽지 않는단 말인가?

네미니스는 극심한 혼란을 느꼈다. 인간 따위는 제대로 패기만 하면 무조건 가루가 된다는 자신감이 철저하게 무너져 버렸다.

그러나 전투 중에 잡념은 금물이다. 그는 계속해서 공격을 가하는 한편, 다시 한 번 뿔에 뇌전의 기운을 모았다.

파지지직—

드래곤이 하루에 뿜을 수 있는 브레스의 수는 단 세 번, 이제 네미니스는 한 인간을 상대로 그걸 모두 사용하게 되었다.

동시에 그는 입으로 마법의 주문을 외웠다. 블루 드래곤의 경우 입이 아닌 뿔로 뇌전을 날리기 때문에 동시에 주문을 사용할 수 있다.

우우우우웅—

엄청난 마법의 힘이 발동하며 레어 안의 모든 마나가 한군데로 모이기 시작했다. 그곳은 바로 네미니스의 입 안쪽이었다.

'아무리 네놈이 단단하다고 해도 이건 막을 수 없다.'

네미니스는 자신의 입에서 나타나는 하얀 구슬과도 같은 마법의 응집체를 느끼며 그렇게 생각했다.

극대소멸의 주문! 그가 아는 몇 안 되는 10서클 마법으로, 대상을 완전히 분해해 버리는 힘이다.

문제는 지금처럼 앞발로 레오를 공격하면서 동시에 사용하면 앞발도 같이 사라져 버린다는 데에 있다.

그러나 네미니스는 그걸 각오했다. 앞발은 다시 재생시키면 그만이다. 이 정도 강한 상대와 싸우면서 다리 하나 정도는 각오해야 하지 않겠는가?

지금 이 순간 네미니스는 레오의 힘을 인정하고 있었다.

물리적인 앞발 공격, 뇌전의 브레스, 그리고 극대 소멸의 주문! 이것을 동시에 맞으면 드래곤 로드라 해도 죽는다. 맞을 경우에 말이다.

'내가 왜 전룡인지 알게 해주마!'

네미니스는 속으로 그렇게 외쳤다. 그리고는 그가 준비한 모든 공격을 일거에 퍼부었다.

콰콰콰콰콰콰!

모든 힘이 하나로 모이며 주변의 공간이 일그러졌다. 너무나도 강력한 힘의 융합이 공간 자체를 파괴하는 것이다. 곧이어 그곳에는 검은 구멍이 생겨나며 주변의 모든 것을 먹어치웠다.

크라라라라라!

네미니스의 왼쪽 앞발이 그 구멍에 빨려 들어가 흔적도 없이 사라져 버렸다. 예상보다 훨씬 강한 힘이었다. 조금이라도 잘못했다면 팔뚝까지 빨려 들어갔을 것이다.

그러나 네미니스는 고통보다는 승리의 기쁨에 취한 함성을 질렀다. 자신의 능력에 대한 자신감의 표출이었다.

생명력은 더 이상 느껴지지 않았다.

'흐흐. 그럼 그렇지, 이걸 먹고 버티면 그게 신이지 인간이냐?'

상상할 수 있는 가장 강한 힘의 형태를 보며 네미니스는 웃었다.

즈즈즈즈즈—

검은 구멍은 주변의 마나를 빨아들이며 계속 커져 가는 듯했다.

'이크!'

팍!

네미니스는 기겁하여 즉시 주변에 배리어를 쳤다. 잘못해서 자신의 보물들까지 빨려 들어가면 곤란했다.

그런데 그렇게 배리어를 쳐놨는데도 구멍은 점점 더 커졌다. 작은 손가락만 한 구멍이 이제는 사람 하나를 통째로 집어넣어도 될 정도로 변했다.

그리고 네미니스는 보았다. 구멍이라고 생각했던 것은 이미 구멍이 아니었다. 그것은 어느새 검은 막이 되어 안에 있는 존재를 감싸고 있었다.

이제는 반투명한 형태로 변한 막 안에서 네미니스를 노려보는 존재, 그것은 바로 레오였다.

그는 웃고 있었다. 네미니스가 지금까지 보아온 인간의 웃음 중 가장 무서운 살기를 발하는 웃음이었다.

카라락(어떻게)!

그그그그, 파캉!

네미니스가 친 배리어가 얇은 유리처럼 소리를 내며 깨졌다. 마법이 깨어지면서 그것은 마나의 형태로 변해 공간 속으로 먼지처럼 스며들어 사라졌다.

그러자 레오를 둘러싸고 있던 검은 막이 허공으로 떠올라 네미니스를 향해 날아왔다.

슈웅—

캬악!

기겁한 네미니스는 비명을 지르며 필사적으로 피했다. 그러나 완전히 피하기에는 상대의 움직임이 너무 빨랐다.

퍽!

캬라라라라라라!

고통! 한쪽 날개에 커다란 구멍이 뚫려 버렸다. 모든 것을 소멸시키는 검은 구체가 날개를 뚫고 나가며 주변의 살점까지 쥐어뜯 듯 빨아들여 버렸다.

구체의 크기는 기껏해야 2미터 정도였는데, 뜯겨 나간 날개의 부분은 그 열 배에 달했다.

슈웅—

네미니스는 등 뒤에서 느껴지는 마나의 흔들림에 비명을 지르다 중간에 끊고 급히 엎드렸다. 검은 구체는 허공에서 방향을 틀어 그의 뒤통수를 노리고 있었다.

쾅, 파칵!

캬라라라라라!

급한 김에 몸의 절반이 땅속에 파묻힐 정도로 몸을 낮추었지만 그가 자랑하던 뿔이 절반이나 소멸되어 버렸다.

뇌전의 브레스를 쏠 수 있는 단 하나의 뿔로, 드래곤 하트 다음으로 중요한 곳이다.

'어떻게 저럴 수가 있지?'

네미니스는 그 와중에도 필사적으로 머리를 굴렸다.

육체의 고통으로 인해 생각이 멈출 정도였다면 전룡이라는 칭호가 붙지도 않았을 것이다.

하지만 지금은 목숨이 걸린 급한 상황이다. 논리적인 이유는 나중에 생각하고, 일단은 무슨 수를 써서든 저 검은 구체를 막아야 했다.

'정령 소환!'

[까르르르르르!]

그으윽!

공간 속에서 바람이 뭉치며 정령들이 나왔다. 바람의 정령이다. 그녀들은 새로운 육체를 얻은 것이 상당히 기쁜 듯 까르르 웃었다.

동시에 땅에서도 바위와도 같은 정령들이 튀어나와 자신을 소환한 존재를 보았다.

타고난 육체의 힘만으로도 지상 최고의 힘을 발휘하는 드래곤은 마법과 브레스라는 또 다른 힘을 가지고 있다. 이 중 각각의 한 부분만 사용해도 실제로 지상계에서 이들을 막을 수 있는 존재는 거의 없었다.

여태까지 무적으로 알려진 세 가지의 힘을 모두 끌어내고도 상대를 없애지 못한 네미니스가 선택한 것은 바로 정령이었다. 드래곤이란 종족은 태어나는 순간부터 강력한 정령력의 주인이다.

네미니스는 즉시 몸 안의 정령력을 끌어올려 수십 개의 정령을 소환했다.

카락(가라)!

네미니스는 남은 오른쪽 앞발로 검은 구체를 가리키며 외쳤다. 소환된 정령들을 모두 검은 구체를 향해 돌진시킨 것이다.

정령은 절대로 죽지 않는다. 단지 물질계에 일시적으로 구성된 몸이 소멸되면 정신체는 단지 정령계로 돌아갈 뿐이다.

바람의 정령들은 까르르르 웃으며 기꺼이 검은 구체를 향해 몸을 던졌다. 땅의 정령들 역시 그르르, 하는 의미 불명의 소리를 내며 흙 벽을 세워 검은 구체의 앞을 막았다.

파파파팍!

[까아아아아!]

정령의 비명 소리와 흙들이 소멸하는 소리가 레어 안에 울려 퍼졌다. 동시에 네미니스가 예측했던 대로 그때마다 검은 구체의 색이 점점 흐려졌다. 그리고 어느 순간 검은 구체는 힘이 다했는지 사라져 버렸다.

그때서야 레오는 땅에 내려섰다. 그러나 아직 공격을 멈출 생각이 없는지 두 손으로 검을 잡고 전신의 힘을 하나로 모았다.

우우우우우웅─

다시 대기가 울렸다. 남은 정령들이 레오를 향해 달려들었지만 그들은 가까이 가기도 전에 검에 생성된 무형의 오러 블레이드에 의해 소멸되어 버렸다.

네미니스가 만들어낸 검은 구체는 힘이 보충되지 않았기에 일정 이상의 파괴력을 발휘하고는 그 자리에서 소멸되어 버렸다.

그러나 그것과는 달리 무형의 오러 블레이드는 레오의 몸 안으로부터 끊임없이 힘을 얻는다. 정령들의 자폭식 공격은 전혀 도움이 되지 못했다.

카학, 카학!

네미니스의 부상은 절대로 가벼운 것이 아니었다. 그는 거칠게 숨을 내쉬며 몸속에 남아 있는 힘을 모았다.

다음에 이어질 상대의 공격에 맞서 자신의 모든 것을 쏟아 부을 결심이었다.

그러나 이미 최고의 공격을 쓴 뒤였기에 조금 전에 확신했던 필승의 자신감은 사라져 버렸다.

단지 이렇게 개처럼 밟힐 수만은 없다는 의지가 그에게 최후의 힘을 모을 수 있게 해주었다.

스스스스—

눈에는 보이지 않지만 드래곤의 감각에는 레오의 검에서 흘러나오는 오러 블레이드가 뚜렷하게 잡혔다.

그것은 일정 이상 커진 후에는 더 이상 확장되지 않았다. 그러나 그 이후에는 점점 마나의 밀도가 높아졌다.

두 배, 세 배, 열 배! 네미니스는 그 무형의 오러 블레이드가 자신의 비늘을 뚫을 수 있다는 것을 인정할 수밖에 없었다.

꿀꺽!

네미니스는 침을 삼켰다. 드래곤이 인간과 싸우면서 목에 갈증을 느끼다니! 그러나 그것이 전혀 수치로 느껴지지 않았다. 눈앞에 있는 인간의 강함은 도저히 측정이 되지 않는다.

우우우웅—

레어 안의 공기가 비명을 지르기 시작했다. 양자 간의 긴장감이 극에 달해 이제는 터질 순간이었다. 일촉즉발이라는 말은 이럴 때 쓰는 말일 것이다.

하지만 레오는 서두르지 않았다. 전혀 움직이지 않고 오로지 오러 블레이드의 힘을 더욱 강화하는 데에만 주력했다. 호흡도 일정했다. 그는 한가로이 집 앞이라도 거니는 사람처럼 평화로운 눈으로 자신의 검을 보고 있었다.

하지만 그 순간 전신에서 뿜어져 나오는 살기는 이미 드래곤의 피어를 넘어서고 있었다.

지금 이 순간, 레어 안의 공간을 장악하고 있는 자는 누가 뭐래도 레오임이 틀림없었다.

슥—

아주 미약한 움직임, 레오의 손목이 슬쩍 떨리며 검이 위로 들어올려졌다. 그러나 그 작은 움직임이 네미니스에게는 밤하늘에 번쩍이는 벼락보다 더 선명하게 보였다.

'헉!'

네미니스는 속으로 비명을 삼키며 급히 뒤로 물러서려 했다. 레오의 검끝이 정확하게 자신의 심장을 겨누고 있었기 때문이다.

머리가 날아가도 잘하면 죽지 않는 드래곤이지만 심장이 파괴되면 꼼짝없이 죽는다. 심장이야말로 모든 힘의 근원, 그곳이 파괴되는 순간 재생의 권능도 발휘할 수 없게 된다.

크락!

그런데 그 순간, 네미니스는 짧은 비명을 지르며 몸을 멈췄다. 아니, 움직여지지 않았다.

어느새 레오의 망토 끝이 펄럭이며 공기 중에 녹아 들어가고 있었다. 살기도 기척도 없는 힘! 그 힘은 수천 개의 바늘로 변해 네미니스의 전신을 찔렀다.

캬라라라라!

동시에 수천 개의 바늘로 온몸을 찔리는 고통은 드래곤이라 해도 참기 힘든 것이었다. 네미니스는 비명을 질렀다.

슈우우욱, 팍!

검은 거짓말처럼 고요하게 다가와 정확하게 레오가 원하는 곳을 찔렸다.

너무나도 빨라서 오히려 느리게 느껴질 정도의 찌르기였다. 거대한 기둥처럼 변한 오러 블레이드는 드래곤의 비늘을 사정없이 파괴하고 가슴으로 파고들었다.

끄륵!

네미니스는 가슴을 파고드는 이질감에서 죽음을 느꼈다.

그는 목으로 넘어오는 피를 억지로 삼키며 조용히 눈을 감았다. 이미 고룡의 나이가 된 네미니스였기에 죽음 자체는 두렵지 않았다.

인정하기는 힘들지만 상대의 힘이 자신보다 위라면 패배를 받아들여야 할 것이다.

드래곤 하트가 파괴되면 죽는다. 아무리 강해도 드래곤은 신이 아닌 것이다. 그가 살아온 수천 년 동안 일어났던 사건들이 주마등처럼 뇌리를 스쳐 지나갔다.

'드래곤이 죽기 전에는 살아생전에 한 일들을 모두 떠올리게 된다더니… 진짜군.'

네미니스는 그렇게 생각하며 웃었다. 마지막으로 떠오른 골드 드래곤 아이오브의 얼굴은 아름다웠다.

그런데 이상했다. 마지막 뒤에는 끝이 나야 한다. 그런데 여전히 그는 생각을 하고 있었다.

네미니스는 슬쩍 눈을 떠서 레오를 보았다.

레오의 검끝은 여전히 네미니스의 가슴을 찌른 채였다. 불에 지지는 듯한 아픔이 느껴졌다. 그러나 그 아픔은 드래곤 하트의 바로 앞에서 멎어 있었다.

"내가 이겼군. 좋은 승부였다."

팍, 촤아악!

레오가 오러 블레이드를 거두며 뒤로 물러서자 네미니스의 가슴에 뚫린 구멍에서 피가 쏟아져 나왔다. 드래곤의 몸집을 고려하더라도 보통 사람이라면 즉사를 하고도 남았을 정도의 양이었다.

크윽!

네미니스는 급히 심장에 고여 있는 마나를 움직여 가슴을 재생시켰다. 즉시 피가 멎고 새로운 피가 생성되었다.

마찬가지로 너덜너덜해진 날개와 왼쪽 앞발도 서서히 정상으로 돌아왔다.

레오는 그 모습을 묵묵히 지켜보았다. 상대가 부상을 치유하고 기운을 차리는 것에 전혀 상관하지 않는 눈치였다. 네미니스는 그런 레오를 의문 어린 눈으로 보았다.

시간이 흘렀다. 이윽고 네미니스의 부상이 완전히 회복되었다. 하지만 네미니스는 더 이상 레오에게 덤비지 않았다. 그는 의혹이 가득한 눈빛으로 레오를 잠시 바라보다가 한숨을 쉬면서 뭐라고 주문을 외웠다.

슈슈슈슉―

100미터에 가까운 거대한 몸체가 급격히 축소되기 시작했다. 몇 초 지나지도 않아 어느새 그곳에는 드래곤 대신 파란 머리카락을 길게 늘어뜨린 청년의 모습이 나타났다. 바로 네미니스의 폴리모프 형상이었다.

"어째서지? 어째서 나를 죽이지 않았나?"

"좋은 승부였다고 말했다."

레오는 무뚝뚝하게 대답했다. 과거 10여 년에 걸쳐 비무한 상대들에게 한 대사 그대로였다.

마음에 든 상대에게는 검을 멈춘다. 단, 두 번째에는 절대로 멈추지 않는다. 대륙의 모든 전사와 기사들이 알고 있는 흑사자만의 규칙이었다.

물론 네미니스가 그 사실을 알 리가 없었다. 그는 필사적으로 좋은 승부와 검을 멈춘 것과의 상관관계를 생각했다. 그러나 결론은 '알 수 없다' 였다.

"원하는 것이 무엇이냐?"

네미니스는 차가운 눈으로 레오를 보며 물었다. 죽이지 않는 이유가 있을 것이다.

일단 자신을 죽이면 드래곤의 몸과 레어의 모든 보물을 얻게 된다. 심장 역시 완전히 파괴하지 않고 꺼낼 수 있다.

그런데 상대는 그걸 포기했다. 그 이유는?

'나를 종속시키려는 것인가!'

그렇게 생각한 네미니스는 이를 갈았다. 인간에게 굴복해야 한단 말인가?

힘없는 자의 설움을 드래곤인 자신이 느끼게 되리라고는 한 번도 생각해 보지 않았다. 그런데 지금 이런 지경이 되니 참으로 비참했다.

하지만 네미니스는 곧 체념을 했다.

강한 자가 종속을 요구하면 응할 수밖에 없다. 그건 드래곤의 규율 중 하나이다. 물론 종속을 하는 기한은 자신이 레오보다 강해질 때까지가 될 것이다.

레오는 그런 네미니스의 눈을 보았다. 상대의 감정이 급변하면서 얼굴에 일일이 표정으로 떠오르는 것이 상당히 재미있었다.

약간의 여유를 두어 상대가 마음을 정리하는 것을 기다린 후, 레오는 말을 계속했다. 나름대로 최선을 다해 상대를 배려해 준 셈이었다.

"너에게 묻고 싶은 것이 있다."

"그래, 네가 나를 원한다면… 응?"

스스로의 결론에 빠져 거의 자포자기한 심정으로 허락의 말을 하려던 네미니스는 상대의 질문이 자신의 예상과 다름을 뒤늦게 깨닫고 되물었다.

'너, 지금 뭐라고 했냐? 혹시 내가 잘못 들은 건 아니겠지?'

인간의 모습을 한 드래곤의 얼굴에는 마치 글로 쓴 듯 이러한 질문이 뚜렷이 드러나 있었다. 레오는 그 모습을 보고 나름대로의 참을성을 발휘하여 다시 한 번 말을 해주기로 했다.

"묻고 싶은 것이 있다고 했다."

"으음, 뭐지?"

네미니스는 자신이 생각했던 것과는 전혀 다른 레오의 반응에 당황하면서도 무척 기뻐했다.

종속이 아니라면 다른 어떤 요구도 나쁘지 않다. 레어의 보물을 모두 내놓으라는 것만 빼고… 그건 종속과 같은 말이다. 죽음과도.

질문이라면 무척 좋다! 잃는 것이 아무것도 없지 않은가?

네미니스는 갑자기 히죽, 웃었다. 순식간에 바뀐 그의 눈빛은 아주 상냥한 이웃집 아저씨의 그것과도 같았다.

"무엇이지? 종족의 비밀을 빼고는 모두 말해주겠다."

"좋아."

상대가 기꺼이 대답해 주겠다고 한다. 적어도 드래곤이 승낙을 한 이상 거짓 대답을 하지는 않을 것이다.

레오는 고개를 끄덕이고는 네미니스의 눈을 똑바로 보았다.

지금까지 살아오는 동안 그를 항상 괴롭혀 왔던 의문! 드디어 지금 그것을 풀 때가 되었다.

"나는… 인간인가?"

"뭐?"

"내가 인간이 맞는가, 하고 물었다."

레오는 더할 나위 없이 진지했다.

네미니스는 기가 막힌 표정을 지으며 말했다.

"그거야 당연히 너는, 헙!"

인간이다라는 말이 입 밖으로 나오려는 순간 네미니스는 급히 입을 다물었다. 레오가 의문에 찬 표정을 지었지만 지금 그것이 문제가 아니었다.

'이놈을 인간이라고 인정하면?

네미니스는 인간에게 패배한 드래곤이 있다고 생각해 보았다. 그것이 누가 되든 자신의 반응은 정해져 있다.

―드래곤 망신은 혼자 다 시키는군!

―그놈은 드래곤이 아니라 와이번이랑 혼혈인가?

그건 자신만이 아니라 어떤 드래곤이라 할지라도 그다지 다르지 않을 반응이었다.

'헉! 큰일 날 뻔했다!

네미니스는 스스로의 입으로 자신이 완벽한 찐따 드래곤임을 선언하는 것과 같은 일을 할 수는 없었다.

"험험, 그러니까……."

일단, 약간의 여유가 필요하다. 네미니스는 이 순간에도 머리를 굴려 마치 목에 뭐가 걸려서 그렇다는 듯 헛기침을 하며 시간을 끌었다.

"확실히 말해라, 드래곤."

"난 네미니스다."

"그래, 난 레오다. 말해라."

레오는 참을성이 바닥을 치는 것을 느끼며 네미니스를 채근했다. 평생을 고민했던 사실을 드디어 알게 되는 순간이다. 금방이라도 답을 해줄 것 같았던 상대가 미적거리고 있으니 답답하지 않을 리가 없다.

"으윽! 이봐, 드래곤이 자신의 이름을 먼저 상대에게 말한다는 것의 의미를 모르는 거냐?"

네미니스는 미치겠다는 표정을 지었다. 드래곤이 상대에게 먼저 자기소개를 한다는 것은 그를 동격으로 인정한다는 뜻이다. 일단 전룡의 칭호를 가지고 있는 그가 인정을 하면 레오는 모든 드래곤에게 인정을 받는 셈이 된다.

비록 시간을 끌기 위해 말을 돌렸지만 자신의 호의를 완전히 무시하는 레오가 원망스럽기까지 했다.

그러나 레오의 입장에서 보면 대답을 해주겠다 하고는 말을 돌리는 드래곤이 예뻐 보일 리가 없다.

레오는 더 이상 말하지 않고 차분한 눈으로 조용히 네미니스를 바라보았다. 그러나 그 깊은 눈동자의 안쪽에서는 흉흉한 기세가 소용돌이치며 지금이라도 세상을 향해 튀어나오고 싶다 소리치고 있었다.

"흡!"

다행히도 네미니스는 레오의 눈빛에 담긴 뜻을 느꼈다. 전신에 오한이 드는 듯한 기분에 그는 짧게 숨을 들이마셨다.

시간이 없다! 네미니스는 그렇게 판단하고는 즉시 하려던 말을 입 속으로 삼켰다. 그리고는 드래곤의 잔머리를 총동원해서 해야 할 말들을 정리했다.

"그러니까 내 말은 틀림없이 넌 인간의 육체를 가졌다는 것이지. 하지만 반대로 영혼에는 절대신성의 힘이 느껴지거든."

"절대신성?"

"소위 말하는 신을 뜻한다. 인간에게는 다른 존재의 힘을 받아들이는 힘이 있는데, 천신이나 마신, 그리고 정령신 등은 그걸 이용해 자신의 힘의 일부를 인간에게 부여하지."

"음, 그런가?"

"그렇다. 300년 전에 사라진 성녀의 경우는 천신의 힘을 받은 경우고, 정령신의 힘을 받은 존재가 바로 밀림의 대샤먼이다. 참고로 세상에는 잘 알려지지 않았지만 마신의 힘을 받은 자도 있다."

"흠, 그렇다면 난 어떤 존재의 힘을 받은 거지? 투신인가?"

"투신은 아니다. 사실 투신이란 존재는… 아니다. 이건 드래곤의 비밀 중에 속한 말이니 너에게 말해줄 수는 없다. 단지, 투신과 네가 전혀 관계가 없는 것은 확실하다."

"그렇단 말이지."

레오는 알았다는 듯 고개를 끄덕였다. 그 모습에 네미니스는 속으로 안도의 한숨을 쉬었다.

투신이 곧 마신이라는 사실을 말할 수는 없다. 그런 만큼 레오가 말을 하라고 강요하면 상당히 곤란해진다. 그러나 레오는 자신과 관계없다는 말을 듣자 전혀 관심을 보이지 않았다. 상대가 비밀이라고 말을 하자 순순히 인정해 주는 것 같았다.

네미니스는 가볍게 미소를 지으며 말했다.

"아무튼 넌 인간이되 인간이 아닌 존재라고 할 수 있다. 기묘한 경우이고, 드래곤인 나조차도 쉽게 정의를 내릴 수 없는 상태이기도 하다."

상당히 애매한 말이었다. 레오는 그의 말에 인상을 찌푸렸다. 왜냐하면 어쨌든 간에 자신이 순수한 인간이 아니라는 말로 들렸기 때문이다.

그러나 사실 네미니스의 이 말은 상당 부분 잘못되어 있었다. 그것도 고의적으로!

신의 힘을 받은 인간을 사도라 하는데, 사도는 순수한 인간으로 구분된다. 전사도 인간이고, 마법사도 인간인 것처럼 사도도 인간이다.

단지 네미니스 스스로가 레오의 힘을 인간의 한계에서 벗어났다고 느꼈기 때문에 이렇게 설명한 것이다.

사도에 대한 설명도 진실, 레오의 힘에 대한 것도 진실이다. 그러나 그 사이의 연결점은 추측에 불과하다. 그것도 확률이 극히 낮은 추측.

말하자면, 보통 인간이 모르는 사도라는 단어를 써서 왜곡된 설명을 했다고 할 수 있었다. 거짓말을 할 수 없는 드래곤이 필사적으로 머리를 굴려 진실 아닌 진실을 말한 것이다.

레오는 고개를 숙이고 잠시 생각에 잠겼다. 네미니스의 설명을 이해하려 노력했다.

그리고는 잠시 후, 레오는 그게 아니라는 듯 고개를 들며 다시 네미니스에게 물었다.

"그럼 난 어떤 존재의 힘을 받은 거지? 그리고 사도라는 존재가 이렇게 강한 것인가? 내가 알기로 대샤먼이나 과거 성녀의 경우, 나처럼 강하지는 않았던 것 같은데?"

"그게 말이지……."

네미니스는 말끝을 흐리며 속으로 레오의 집요함에 대해 온갖 욕설을 퍼붓기 시작했다.

평생 처음으로 남에게 당당하게 말하지 못하고 궁색하게 둘러댔는데, 상대가 그걸 물고 늘어지는 격이다.

드래곤인 그가 어찌 이런 경우를 상상이나 했겠는가?

'지금이라도 그냥 본체로 돌아가 확 깨물어 버려?'

네미니스는 그러고 싶은 강한 욕망에 사로잡혔다. 그러나 이성이 그걸 막았다.

무엇보다 그가 만들어낸 최강의 파괴력을 거뜬히 막아낸 레오의 신비한 힘이 마음에 걸렸다.

모험을 하지 않는 드래곤의 속성상 그걸 알아낼 때까지는 절대로 레오에게 발톱을 세우거나 이를 드러낼 수 없는 네미니스였다.

네미니스는 머리를 굴렸다. 싸움을 좋아하여 어떻게 남을 때릴까 이외에는 별로 쓴 적이 없는, 집중해서 생각하지 않는 습관이 든 머리다. 그래도 기본은 있기에 그는 굴렸다. 그리고 결론을 얻었다.

"넌 드래곤에 필적할 정도로 강력한 존재, 나라고 해도 함부로 결론을 내릴 수 없다. 짐작은 짐작, 대답을 한다 말해놓고 확실하지 않은 대답을 할 수는 없다."

"그런가?"

확실히 드래곤이 짐작으로 대답을 할 수는 없다. 레오는 그 점에 대해서는 납득을 하며 고개를 끄덕였다. 무엇보다 그 자신이 확실하지 않은 대답을 듣고 싶지는 않았다.

네미니스는 그때를 놓치지 않고 얼른 말했다.

"그러니까 조금 더 확실하게 알아보려면 나보다 더 상위의 존재에게 물어보는 것이 좋지. 예를 들면 드래곤 로드 말이야."

"드래곤 로드라……."

"그렇다. 너도 전설 속에 나오는 이야기를 들었겠지만 현 로드 카르티오스는 이미 8천 년 이상을 살았고, 또 여러 명의 신적 존재와도 교분이 있지. 그분이라면 틀림없이 너의 의문을 풀어줄 수 있을 것이다."

둘러대다가 화살의 방향을 튼 것이지만 말을 해놓고 보니 그럴 듯하다. 처음부터 레오를 피하라고 말한 로드라면 무언가 알지도 모른다고 생각했다.

"과연, 그렇다면 그쪽에 물어봐야겠군."

"하하하하, 잘 생각했다."

레오가 순순히 자신의 말에 동의하자 네미니스는 신이 나서 웃으면서 격려에 가까운 말을 아끼지 않았다. 로드라면 이 상황을 어떻게든 타개해 낼 것이다.

"그런데 어떻게 가지? 전설 속에서는 드래곤 로드가 사는 곳이 하이얀 산맥의 최고봉인 하이엔드 산이라고 들었다."

"그렇다, 그곳이지. 음……."

거기까지 말한 네미니스는 잠시 입을 다물고 레오의 눈치를 보았다.

사실 레오가 네미니스의 레어까지 들어올 때 부순 가디언과 마법 함정은 상당한 수에 이른다. 말하자면 힘으로 부수고 들어온 셈이다.

만약 로드의 레어에서도 그런 식이라면 문제가 커질 수 있다. 어쩌면 레오는 로드의 분노를 사서 소멸할지도 모른다.

'어? 그건 나쁜 게 아니지 않나?'

갑자기 그런 생각이 들었다. 레오가 죽는다, 레오가 죽는다. 네미니스는 다시 고민했다. 일평생 가장 바쁘게 머리를 굴린 날이라는 생각이 들었다.

일단 로드가 당하리란 생각은 절대로 들지 않았다. 자존심 문제가 아니라, 지금의 로드는 용신이라 해도 함부로 소멸시킬 수 없는 존재이기 때문이다.

그는 몇 개의 절대신성과 인연이 닿아 있다. 그것만으로도 초월적인 힘을 발휘한다.

어떻게 해야 할까? 네미니스는 생각할수록 점점 불성실한 유혹에 빠져드는 자신을 발견했다.

그런데 그때, 레오가 몸을 돌리며 말했다.

"그럼 난 하이엔드 산으로 가겠다."

한참 생각에 잠겨 있는 네미니스를 지켜보던 그는 결국 참지 못하고 떠나기로 결정을 한 것 같았다.

"자, 잠깐!"

"뭐지? 아직 할 말이 남아 있나?"

"……."

네미니스는 레오를 보았다. 상대의 눈에는 그 어떤 욕망도 느껴지지 않았다. 드래곤의 보물을 눈앞에 두고도 미련없이 몸을 돌렸다.

대답을 들을 수 없는 이상, 이미 네미니스에게는 볼일이 없다는 투였다.

"후우… 그래, 넌 그런 놈이었구나."

결국 네미니스는 한숨을 쉬었다. 이런 인간은 처음이다. 인정할 수밖에 없다.

"너 혼자 가면 가디언들이 공격을 할 것이다. 드래곤 로드에게 무례를 범하게 되는 셈이지. 이렇게 하자."

"어떻게?"

"내가 널 태우고 가겠다. 하지만!"

"하지만?"

"이번뿐이다. 그리고 비밀이다."

"그렇게 하지."

레오는 바로 약속을 했다. 네미니스의 심정을 짐작할 수 있었다. 드래곤의 자존심이 어떤 것인지는 잘 모르지만, 자신의 그것에 비교해서 결코 작은 것이 아니리라.

네미니스도 레오의 눈을 보고 상대가 결코 자신을 무시하는 게 아니라는 것을 알았다. 문득 눈앞의 인간에게 호감을 느꼈다.

"좋아, 넌 인간 중에서도 별격이다. 단 한 번이지만 드래곤의 등에 탈 자격이 있다고 인정하지. 밖으로 나가자."

그들은 그렇게 이야기를 끝내고 레어의 밖으로 나섰다. 사실 안에서 변신해 날아올라도 되지만 그럴 경우 수직 상승을 해야 한다. 사람을 태우고 날려면 밖으로 나가야 했다.

안에서 세상이 뒤집힐 만한 전투를 벌였어도 레어의 밖은 여전히 평화로웠다. 단지 레오가 들어올 때 피운 소란의 흔적에 다른 일반 동물들은 피신을 간 듯 기척이 거의 느껴지지 않았다.

네미니스는 밖으로 나오자 주변을 한 번 돌아보고는 크게 심호흡을 했다. 그리고는 전신의 마나를 개방했다. 그러자 얽매여 있던 몸의 구성원이 본래의 모습으로 풀어져 나갔다.

슈슈슈슉―

인간의 모습일 때보다 수천 배는 큰 드래곤의 몸이 레어 앞의 공터에 드러났다. 푸른색의 비늘이 햇살을 받아 금속성의 광택을 띠고 빛났다.

세상에 존재하는 그 어떤 금속보다 강하고 질긴 드래곤의 비늘이다.

블루 드래곤의 힘을 상징하는 뿔은 레오에게 잘렸다가 새로 재생되어 처음으로 햇빛을 받았다. 그것이 기쁜 듯 순간적으로 스파크가 파지직! 튀었다.

"타라."

드래곤의 목소리가 대기 중에 울려 퍼졌다. 본체로 돌아간 후에는 마법을 이용해서 언어를 전달하기 때문에 입을 열 필요도 없었다.

레오는 아무 말 없이 위로 뛰어올라 네미니스의 머리 위에 올라탔다. 그리고 한 손으로 뿔을 잡았다. 정확하게 말하면 뿔에 손바닥을 대었다.

"머리 말고 등에 타라."

상당히 기분 나쁘다는 투의 목소리였다.

"등에 타야 되는 거였군."

레오는 지금에야 알았다는 듯 중얼거리며 다시 네미니스의 머리를 밟고 뛰어 등에 착지했다. 그곳은 제법 넓은 들판처럼 평평해서 앉으려면 바닥에 주저앉아야 할 판이었다.

하지만 레오는 별로 그럴 생각이 없는지 그냥 두 다리로 버티고 서서 말했다.

"가자."

"뭐, 상관없겠지. 그럼 가겠다."

네미니스는 일단 레오가 머리에서 내려오자 그 뒤에는 신경 쓰지 않겠다는 듯 바로 날개를 펴고 날 준비를 했다.

바람의 정령을 소환해 몸을 가볍게 하고 땅의 정령들에게 자신의 몸을 위로 들어올리도록 시켰다. 그럼으로써 그 무거운 몸체가 단번에 천공으로 솟아오를 수 있는 힘을 얻게 했다.

펄럭, 펄럭.

시리리리링—

네미니스가 크게 날갯짓을 하자 바람의 정령들이 온 힘을 다해 날개 밑에 바람의 힘을 불어넣었다.

타타탁!

전장 100여 미터에 달하는 거대한 몸체가 마치 참새처럼 가볍게 앞으로 뛰었다. 바닥에는 발자국 하나 생기지 않았다. 땅의 정령의 힘이다.

그때, 네미니스는 자신의 눈에 들어오는 하나의 광경에 그만 날갯짓을 멈추고 말았다.

"저건!"

네미니스의 눈은 산등성이의 한 지점에 고정되어 있었다. 그의 영역의 경계선 중 한곳이었다.

한 사람이 엎드려 있었다. 아니, 이미 사람이라고는 말할 수 없으리라.

한참 부패가 되고 있는 것으로 보아 죽은 지 며칠은 된 것 같았다. 주변에는 그가 흘린 피가 검게 말라붙어 있었다.

"시체로군. 아는 자인가?"

레오 역시 그 시체를 발견하고는 네미니스에게 물었다. 확실히 드래곤의 등에 타니 산의 전경이 한눈에 보였다.

쿵, 쿵, 쿵!

네미니스는 크게 걸음을 옮겨 그 시체 앞까지 걸어갔다. 더 이상 땅의 정령으로 자신의 몸을 떠받치도록 하지 않았다. 당연히 바닥이 그의 무게로 인해 깊게 파였다. 심한 곳은 산의 일부가 발에 짓눌려 뭉개질 정도였다.

"이것은……."

네미니스는 침중한 음성으로 중얼거렸다.

시체가 있는 장소는 그가 며칠 전에 미노 제국의 사자들을 만났던 곳이다. 그리고 시체가 입고 있는 옷은 바로 그때 만난 카렌의 후손이 입고 있던 것이다.

결국 카렌의 후손은 맹약을 지켰는가? 한 사람을 죽이는 대가로 자신의 목숨을 스스로 버렸는가?

'있을 수 없다. 적어도 내 눈에 비친 그자는 결코 자살을 할 수 없는 자였다.'

카렌의 후손이라고는 믿기 어려울 정도로 겁이 많고 소심한 자였다. 몸에서 느껴지는 맹약의 향기가 아니었다면 결코 그를 카렌의 후손이라 인정하지 않았을 것이다.

그런 그가 제국을 위해, 자신의 조국을 위해 흑사자를 죽여 달라고 했을 때 네미니스는 오히려 안도의 한숨을 내쉬었다.

세 번째 살인 청부다. 당시의 네미니스는 그것을 지킬 생각이었다.

그러나 상대는 자결을 할 수 없을 것이다. 인간 쪽에서 약속을 깨는 셈이다.

그것으로 인간에게 도움을 청했던 드래곤의 자존심은 회복된다. 또한 친구로 인정한 자의 후손이 죽지 않아도 된다.

그런데 지금 보니 카렌의 후손이 죽어 있다. 자결한 모양이다.

"자살한 건가? 너와 관련이 있나 보군."

레오가 나직한 목소리로 물었다.

"너의 죽음을 부탁한 자다. 그 대가로 목숨을 끊게 되어 있지."

"드래곤에게 나를 죽여 달라 부탁했다고? 언제부터 드래곤이 인간의 부탁을 받고 암살자 노릇을 하게 되었지?"

"극히 예외적인 일이다. 천 년 전, 나의 친구의 후손이다."

"그런가? 드래곤에게도 인간의 친구가 있었군."

레오는 더 이상 묻지 않았다.

누구에게나 사정은 있고, 어떤 관계로든 친구란 소중한 것이다.

사실 레오에게는 친구가 없었다. 어릴 때부터 오직 홀로 존재할 뿐이었다. 그렇기 때문에 친구에 대한 이야기가 나오자 네미니스가 부럽기까지 했다.

"하지만 이상하군."

"뭐가?"

"이자는 겁이 많은 자였다."

"자결할 배짱이 없는 자였겠군."

"그렇다."

"그래도 꼭 죽어야 하는 상황이었나 보군. 그게 드래곤과의 계약인 듯하군."

"그렇다. 나에게 원수를 갚아달라고 말하는 자는 스스로 목숨을 끊어야 한다. 내 친구인 카렌의 후손이 가진 세 번의 권리이고, 이번이 마지막이었다."

휘익, 탁!

여전히 슬픔이 배어 있는 네미니스의 목소리에 레오는 등에서 뛰어내려 죽어 있는 자를 살폈다.

"자결한 것 같다. 적어도 죽은 자세로는 그렇군."

"그건 얼마든지 조작할 수 있지."

이제 네미니스의 말에는 서서히 분노의 감정이 섞이기 시작했다. 자신의 추리가 옳다고 거의 확신을 하는 것 같았다.

"그런가? 하지만 그걸 알 방법은 없지 않은가?"

"있다. 드래곤의 힘을 무시하지 마라."

"과거에 일어난 일을 알 수 있는가? 숨겨진 진실을?"

레오는 상당히 놀라 물었다.

마법사들의 마법에 대해 전문적이지는 못해도 그동안 마법사와 싸운 적도 많기 때문에 대부분의 마법을 알고 있는 그였다.

적어도 지나간 사실에 대해 알 수 있는 마법은 당사자를 잡아다 현혹 마법으로 세뇌를 하는 것 이외에는 없다 알고 있었다.

설마 이 드래곤은 미노 제국의 사자들을 찾아갈 생각일까?

그러나 네미니스의 생각은 전혀 다른 듯했다.

"땅의 거울이여, 정령의 기억이여, 이 자리에 있었던 일들을 나에게 말하라. 내가 원하는 진실을 보여라!"

부욱.

네미니스의 주문이 끝나자 땅의 일부분이 불쑥 튀어나왔다. 마치 작은 탁자와 같은 모양이 된 땅의 표면은 정말로 거울처럼 맨들맨들했다.

곧 그 표면에 그림과도 같은 영상이 떠올랐다.

"땅의 정령인가? 정령술에 이런 방법이 있었는지는 몰랐군."

보통 인간은 쓸 수 없는 정령술이기에 더욱 호기심이 갔다. 그러면서 인간도 이걸 쓸 수 있지 않을까 하고 레오는 생각해 보았다.

'샤먼이라면 가능하지 않을까?'

만약 샤먼에게도 가능한 정령술이라면 정말 대단할 것 같았다. 이건 무력은 아니지만 어떤 면에서는 더욱 무서운 힘이었다.

그러나 네미니스는 레오의 그런 생각을 읽은 듯 고개를 저었다.

"단순한 정령술이 아니다. 내 레어 근처에는 대규모 마법진이 설치되어 있지. 그래서 가능한 거다. 정령도, 마법도 모두 사용할 수 있는 드래곤만의 힘이지. 말하자면 정령 마법이다."

"그런 건가? 과연 드래곤이군."

일반적으로 정령과 마법을 모두 사용할 수 있는 존재는 드래곤 이외에는 없다. 엘프나 샤먼은 정령만을 부릴 수 있다.

레오는 이 수법이 왜 인간에게 알려지지 않았는지 이해할 수 있었다.

"이 부분인가?"

네미니스는 영상을 보며 중얼거렸다. 레오도 같이 그것을 보았다.

그것은 한 명의 남자와 여자의 모습이었다. 물속에 비친 모습처럼 선명하지는 않았지만 그들이 무엇을 하고 있는지는 알 수 있었다.

여자는 남자의 뒤에 있었다. 그들의 손은 겹쳐 있고, 겹쳐진 손에는 비수가 들려 있었다.

푸욱—

소리는 들리지 않았지만 남자의 목을 뚫는 순간의 감촉이 생생하게 느껴졌다. 목에서 터져 나오듯 흐르는 피도 보였다.

남자가 천천히 앞으로 몸을 숙이자 여자는 손을 놓고 물러났다.

남자는 시체가 되었고, 여자는 그곳을 떠났다. 영상이 보여주는 것은 여기까지였다.

그 모습을 보는 네미니스는 웃고 있었다. 분노가 지나치면 오히려 웃음이 나온다.

드래곤의 영역 내에서 살인이 일어났다. 그것도 맹약의 상대가! 친구의 후손이!

분노가 들불처럼 번져 몸의 구석구석까지 퍼졌다.

하지만 네미니스는 분통을 터뜨리지 않았다. 오히려 머리를 차갑게 하고 땅의 정령이 보여준 영상을 분석했다. 그리고 곧 결론을 낼 수 있었다.

"재미있군. 결국 카렌의 후손은 자신이 죽을 줄 모르고 있었다는 소린가? 생각해 보니 그럴 수도 있겠군."

망각의 은혜를 받지 못한 드래곤이기에 소이파와 만나 나누었던 대화를 모두 생생하게 기억하고 있었다.

지금 다시 되새겨 보니 확실히 그때 소이파의 반응은 이상한 점이 많았다.

그러나 카렌과는 전혀 닮지 않은 소이파의 성격에 약간은 당황한 나머지 미처 그 부분까지 자세히 신경을 쓰지 못했다.

맹약을 본인이 잊었을 거라고는 생각지 못했기 때문이다. 그런데 다시 생각해 보니 인간의 관점으로 볼 때 천 년이나 지난 지금 선조의 일을 명확하게 기억하리라는 보장은 없을 것 같았다.

마음 깊은 곳에 잠들어 있던 카렌과의 추억이 되살아났다. 그것이 인간에게 속았다는 종족의 자존심보다 오히려 더 네미니스를 괴롭혔다.

네미니스는 그런 스스로의 감정을 속이려는 듯 한숨을 쉬며 중얼거렸다.

"나는 인간에게 속았다. 나는 멍청한 드래곤이다."

힘없는 목소리, 그러나 목소리와는 달리 그의 눈은 파랗게 빛나고 있었다. 레오마저 섬뜩할 정도의 힘이었다.

"어떻게 할 거지?"

레오의 물음에 네미니스는 레오를 보았다. 약간은 흔들리는 눈동자였다. 그러나 곧 이를 악물고 말했다.

"너를 로드에게 데려다 줄 수가 없을 것 같다. 나는 미노 제국으로 간다."

"알았다. 그럼 혼자 가지."

상대가 사정상 안 된다고 하면 강요할 마음은 없다. 네미니스가 어떻게 생각하든 레오는 네미니스를 존중하고 있었다.

레오는 즉시 대답을 하고 그대로 몸을 돌렸다. 방향은 정확하게 서남쪽, 마치 대륙의 서쪽까지 일직선으로 달려갈 기세였다.

"잠깐!"

"뭐지?"

"이걸 가져가라. 그러면 로드의 가디언들이 너를 공격하지 않을 것이다."

툭.

그렇게 말하며 내민 네미니스의 손에서 생성되어 떨어진 것은 녹색의 보석이었다. 에메랄드 같았다. 그러나 에메랄드치고는 색이 너무 밝았다. 그리고 그 투명함은 지금이라도 바닥에 또르르, 물처럼 흐를 것 같았다.

레오는 그 보석을 손에 들고 자세히 살폈다. 크기가 작은 달걀만 했는데, 그 안에서 느껴지는 힘은 상당한 것이었다.

"이것은?"

"로드의 물건이다. 세상에서 가장 큰 천연 에메랄드에 그린 드래곤의 힘을 불어넣은 물건이다. 이걸 지니고 있으면 어떤 독이라도 침범하지 못한다."

"난 원래 그런데?"

"너야 그렇겠지. 중요한 것은 여기에 로드의 힘이 깃들어 있다는 거다. 다시 말하지만 가디언들이 알아볼 것이다."

"쓸데없이 소란을 피우지 않아도 된다는 거군. 고맙게 받겠다."

슥—

레오는 짧게 감사의 말을 하고는 자연스럽게 그 보석을 품속에 넣었다. 마치 도둑 길드의 상납금을 받아 넣는 것과 같았다.

"어, 그거……."

"응?"

"아니다. 크르르, 난 먼저 가겠다."

네미니스는 미련을 끊으려는 듯 고개를 획 돌려 하늘을 보며 말했다.

사실 이 마법 보석은 보통 물건이 아니라 네미니스가 과거 로드에게 특별히 선물로 받은 것이다.

드래곤의 물건 중에서도 드물게 보는 보물로, 로드는 이 보석에 자연스럽게 드래곤의 힘을 주입하기 위해 입에 물고 무려 백 년간 침을 발랐다.

결코 남에게 선물로 줄 만큼 값싼 물건이 아니었기에 네미니스는 레오에게 빌려준다는 말을 하려고 했다.

그러나 레오가 '고맙게 받겠다'라고 말하며 품속에 넣는 모습을 보고는 그 말을 삼켜 버렸다.

치사하기도 치사했고, 솔직히 안 줄 것 같았다. 말해봐야 자존심만 상하고 본전도 못 찾는다.

무엇보다 지금은 해야 할 일이 있지 않은가? 네미니스의 눈은 다시 파랗게 빛나기 시작했다. 머리에 난 뿔에서 흘러나오는 방전이 평소보다 몇 배나 강해져 있었다.

"미노 제국! 크라라라라라라!"

하늘을 찢을 듯한 목소리로 크게 울부짖은 네미니스는 그대로 날개를 크게 휘저으며 날아올랐다.

그리고는 전속력으로 천공의 너머로 사라져 버렸다.

레오는 묵묵히 그 모습을 보았다. 그리고는 잠시 멍하니 있다가 자신의 손을 보았다.

'나는 도대체 얼마나 강한 거지?

생각해 보았다. 그런데 알 수가 없었다.

분명히 네미니스는 그보다 강했다. 싸우기 전까지는 그랬다. 그런데 처음 브레스를 받아 피하려는 순간, 갑자기 강해진 자신을 느꼈다.

피할 필요가 없었다. 막았다.

그 뒤에 이어진 공격은? 솔직히 레오가 상상한 그 어떤 힘보다 강했다. 그런데 레오는 그것도 막았다. 오히려 그걸 이용해서 상대를 공격할 수도 있었다. 그때에 사용한 힘은 그전에는 모르던 힘이었다.

인간을 상대로 쓰던 검술이 아닌 드래곤이라는 최강의 존재를 상대하기 위해 몸속에 숨겨져 있던 힘이 나온 것 같았다.

'망토의 힘, 수천 개의 칼날, 이번에는 그것을 사용하는 데 조금도

주저함이 없었다.'

　레오는 자신의 갑옷을 보고는 피식하고 웃었다.

　'인간이 아닌 존재를 상대할 때에는 인간일 필요가 없는가? 과연 나는 인간이 아닐지도 모르겠군.'

　레오는 가볍게 고개를 끄덕이고는 걸음을 옮겼다. 네미니스가 할 일이 있듯 그에게도 해야 할 일이 있었다.

　로드를 만나 자신의 존재의 정체성에 대해 확인을 한다! 지금의 레오에게 있어서 이보다 더 중요한 일은 없었다.

하이엔드 산

세상이 어떻게 돌아가든 지금의 레오에게는 관심이 없었다.

일단 신하들이 알아서 하겠다고 말한 이상, 그들을 보살필 필요가 없게 되었다. 그가 지금 해야 할 일은 자신의 정체성을 확립하는 것 뿐.

레오는 달렸다. 네미니스의 등을 타고 왔다면 편했을 테지만, 그는 복수를 위해 떠났다.

말을 이용하지도 않고 자신의 두 다리를 이용해서 달렸다. 그게 몇 배나 빠르다는 것을 지난 며칠 동안 네미니스를 쫓으면서 알았다.

마음이 급하니 좀처럼 쉴 수도 없었다. 그래도 하루에 12시간씩 잠을 자는 것에는 변함이 없었기에 그는 체력을 유지할 수 있었다.

꿈속에서는 여전히 다크 레오날과 만나 무의식의 공간에서 정신 수련을 했다.

"저곳이 하이엔드 산이군."

레오는 지평선 끝 쪽에 보이는 산봉우리를 보며 걸음을 늦추었다. 구름을 뚫고 하늘 높이 솟아 있는 봉우리는 옆쪽으로 이어진 산맥의 줄기에 비해 발군으로 높았다.

구름 위로 올라와 있는 대부분이 하얗게 만년설로 뒤덮여 있었다.

그러나 가장 위쪽은 오히려 녹색으로 보였다. 그곳이 바로 드래곤 로드 카르티오스의 레어가 있는 곳일 것이다. 카르티오스는 그린 드래 곤이라 숲을 좋아한다고 들었다.

레오는 서서 그곳을 보다가 거리를 가늠하고는 다시 뛰기 시작했다. 오늘 도착하기는 힘들어도 산기슭까지는 가서 잠을 자기로 했다.

파파파팍!

숲에 들어서니 작은 나무들의 잔가지들이 레오의 몸을 스쳤다. 그 순간 나뭇잎이 찢어지는 바람에 비명을 지르며 세차게 흔들렸다. 산짐 승들은 놀라서 숨었다. 마물들조차 레오의 기세에 숨을 죽였다. 숲에 서 이렇게 빠르게 움직일 수 있는 존재는 많지 않다.

그나마 레오는 그것도 귀찮은 듯 몸을 날려 나무 위쪽으로 올라갔 다. 그리고는 지금까지 그랬듯 나무 위쪽을 밟고 뛰기 시작했다. 그 모 습은 마치 허공을 밟고 달리는 것 같았다.

한참을 가니 드디어 해가 졌다. 그때서야 레오는 다시 걸음을 늦추 고 나무 아래로 내려섰다.

그리고는 여행자용 식량을 꺼내 되는 대로 먹고는 마찬가지로 포도 주를 벌컥벌컥 마셨다. 마지막 마을에서 사 온 싸구려 포도주였다.

일단 식사가 끝나자 레오는 그대로 그 나무 아래쪽에 망토를 두른 채 누웠다. 자려는 것이다.

마법의 망토는 좋다. 망토 안은 따뜻하고 푹신푹신한 것이 황제의 침대에 비해 결코 못하지 않았다. 레오 자신이 황제인 만큼 이 비유는 정확한 것이라 할 수 있었다.

일단 자리에 눕자 레오는 5분도 되지 않아서 완전히 깊은 잠에 빠져 버렸다. 불면증이란 그의 일생에 있을 수 없는 현상이었다.

어두운 공간 속으로 레오의 의식체가 나타났다. 그가 사는 또 하나의 세계이다. 일단 이곳에 오자마자 현실 세계에서의 모든 기억에 꿈속의 기억이 더해져 완전한 것이 되었다.

레오는 어둠 속의 한쪽을 보고는 그쪽으로 걸어가기 시작했다. 그곳에서 느껴지는 강력한 힘의 정체는 다크 레오날임을 그는 알고 있었다.

"왔군."

다크 레오날은 레오가 오자 감았던 눈을 뜨며 말했다. 그의 입이 움직이자 검은 갈기가 자연스럽게 출렁거렸다.

레오는 그를 보자마자 말했다. 약간은 흥분한 것 같은 목소리였다.

"내일이면 드래곤 로드를 만날 수 있다."

"그렇겠지."

"어쩌면 현실의 내가 그대의 존재를 알게 될지도 모르지."

"힘들 것이다. 의미없는 짓이지."

"그런가?"

"나라는 존재가 있다는 것조차 세상에는 알려지지 않았다. 아무리 물질계의 최강자인 드래곤 로드라 해도 없는 것을 알 수는 없다."

'그것이 신이라면 몰라도 말이야' 다크 레오날은 속으로 그렇게 중얼거렸다.

그 속마음을 알 리가 없는 레오는 납득했다는 듯 고개를 끄덕였다.

"과연, 그렇다면 현실의 나는 쓸데없는 고생을 하는 셈이군."

"그렇다. 그런데도 정말 산에 오를 것인가? 그대가 원한다면 현실의 그대도 걸음을 멈출 것이다."

"이곳까지 왔다. 로드를 만나기 전까지는 돌아가지 않을 것이다."

레오는 강하게 대답했다. 다크 레오날이 하는 말에는 거짓이 없다. 지금까지 그랬다.

그런 만큼 드래곤 로드를 만나도 십중팔구 아무런 단서도 얻지 못할 것이라고 레오는 판단했다. 단지 현실의 자신이 가진 의문과 기분을 알기 때문에 만에 하나라도 드래곤 로드가 그 실마리를 줄지도 모른다고 생각했을 뿐이다.

다크 레오날은 어쩔 수 없다는 듯 말했다.

"차라리 네 신하들의 앞에 서서 미노 제국을 멸망시키는 지휘를 하는 것이 더 나았을 것이다."

"그 일은 이미 그들에게 맡겼다."

"네가 앞장서면 희생자가 줄어들 텐데?"

"줄어들겠지."

레오는 조그맣게 말했다. 그도 그걸 모르는 것은 아니었다. 하지만 그게 레오의 마음에서 망설임이 되지는 않았다.

"그들의 일이다. 죽음도 삶도. 싸우다 죽는 것까지 막을 필요는 없지."

"하하하, 과연 그렇다. 스스로의 죽음도 두려워하지 않는 자여, 그대의 의지는 나쁘지 않다."

"칭찬을 받고 싶은 마음은 없다. 기사들에게는 기사들의 일이 있고,

나에게는 나의 일이 있을 뿐."

레오는 흔들림없는 목소리로 말했다. 전쟁이 벌어지면 수하들이 대륙의 패권을 놓고 싸우는 것은 당연하다고 생각했다.

정당한 투쟁에 대한 대가가 있는 한, 그들은 스스로의 힘으로 싸워야 한다. 레오가 보호하는 것은 그들이 저항할 수 없는 힘에 당하는 것뿐이다.

"그렇다면 그대의 의지가 원하는 대로 행하라. 난 그대를 보호하고, 그대의 힘이 될 뿐이다."

다크 레오날은 어쩔 수 없다는 듯 고개를 끄덕였다. 레오를 막지는 못했다. 드래곤 로드가 자신의 존재를 알 거라고 생각하지는 않았기에 정말로 심각하게 만류하지는 않았다.

드래곤 로드라고 해도 유한한 존재, 생명체의 무의식의 세계에 대한 지식이 있을 리가 없다. 그것이 다크 레오날의 판단이었다.

하지만 그로 하여금 자신의 동의를 구하는 자세를 취하게는 했다. 이것으로 사실상 레오의 몸의 절반은 이미 다크 레오날의 것이 되었다고 할 수 있다.

다크 레오날도 아직 완전한 신성을 얻지 못했기 때문에 현 드래곤 로드 카르티오스가 얼마나 험한 용생을 살아왔고, 물질계를 비롯해 정령계, 천상계 등 세상에 있는 신 급 존재들과 많은 관계를 맺었는지를 알 수는 없었다.

＊　　　　＊　　　　＊

잠에서 깨니 태양 빛이 나뭇잎에 부서져 찬란하게 빛나고 있었다.

레오는 몸을 일으켜 잠시 근육을 풀고는 아침 식사를 했다. 마른 빵과 고기 조각, 그리고 포도주와 말린 과일이 그것이었다.

식사가 끝나자 레오는 바로 출발을 했다. 불도 피우지 않은 채 잠들었기에 뒷정리는 전혀 할 필요가 없었다.

산을 오르기 시작하니 점점 험한 지형으로 변해갔다. 나무가 울창한 지역을 지나 돌들이 두드러지게 많은 곳까지 나아가니 보통 사람은 걸어서 오르기가 불가능할 정도로 가파른 절벽이 앞을 가로막았다.

그러나 레오는 아무 생각 없이 두 발로 달려서 단숨에 절벽을 올랐다. 조그마한 굴곡도 레오에게는 황궁 대전 앞 계단처럼 편하게 느껴졌다.

휘익, 획!

레오는 절벽을 타고 오르는 바람과도 같았다. 그런데 어느 순간, 레오는 걸음을 멈추고 절벽에 자신의 왼손을 박아 넣어 몸을 고정시켰다.

"뭐지?"

전면에서 느껴지는 이상한 기운에 레오는 기를 발산하여 기감을 극대화시켰다. 눈에 보이지 않는 가느다란 기의 실이 마치 촉수처럼 앞으로 뻗어 나갔다. 그리고 수십 개의 돌덩이를 감싸며 비상 신호를 보냈다.

까아악!

동시에 바윗덩어리들이 움직이기 시작했다. 웅크리고 있던 돌 조각들이 몸을 펴자 순식간에 날개 달린 악마의 형상으로 변했다. 그리고는 가슴속에 숨겨두었던 커다란 만도를 양손으로 움켜잡은 채 허공으로 날아올랐다.

마법의 생물인 가고일, 그것도 가장 강력한 종인 스톤 가고일이 한

두 마리도 아니고 무려 60여 마리나 있었다. 그들이 노리는 것은 레오였다.

레오는 전혀 놀라지 않았다. 그는 드래곤도 사정없이 밟을 수 있는 강자.

"귀찮군."

레오는 그렇게 말하며 오른손으로 검을 뽑았다. 그리고는 절벽의 바위에 박아 넣은 왼손을 빼며 다시 달리기 시작했다.

타타타탁!

까아아아아!

가고일들은 레오가 자신들의 영역을 향해 다가오자 날카로운 함성을 지르며 일제히 달려들었다. 집단을 이루고 협동 공격을 가하는 데 익숙한 가고일답게 한 번에 세 마리씩 착실하게 레오의 머리와 등, 그리고 다리를 노렸다.

그러나 그들이 공격하기 위해 레오에게 다가서는 순간, 레오의 검도 같이 움직였다.

위잉, 파파팍!

까아아아악!

한 번 검을 휘두르자 가고일 세 마리가 비명을 지르며 그대로 두 동강이 났다. 돌로 된 피부 속에 감춰진 살이 갈라지며 마법 생물 특유의 녹색 피가 튀었다. 그사이 레오는 계속해서 앞으로 나아갔다.

가고일들은 포기하지 않고 계속 달려들었지만 레오에게는 전혀 위협이 되지 못했다.

'죽을 줄 알면서 왜 덤비지?'

레오는 달리면서 그런 생각을 했다. 비정상적이다. 보통의 생물이나 마물들이라면 이 정도 힘의 차이가 보이면 도망가거나 물러나서 경계를 취한다. 그런데 가고일들은 정말 철천지원수를 보듯 달려들고 있었다.

"어, 그러고 보니!"

드디어 뭐가 잘못되었는지를 깨달은 레오는 그대로 발에 힘을 주어 바위 속에 박아 넣고 절벽에 옆으로 섰다. 그리고는 가지고 온 배낭을 뒤져 하나의 보석을 꺼냈다.

끼이이익!

녹색의 에메랄드가 태양 빛을 받아 투명하게 빛났다. 신묘한 빛이 나는 동시에 모든 가고일들이 공격을 멈추고 물러났다. 그리고는 마치 신이라도 보듯 고개를 숙였다. 감히 에메랄드를 보는 것도 죄가 된다는 듯이.

"역시 가디언이었군. 음, 실수로 몇 마리 죽여 버린 셈인가?"

몇 마리라고 하기에는 조금 수가 많은 것도 같았다. 배낭을 뒤지는 사이에도 가고일들은 계속해서 덤벼들었기 때문이다.

하지만 레오는 정말 고의가 아니었다는 듯 고개를 한 번 갸웃하고는 다시 다리에 힘을 주어 절벽을 달려 오르기 시작했다.

그 뒤로 레오의 앞을 가로막는 것은 없었다.

사람의 피를 빼는 식인목들도, 머리가 셋이나 달린 이상한 새들도 모두 에메랄드를 보고는 머리를 조아렸다.

거의 숨도 크게 쉬지 못할 정도로 두려워하는 것 같았다. 레오는 거침없이 달려 산 정상으로 향했다.

그런 식으로 절벽을 오르고, 다시 산 중턱까지 가니 산 바깥쪽에서는 볼 수 없었던 하나의 분지가 나타났다.

"이곳은?"

신기했다. 분명히 봉우리는 하나였다. 중간에 굴곡은 전혀 보이지 않았다. 그런데 막상 안쪽으로 들어서니 정말로 넓은 분지가 있는 것이 아닌가?

뿐만 아니라 그 분지 안쪽에는 밭이 있고, 집도 있었다. 당연히 곳곳에 사람도 보였다.

하이엔드 산 중턱에 마을이 있다니? 드래곤 로드의 영역 안에? 한 번도 생각해 보지 못했던 일이다. 레오는 잠시 걸음을 멈추고 안쪽을 살폈다.

"대단하군."

자신도 모르게 나오는 것은 감탄이었다. 레오의 눈에 보이는 마을 사람들의 힘은 장난이 아니었다. 이런 것은 처음 본다!

하나같이 상급 기사 정도의 무력을 보유하고 있었다. 놀랍게도 마스터의 경지에 이른 사람도 보였다. 세상의 강자 100명을 모아 마을을 만들면 이렇게 될까?

마을 중앙 쪽에서 뛰어놀고 있는 아이들의 모습이 보였다. 그들의 움직임이나 내면에 있는 힘만 해도 숙련된 용병 수준은 되어 보였다. 날 때부터 상급의 무공을 익혀도 그렇게 되기는 힘들 것이다.

"이 사람들도 드래곤 로드의 가디언인가? 이것은 일종의 환상인가?"

레오는 자신의 눈을 의심했다. 그러나 눈으로 보이는 것 이외에도 몸에 느껴지는 기감 역시 모든 것이 진실이라 주장하고 있는 만큼, 일단은 현실을 받아들일 수밖에 없었다.

그때 마을 안쪽에서 레오의 존재를 발견한 사람들이 손가락으로 그를 가리키기 시작했다.

곧 몇 명의 사람들이 레오가 있는 쪽으로 달려왔다. 재빠른 몸놀림, 적어도 말이 달리는 속도에 비해 뒤지지 않을 정도였다.

레오는 그들을 기다렸다. 인간인 이상 말은 할 수 있을 것이다. 그리고 나름대로 규칙도 있을 테니 그걸 알아야 한다. 침략을 하기 위해 온 것이 아닌 이상, 저쪽이 도발하지 않으면 싸울 이유가 없다.

레오가 있는 쪽으로 달려온 사람은 모두 셋이었다. 20대로 보이는 젊은 청년이 둘, 그리고 마흔 정도의 중년 남자. 그는 마스터의 경지에 달한 자였다.

중년 남자는 정중하게 허리를 굽히며 한 손으로 주먹을 쥐고 다른 한 손으로는 그것을 감싸며 앞으로 내밀었다. 이들 특유의 인사인 듯했다.

"그대는 누구십니까? 이곳은 외부인이 들어올 수 없는 곳입니다만."

"드래곤 로드를 만나러 왔소."

"흠, 손에 든 보석은 로드의 징표인 것 같군요. 알겠습니다. 일단 마을 안으로 들어가시지요."

"알았소."

절차가 간단하고 상대가 예의를 잃지 않으니 이보다 더 좋을 수는 없었다. 레오는 이 마을이 상당히 마음에 들었다. 그는 순순히 중년의 사내를 따라 안으로 들어갔다. 길에서 놀던 아이들이 놀란 눈으로 신기한 것을 본다는 듯 뚫어지게 레오를 쳐다보고 있었다.

아마 이 아이들은 마을에서 한 번도 나가보지 못했으리라. 레오 자신이 16세까지 영지를 벗어나지 못했던 것처럼.

대부분의 사람들은 평생 자신이 태어난 지역을 벗어나지 못하고 살아가게 되니 새삼스러울 것도 없다. 하지만 어쩌면 이 마을은 아주 오랜 기간 동안 외부 사람들과의 접촉이 없었을 수도 있다.

'당연한가? 드래곤 로드의 영역 안에 있는 마을이니까.'

그렇게 생각을 하는 사이 레오는 마을 중앙에 있는 이층집으로 안내되었다. 붉은 덩굴이 집 전체를 감싸고 있는데, 그 덩굴로부터 느껴지는 힘도 상당했다.

이미 전갈이 있었는지 레오가 도착했을 때에는 집 앞에 30대 정도로 보이는 사람이 나와 있었다. 그러나 외모와는 달리 그의 눈빛은 오랜 세월을 산 연륜을 엿볼 수 있는 노인의 그것이었다.

"수백 년 만의 방문자로군. 어서 오시오, 숨족의 마을에."

"숨족? 전설의?"

레오는 상당히 놀라 자신도 모르게 되물었다. 전설에 나오는 숨족의 마을이 이곳에 있었다니!

하이얀 산맥의 어느 곳인가에 있다는 소리는 들은 적이 있었지만, 그것도 단순한 전설의 한 자락에 딸린 이야기일 뿐이다.

숨족이 세상에 나타나지 않은 지 천 년이 넘었기 때문에 이제 사람들은 그들을 그냥 고대 종족의 하나로 받아들이고 있을 정도였다.

하지만 전설 속에서 빠질 수 없는 것이 숨족이다.

이들은 보통 사람과는 다르게 수백 년을 산다고 한다. 보통 300년에서 400년 정도의 수명을 가진다는 것이다.

그리고 숨족은 체질적으로 몸속의 마나를 다루는 데 익숙해 장로 급 정도가 되면 대부분 마스터의 경지에 이른다고 했다.

또한 라시아 대륙에 마나를 다루는 검법을 처음 전한 게 숨족이라는 것은 부인할 수 없는 사실이다.

과연 전설대로 이곳의 사람들은 하나같이 몸 안의 기가 활성화되어 있었다. 어떤 무가라도 이렇게 모든 사람이 기의 힘을 이용할 수는 없다.

특히 촌장이라는 자는 마스터 이상의 경지에 오른 자였다.

"선일운이오."

촌장이 먼저 자신의 이름을 말하며 인사를 했다. 신기한 이름이었다. 정말 고대 슘족일까? 레오는 속으로 그렇게 생각하면서 무인의 예를 취했다.

"레오 가이안이오."

"레오 경이시구려. 참으로 오랜만에 방문자를 맞이하는 것이니 혹시 손님에게 결례가 있어도 양해를 하기 바라오."

점잖은 말투였다. 목소리가 맑아 듣기에 좋았다. 레오는 다시 예를 취해 손님으로서 있겠다는 뜻을 전했다. 그러는 한편 선일운이라는 이름을 가진 상대를 살폈다.

그의 눈빛은 유스 같은 마법사보다도 신비했다. 수명이 보통 인간의 네 배에 이른다고 했으니 겉보기와는 다르게 백 살도 넘었을 것이다.

안내한 중년인은 몇 살일까? 레오는 슬쩍 고개를 돌려 그를 보았다.

중년인은 미소를 지었다. 레오의 눈빛만 보고도 의미를 알아차린 듯 가벼운 말투로 대답을 했다.

"나이가 궁금한 모양이군요. 전 올해로 148세입니다."

"정말 슘족이었군!"

레오는 감탄한 표정으로 중얼거렸다. 그러나 중년인은 별것 아니라는 듯 손을 살짝 흔들며 말했다.

"뭐, 선일운 어른은 300세가 넘었으니 전 아직 젊은 셈입니다. 하하하."

"300세?"

레오는 고개를 돌려 촌장을 보았다. 겉보기에는 30세 정도로 보인다. 그런데 오히려 중년의 남자보다 훨씬 나이가 많다니?

'엘프냐? 네놈들은?'

레오는 속으로 그렇게 투덜댔다. 과연 이곳은 숨족의 마을이 틀림없는 것 같았다. 그렇게 수백 년을 사는 종족이니 마스터의 경지에 이르고 수련을 할 수 있을 것이다.

선일운은 의미심장하게 웃었다. 그리고는 말했다.

"이 집에서 살면 노화가 방지된다오. 저 붉은 덩굴이 그런 효과가 있다는구려."

"그런 효과가 있을 수 있다니?"

"허허허, 행여나 뜯어갈 생각은 마시오. 드래곤 로드가 이걸 심고, 다른 대단하신 분들께서 다시 몇 가지 축복을 걸어준 거라 여기 이곳 외에서는 자랄 수 없게 되어 있으니까 말이오."

선일운은 자연스럽게 말을 덧붙였다. 지난 천여 년간 이곳을 방문한 사람 중 이 덩굴을 탐내지 않는 사람이 없었기에 미리 주의를 준 것이다.

"그래, 사악한 리치가 세상을 어지럽힌다고 들었는데, 그 리치는 어떻게 되었소?"

"그건 300년 전의 이야기이오."

"허, 내 어릴 적에 마을에 온 사람이 해준 말인데, 벌써 300년이 흘렀군요."

선일운은 격세지감을 느끼는 듯 하늘을 보며 중얼거렸다. 레오는 그 모습을 보며 이곳은 시간이 정지한 마을 같다고 생각했다. 세상이 어떻게 변하든 슘족은 관심이 없는 것이다.

하기야 드래곤 로드의 영역 안에서 사니 그럴 수밖에 없다.

"세상에는 나가지 않았소?"

레오는 물었다. 그러자 선일운이 가볍게 고개를 저었다.

"우리가 세상에 나가면 어떻게 되겠소?"

"음, 확실히 문제가 되겠군."

레오는 바보가 아니다. 그의 말을 듣자 바로 상상이 갔다. 슘족처럼 보통의 인간들과 다른 종족이 세상에 나오면 괴물 취급을 받을 것이다. 범인에 비해 뛰어난 능력을 가진 만큼 더욱더 큰 박해를 받을지도 모른다.

결국 슘족이 세상에 나오면 사람들의 위에 서거나 반대로 이용만 당할 뿐이다. 어쩌면 멸망을 할지도 모른다. 인간은 자신보다 뛰어난 존재를 두려워하고, 없애려 하니까.

레오 자신도 그 때문에 가능하면 정착하지 않고 떠돌아다니려 한 것이 아닌가? 그것이 불가능하게 되자 결국 대륙을 정복하는 운명이 되었다.

"그런데 말이오. 한 가지 물어봐도 좋겠소?"

상념에 잠겨 있는 레오에게 선일운이 말을 건넸다. 레오는 시선을 다시 그에게로 돌렸다. 눈앞의 촌장은 적어도 인간들 중에서는 레오를 제외하고 가장 강한 자라 생각되었기에 나름대로 존중을 하기로 했다.

"무엇이오?"

"그대에게서 상상하기 힘든 기운이 느껴지오. 어떤 식으로 수련을 한 것인지 알 수 있겠소?"

"수련은 하지 않았소. 그냥 강했을 뿐."

"으음, 그럴 리가?"

믿을 수 없다는 표정이었다. 선일운은 레오가 몸속에 숨긴 힘을 느낄 수 있는 수준이었기에 그를 보고 크게 놀랐다.

이 집에는 마나를 모으는 마법이 걸려 있다. 그렇기 때문에 이곳에서 수련하면 대륙의 그 어떤 곳보다도 수련의 성과가 크다.

선일운은 이곳에서 300년을 수련했다. 그런 만큼 인간의 한계를 넘어설 정도로 강해질 수 있었다.

레오를 보기 전까지 세상에 자신보다 강한 자가 있다는 생각조차 해본 적이 없을 정도였다.

어떻게 수련을 하면, 어떤 사연이 있었기에 드래곤처럼 강할까? 선일운은 그게 궁금해서 견딜 수 없었다. 그래서 정말 조심스럽게 물었던 것이다.

그런데 그냥 강했다니? 드래곤도 나름대로 수련을 한다. 힘의 크기는 성장하면서 자연스럽게 얻지만, 정령을 다루는 방법과 마법, 그리고 드래곤 특유의 전투법 같은 것은 어린 시절에 배우지 않으면 안 된다.

한 번 배우면 절대로 잊어먹지 않기 때문에 어릴 때 이후에는 특별히 수련을 안 해도 되지만 애초부터 강한 것은 아니다.

만약 어떤 드래곤이 어릴 때 아무런 교육도 받지 못하고 홀로 자란다면, 교육을 받은 드래곤에 비해 형편없이 약할 수밖에 없다.

그런데 아예 수련을 하지 않았다고 말하는 사람이 있다. 그것도 드래곤과 비견될 정도의 기운을 몸속에 지니고 있는 사람이다.

거짓말을 하는 것 같지도 않았다. 선일운은 눈앞의 청년이 과연 인간인가 하는 심각한 의심이 들었다.

"그대는 인간입니까?"

선일운은 다시 물었다. 마을의 기록을 뒤져 보면 슘족의 마을에는 가끔씩 인간의 모습을 하고는 있지만 알고 보면 인간이 아닌 존재들이 살거나 방문하는 경우가 있었다.

어쩌면 레오도 그런 존재일지도 모른다는 생각에 선일운은 아주 정중하게 물었다.

그러나 레오는 그 말에 상당히 기분이 상해서 눈살을 살짝 찌푸리며 대답했다.

"인간이오. 하지만."

"하지만?"

"사실은 드래곤 로드에게 그걸 확인하기 위해 온 것이오."

"과연!"

선일운도, 옆에서 듣고 있던 중년 남자도 역시나 하는 표정으로 크게 고개를 끄덕였다. 그들은 마음속으로 '이 남자는 절대로 인간이 아닐 것이다'라고 부르짖고 있었다.

하지만 그것을 대놓고 말할 수는 없다. 선일운은 부드러운 미소를 지으며 다시 말했다.

"드래곤 로드 카르티오스님의 증표를 가지고 있으니 가디언들은 레오님을 막지 않을 것입니다. 하지만 마법의 함정들과 환영의 진들이 있으니 내일 저희가 그곳까지 안내를 하겠습니다. 괜찮겠습니까?"

"그래주면 고맙겠소."

레오는 순순히 선일운의 호의를 받아들였다. 마법의 함정들은 몰라도 환영의 진은 질색이었다. 그가 겪은 환영의 진은 호쿠쿠 밀림의 그것이었는데, 드래곤 로드가 설치한 것이 그보다 못하다는 보장은 없었다.

선일운은 잘되었다는 듯 웃음 띤 얼굴로 고개를 끄덕이며 한쪽 손을 들어 이층을 가리키며 말했다.

"그렇다면 오늘은 여기서 묵으시지요. 사실 이 마을에서 손님이 묵을 만한 곳은 이 집밖에 없으니까요."

"그렇다면."

확실히 몇백 년간 외부인이 오지 않는 곳이니만큼 여관 같은 게 있을 리 없다. 레오는 사양하지 않고 선일운의 안내에 따라 이층으로 올라가 그중 하나의 방에 들어갔다.

선일운은 하나의 수정을 꺼내 방의 위쪽에 있는 유리 접시에 걸었다. 그러자 수정이 환하게 빛을 내기 시작했다.

"마법의 수정입니다. 주무실 때 저곳에서 수정을 꺼내면 빛이 꺼지게 되어 있습니다."

"알겠소."

황제의 침실에나 있는 마법의 수정이라니? 레오는 쓴웃음을 지으며 대답하고는 등에 진 배낭을 내려놓았다.

그때 선일운이 말했다.

"저녁 식사는 한 시간쯤 뒤에 준비될 것입니다. 그런데 혹시 괜찮으시다면 그전에 간단히 비무를 부탁드려도 되겠습니까?"

"비무라, 알겠소."

레오는 선일운의 제의를 승낙하며 방 밖으로 걸음을 옮겼다. 하룻밤 신세를 지고 길 안내까지 해주겠다고 한 사람의 부탁이다. 그리고 숨족의 무공이라는 것에 흥미가 생겼다.

10여 년간 대륙을 돌아다니며 유명한 무인들과 비무를 했지만 어느 순간부터는 대부분의 검법이 그게 그거라는 생각이 들어 상당히 지루했었다.

과연 무공의 원류라는 이들은 어떨까? 레오는 그게 알고 싶었다.

잠시 후, 레오와 선일운은 집의 뒤쪽에 있는 공터에 마주 섰다. 선일운은 공터의 사방에 그려진 마법진의 몇 군데에 여러 개의 색으로 칠해진 돌들을 올려놓았다. 그러자 마법진이 서서히 힘을 발휘하며 돔형으로 방어막이 쳐졌다.

레오를 안내한 중년인과 다른 두 사람이 방어막 밖에서 안쪽을 구경하는 모습이 보였다.

아마 이 마을의 중요한 인물들인 것 같았다. 고수의 비무를 눈으로 보게 해서 무의 높음을 깨닫는 데 도움을 주려는 의도일 것이다.

"웬만한 충격은 막아줄 것입니다. 하지만 너무 강한 힘은 견디지 못할 수도 있으니 조금은 조절을 해주십시오."

"알았소."

요구도 많다는 생각이 들었지만 상대가 우려하는 바를 잘 알고 있었기에 레오는 무뚝뚝하게 대답하며 가볍게 고개를 끄덕였다. 하기야 그가 제대로 힘을 쓰면 이 집이 문제가 아니라 마을 전체가 뒤집힐 것이다.

일단 레오가 고개를 끄덕이자 선일운은 천천히 검을 들어 두 손으로 잡았다. 그러자 주변의 마나가 자연스럽게 선일운의 주위로 몰려들었다.

스스스스스—

그러자 그의 검이 황금색으로 빛나기 시작했다. 그리고 점점 빛이 강해져 마침내 천중에 떠 있는 태양과도 같이 변했다.

"선조가 남긴 검법, 소혼검법입니다. 우리 슘족 최고의 검법으로 혼을 태운다(Soul Burning)는 의미를 가졌지요."

파앗!

설명이 끝남과 동시에 선일운의 검에서 뿜어져 나오는 오러가 그의 전신을 덮었다. 사람의 몸 전신에서 눈이 부실 정도의 오러를 뿜어댈 수 있다니? 처음 보는 수법이었다.

"몸 전체가 검인가? 방어는 필요도 없겠군."

레오는 좋은 것을 봤다는 듯 미소를 지으며 중얼거렸다. 그리고는 손으로 잡고 있던 검을 머리 위로 치켜들었다. 그러나 단지 그 동작뿐, 주변의 마나는 전혀 움직이지 않았다.

콰르르르르르—

마법 배리어로 막혀진 공터는 곧 마나의 진공 상태로 변했다. 바람도 불지 않는데 불과 같은 열기가 주변을 감싸며 대기 중에 벼락이 치는 듯한 뇌성이 울려 퍼졌다.

단순히 공기가 사라진 것이 아니라 공간을 구성하는 기본 요소가 희박해져 공간이 비명을 지르는 것이다.

그러나 레오는 주변 상황에는 거의 신경을 쓰지 않았다. 그러기에는 눈앞의 상대가 펼치려는 수법이 너무 신선했다.

단지 이런 와중에도 전혀 흔들림이 없는 마법 배리어를 보고 잠깐 감탄했을 뿐이다.

"갑니다."

바앙—

말이 끝남과 동시에 선일운의 몸이, 아니, 사람의 몸 전체를 뒤덮은 오러 덩어리가 잔상을 남기며 레오를 향해 쏟아져 왔다.

동시에 그곳에서 좌우로 몇 개의 오러 블레이드가 뻗어 나와 좌우와 상하를 덮었다. 피할 수도 없게 만들려는 의도 같았다.

"좋군!"

레오는 나직하게 중얼거리며 자신의 바로 앞까지 다가온 오러 블레이드를 향해 검을 내려쳤다. 단순히 그 커다란 덩어리가 아니라 안쪽에 숨은 가장 강력한 곳을 정확하게 베었다.

쾅!

"크윽!"

접점으로부터 폭발하듯 오러가 사방으로 퍼지며 그 안에서 선일운이 신음 소리와 함께 뒤로 튕겨 나갔다.

그는 믿을 수 없다는 표정을 하고 있었다. 그래서인지 잠시 검을 내리고 레오에게 물었다.

"그것은 어떤 검법입니까? 전 아무런 기세도 느끼지 못했습니다."

"검의 기세를 밖으로 퍼뜨릴 필요는 없소. 검법이랄 것도 없이 그냥 벤 거요."

"으음, 그렇군요. 과연 비천광검도 결국 그랜드 마스터의 검법은 아니었다는 것이군요."

선일운은 납득했다는 듯 고개를 끄덕였다. 그는 대대로 내려온 소혼 검법을 5장까지 익혔다.

상대가 자신보다 고수라는 것을 알고 처음부터 그중 최고의 수법인 비천광검을 펼쳤는데, 단숨에 깨어지고 말았다. 그것도 피하거나 흘린 것이 아니라 무식하게 힘으로 튕겨낸 것이다.

몸과 검을 하나로 해서 광검의 오러로 감싸는 수법! 세상에 존재하는 모든 검법 중에 가장 파괴력이 강하다고 생각했던 수법이다. 그러나 그것은 상대를 반 발자국도 물러서게 하지 못했다.

'이대로는 비무의 의미가 없다.'

생각했던 것보다 실력의 차이가 컸다. 선일운은 이를 악물고 다시 검을 들어 레오에게 겨누었다. 동시에 강렬한 살기가 일어나 바늘처럼 레오의 전신을 찔렀다.

"살기라, 좋은 무기지."

레오는 다시 중얼거리며 이번에는 검을 앞으로 겨누었다. 여전히 그의 검에서는 아무런 기세도 일어나지 않았다.

그저 자연스럽게 한 손으로 검을 잡고 최대한 편하게 유지하려는 듯했다.

하지만 선일운은 레오의 그 자세에서 다음 동작을 읽을 수 없었다. 검을 살짝 흔들기만 해도 자신의 모든 수법이 깨어질 것 같았다.

"환몽광영검이라는 것입니다."

파앗!

그의 검에서 다시 빛이 나 전신을 감싸기 시작했다. 결국 비천광검의 수법이 선일운이 펼칠 수 있는 최대의 공격법이라는 뜻이었다.

그러나 이번에는 그 오러의 덩어리가 곧바로 레오를 향해 달려드는 것이 아니라 주변을 회전하듯 돌기 시작했다.

원을 그리는 것이 아니라 기묘한 곡선으로 불규칙적인 변화를 보였다. 그 오러의 힘도 때에 따라서는 강해졌다가 다시 약해지기를 반복했다.

"음?"

레오는 그러한 움직임에서 이상한 기운을 느꼈다. 상당한 위기감이었다. 드래곤의 레어에 들어가자마자 전격의 브레스가 눈앞으로 다가왔을 때 느꼈던 감각과도 거의 비슷할 정도였다.

이것은 무엇을 뜻하는 거지? 아무리 심하게 현혹을 해도 자신의 눈을 피할 수는 없다. 그는 모든 잔상을 무시하고 오직 오러가 가지는 힘만을 느꼈다. 그런데도 뭔가 이상했다.

'이것은!'

어느 순간 레오는 깨달았다. 지금 느낌은 바로 호쿠쿠 밀림에서 느꼈던 결계와도 같았다. 그가 가진 기감까지 속일 수 있는 환상의 마법 결계! 그것을 지금 눈앞의 상대가 오러의 움직임만으로 재현하고 있었다.

그것을 안 레오는 순간적으로 몸 안에 있는 힘을 개방했다.

콰콰콰콰콰!

해일과도 같은 기세의 힘이 사방으로 뻗어 나갔다. 땅이 그 힘을 이기지 못하고 반구형으로 패였다. 그러자 사방에서 선일운의 오러가 흩어지며 수십 개로 변했다.

그것은 모두 허상이 아닌 진짜였다. 하나의 광검 오러의 움직임 속에 다른 모든 것을 숨긴 것이다.

조금만 늦었어도 레오를 향해 일제히 공격을 가했으리라!

"타핫!"

파파파팡!

레오는 즉시 몸을 앞으로 움직이며 검을 휘둘러 광검 오러들을 하나하나 파괴했다. 수십 개의 오러를 일거에 받는 것도 가능하기는 했지만, 이렇게 하나하나 부수는 것은 작은 힘으로도 가능하다. 레오는 본능적으로 가장 효과적인 움직임을 취했다.

그렇게 약 20여 개의 광검 오러를 부쉈을 때, 레오는 아직도 자신의 감각이 보내는 위험 신호가 전혀 줄어들지 않았다는 것을 느꼈다.

무엇이지? 무엇이 있는 거지? 레오는 집중했다. 그리고 그는 검을 옆으로 비틀어 좌측에 있는 공간을 베었다.

쾅!

"크윽!"

공간이 갈라지듯 갑자기 선일운의 모습이 나타나 뒤로 튕겼다. 아까와도 같이 그의 몸을 뒤덮고 있던 오러가 사방으로 흩어지며 다른 광검 오러를 사라지게 만들었다.

환상은 아니지만 실체가 없는 오러의 덩어리를 조종하던 선일운의 힘이 사라진 것이다.

동시에 레오는 다시 반 걸음을 앞으로 나아갔다. 그리고는 검을 똑바로 뻗어 선일운의 목을 향해 겨누었다.

검과 사람의 사이는 몇 미터나 떨어져 있었지만 그 기운은 이미 목 끝에까지 파고들어 가늘게 피를 흘리고 있었다.

"졌습니다."

휘류류류류—

마나의 흐름이 정상으로 바뀌며 바람이 그들의 몸을 식혔다. 잠시 동안의 정적이 있었지만, 결국 선일운은 검을 아래로 늘어뜨리며 패배를 시인했다.

"좋은 승부였소. 특히 마지막 공격은."

레오는 나름대로 만족했다는 듯 고개를 약간 끄덕이며 검을 검집에 넣었다. 나름대로 최고의 예의를 표한 셈이다.

선일운 역시 허리를 굽혀 비무에 대한 감사의 예를 표하고는 다시
물었다.

"어떻게 나의 기척을 알아차릴 수 있었습니까?"

"그냥 느꼈소."

"그럴 수가!"

선일운은 기가 막힌 표정을 지었다.

그러자 이번에는 레오가 선일운에게 물었다.

"확실히 마지막 순간까지 그대의 기세는 전혀 느껴지지 않았소. 움
직이는 모든 것뿐만 아니라 전혀 움직이지 않는 것까지 나의 감각을
피할 수 없는데. 어떤 이치오?"

레오는 정말 이해할 수 없었다. 처음에 그는 모든 광검 오러에서 선
일운 본신의 힘이 느껴지지 않는 것을 깨달았다.

그래서 순간적으로 힘을 방출하여 선일운의 본신에 타격을 가하려
고 했다. 상대가 확실히 고수라는 것을 알기에 레오는 일시적으로 기
감을 피할 수 있다고 판단했던 것이다.

그러나 힘을 방출하면 숨어도 소용이 없다. 범위 내의 모든 물체가
타격을 입는다.

그런데 막상 그것을 행했는데도 선일운의 실체는 나타나지 않았다.
그리고 알 수 없는 감각이 좌측의 위험을 알렸다. 기감마저 잡아내지
못하는 곳에 선일운은 존재하고 있었다.

어떻게 그게 가능할까? 모습을 숨긴 게 아니라 그가 있는 공간 자체
가 사라져 다른 곳에 속한 느낌이었다. 그렇기에 힘의 방출에도 전혀
타격을 받지 않았다.

즉, 드래곤이 브레스를 뿜어도 방금 전의 선일운은 조금도 피해를

받지 않을 수 있다는 뜻이다.

"그것은 마나의 흐름 속에 있는 공간의 틈입니다."

선일운은 순순히 대답했다. 원래 이것은 일족에게도 거의 알리지 않는 비기이지만 그 수법을 꿰뚫어 본신의 위치를 알아낸 자에게는 숨길 필요가 없었다. 일족의 모든 수법은 외부에 전수하는 것을 금하지 않는다. 단지 그 자격이 있는 자에게만 알리게 되어 있다.

적어도 눈앞에 있는 레오라는 자는 슘족의 모든 비법을 전수받을 수 있는 자격이 있어 보였다.

그가 만약 원한다면, 드래곤 로드가 지키고 있는 소혼검법 최후의 단계를 얻기 위한 시험을 보게 해도 좋다고 생각했다.

라사아 대륙에 존재하는 모든 검법의 정점에 서 있는 소혼검법의 최종장은 그랜드 마스터를 위한 것이기 때문에 눈앞에 있는 남자라면 그것을 얻을 수 있을지도 모른다.

그런 만큼 슘족 특유의 비전법인 '기환진'에 대해서도 숨길 필요가 없었다.

선일운은 계속해서 설명했다.

"우리 일족의 선조는 이 세계의 사람이 아닙니다. 다른 차원에서 건너와 이곳에 정착을 했지요."

"다른 차원이라고?"

"이해할 수는 없을 겁니다. 마법사들도 잘 모르는 개념이니까요. 하지만 이곳의 인간들과 제 조상이 살던 곳의 인간들은 비슷하면서도 조금 다르다고 합니다. 일단 수명이 그렇지요. 선조의 기록에는 시간의 흐름 자체가 다르기 때문이라고 하더군요."

"음, 이해를 할 수는 없소. 하지만 받아들일 수는 있으니 계속 말하시오."

레오는 고개를 끄덕였다. 숨족이 어떤 존재인지는 중요하지 않았다. 이들이 드래곤의 후손이라고 해도 그저 그러려니 했을 것이다. 지금 그가 알고 싶은 것은 바로 선일운이 썼던 수법의 원리였다.

지금까지 레오는 어떤 수법도 일단 보기만 하면 완벽하게 재현해 낼 수 있었다. 천재라서 그런 게 아니라, 이상하게도 한 번 보면 태어날 때부터 그걸 알고 있었던 것같이 생각되어졌기 때문이다.

다른 사람에게는 미치고 싶을 정도로 부러운 이야기이지만 레오 본인에게는 나름대로 심각했다.

하고 싶은 게 다 되고, 원래부터 더할 나위 없이 강한 상태였기에 더 강해지고 싶어도 어떻게 강해져야 하는지 알 수가 없었다. 수련도 무의미했다.

그런 만큼 지금처럼 이해를 할 수 없는 수법은 레오에게 있어서 정말로 사막의 오아시스처럼 갈망할 수밖에 없는 것 중 하나였다.

"일단 공간의 틈이라는 것에 대한 것을 모르겠소. 마나의 흐름 사이를 베는 것은 가능한데, 그걸 베면 어떻게 되는 건지도 알 수 없었소."

"과연 마나의 흐름을 느끼고 그 사이를 가를 수 있군요. 그렇다면 말하기가 쉽습니다."

선일운은 레오의 질문에 나름대로 정리를 한 듯 자세한 설명을 했다.

그의 선조가 있던 곳은 지구라는 곳으로, 라시아와 거의 비슷한 환경을 가지고 있었다 한다. 그러나 비슷하면서도 다른 게 하나 있는데, 그게 바로 마나의 흐름이었다는 것이다.

그들에게는 특유의 비술이 있었다. 마법진과는 다른 원리로 마나의 흐름을 제어하는 방법이었다.

"마법이 아닙니다. 흐름을 알고 돌이나 나무와 같은 사물로 그것의 흐름을 제어하는 방법입니다."

"아무런 마력도 없이 가능하단 말이오?"

"그렇습니다. 모든 사물은 나름대로 힘을 가지고 있는데, 그걸 이용하는 거지요."

"으음."

레오는 쉽게 믿을 수 없었다. 마법의 힘을 지닌 물건이 아닌 단순한 돌덩이로도 그와 비슷한 효과를 얻을 수 있다니? 그럼 세상은 정말로 혼란에 빠질 것이다.

그러나 선일운은 진지한 표정으로 설명을 계속했다.

"단지 그런 힘을 강하게 얻기 위해서는 지형적인 요소도 크게 작용합니다. 즉, 마법진처럼 어떤 곳에서든지 펼칠 수 있는 것이 아니라 정해진 요건을 갖춘 지형에서만 진정한 힘을 발휘할 수 있지요."

"그런 것이군."

그 말을 듣고서야 겨우 납득했다는 듯 고개를 끄덕이는 레오였다. 거기에 선일운은 덧붙이듯 다시 말했다.

"그리고 그것은 사람으로도 가능합니다. 특히 마나를 어느 정도 다룰 수 있는 사람이라면 지형과 관계없이 힘을 발휘할 수 있습니다."

"사람으로 마법진을 구성하는 것이오?"

"그렇게 생각하셔도 좋습니다. 하지만 마법으로도 할 수 없는 일이 가능합니다. 이것은 가장 중요한 비밀인데, 마나의 흐름 속에 있는 공간은 이 세계에는 존재하지 않는 아공간과도 같습니다."

"아공간이라……."

"우리 숨족의 시조인 무한검선께서는 이곳과 숨족의 고향인 지구의 마나가 서로 성질은 같지만 흐름이 다르다는 것을 발견하셨습니다. 결국 마나의 틈, 즉 공간의 틈을 이용하는 방법을 깨달았는데, 그게 바로 제가 사용한 환몽광영진의 수법입니다."

"과연 존재하지 않는 공간 사이에 들어가면 어떤 기감으로도 느낄 수 없는 것이군!"

"그렇습니다. 오러의 분신으로 환몽수라진을 만들고, 본체는 그로 인해 생긴 아공간에 들어가는 것이 바로 환몽광영진의 실체입니다."

"공간의 틈, 그곳으로 들어갈 수 있단 말인가……."

처음 들어보는 말이었다. 정말로 마나의 틈 속에 그게 있는지, 또한 그 속으로 사람이 들어가는 것이 가능한지 전혀 알 수가 없었다.

보통 보기만 해도 완벽하게 그걸 사용할 수 있는 레오로서는 처음 느껴보는 감정과도 같았다. 오러 블레이드를 이용한 수법들도 한 번 그 쓰임을 보고는 바로 사용이 가능하다는 것을 알지 않았던가?

레오는 숨족의 시조라는 무한검선에게 일종의 경외심을 느끼기까지 했다.

'그자와 겨루어보고 싶군.'

가슴속에 묘한 투쟁심이 생기는 것을 느끼며 레오는 쓴웃음을 지었다.

한편, 배리어 밖에서 이 광경을 지켜보던 사람들은 상상을 초월하는 비무에 하나같이 할 말을 잃고 입만 벌리고 있었다. 그러던 중 레오를 안내한 중년 사내가 한숨을 쉬며 중얼거렸다.

"촌장님도 그렇고, 저자도 그렇고……."

옆에 서 있던 청년 중 한 명이 그 말에 정신을 차리고 그에게 물었다.

"어떻게 저럴 수 있죠?"

"촌장님이 저런 고수였다니!"

"촌장님은 원래 고수야. 근 500년 내에 가장 강하다고 장로들이 말하고 있거든. 그런데 저 레오라는 자 말이야."

"네?"

"인간일까?"

"절대로 아니라고 봅니다."

"아무래도 그렇지?"

"원래 이 마을에 정상적인, 그러니까 순수한 인간이 오는 경우를 보셨습니까? 저분은 최소한 고룡이나 마왕, 혹은 대천사일 겁니다."

"아니야, 그런 종류는 이미 많이 왔잖아. 이번에는 정령왕이라던가, 그런 걸 거야."

"오옷, 그거 말 되는데? 그리고 보니 정령왕이 인간의 육체를 빌려서 나타난 적은 한 번도 없었지?"

젊은 청년들이 떠들기 시작하자 중년 사내는 손으로 이마를 짚으며 한숨을 내쉬었다. 청년들로 보이지만 실제 나이가 60이 넘은 자들이다. 그런데 육체가 젊으니 정신적인 성장 또한 그 수준에 머물러 있다. 마치 엘프와 같은 것이다.

"조용히 해라. 많이는 무슨 많이냐? 몇 명 온 거 가지고. 그리고 정령들은 절대 육체를 지닐 수 없게 되어 있으니 헛소리하지 마라."

"에이, 세상이 어디 법대로만 움직입니까? 다 예외가 있겠지요."

"조용히 하라니까!"

"옙."

젊은 청년들은 중년 사내의 이마에 세 줄기 주름이 생기는 것을 보고는 즉시 입을 다물었다.

사실 중년 사내야말로 그들의 무술 사범 중 하나였기 때문에 그를 화나게 하면 수련이 극도로 힘들어질 수 있었다. 그래서 그들은 항상 기민하게 분위기를 맞추었다.

겨우 주변이 조용해지자 중년 사내는 다시 안쪽에 집중했다. 청년들도 마찬가지로 그곳에 일제히 시선을 모았다.

때마침 레오가 검을 들고 무엇인가를 하려 하고 있었기 때문에 더 이상 딴 짓을 할 수 없었다. 한 수라도 더 보면 나중에 뼈가 되고 살이 된다는 것을 그들은 알고 있었다.

스스스스—

레오는 신중하게 힘을 모았다. 이전과는 전혀 다른 태도였다. 의식 감각을 나누어 공간 전체를 살피고, 그중에서도 선일운이 가르쳐 준 지점에 특히 집중을 했다.

'과연 마나의 흐름이 교차하는 곳들이군. 저곳을 오러로 막아 흐름을 변화시키면 새로운 흐름이 생긴다는 것인가?

알 것 같았다. 그러나 이전과는 달리 단지 이해할 수 있을 뿐이었다.

이것은 절대로 그냥 되는 수법이 아니다. 최소한 커다란 깨달음과 그에 합당한 수련을 하지 않고는 펼칠 수 없는 그런 성질의 것이다!

레오는 정말 기뻤다.

"차앗!"

파파파팍!

순간적으로 레오의 몸이 수십 개로 분열되었다. 오러로 만들어낸 분신이었다. 그것 하나하나가 막강한 힘을 지니고 있었다. 그럼에도 불구하고 그것들은 단지 마나의 흐름을 바꾸기 위해 사용되고 있었다.

위이이잉—

레오의 기감에 주변의 마나가 격렬하게 움직이는 것이 느껴졌다. 과연 선일운이 설명한 대로 마나의 흐름이 갈라지며 그 틈이 점점 벌어졌다. 그 느낌은 옆에 서 있는 선일운이라고 해도 느낄 수 없는 것이었다. 오직 흐름을 제어한 레오만이 알 수 있었다.

'지금!'

슉!

순간적으로 레오의 몸이 사라졌다. 그리고 조금 떨어진 곳에서 다시 나타났다.

"성공입니다! 과연 대단하군요. 단번에 성공을 하다니!"

짝짝짝짝!

선일운이 크게 놀라 외치며 박수를 쳤다. 그의 경우 이걸 수련하는 데 딱 100년이 걸렸다. 그런데 설명을 한 번 듣기만 하고 바로 성공시키는 존재가 있을 줄이야? 그는 이미 레오를 사람이라고 생각하지 않았기에 존재라는 표현을 썼다.

그러나 레오는 별로 기분 좋은 얼굴이 아니었다. 조용히 고개를 저으며 중얼거렸다.

"난 저쪽으로 이동하려고 했소."

그러면서 가리킨 곳은 레오가 이동한 곳과 정반대쪽이었다.

"음, 아공간 안에서 움직임이 자유롭지 못했습니까? 일단 그곳에 가면 시간이 거의 정지하여 아공간이 닫히기 전에 원하는 곳으로 나올 수 있는데 말입니다."

"아니, 난 그 아공간이라는 곳 안에 들어간 느낌이 조금도 없었소. 단지 들어가는 순간 이곳으로 이동되었을 뿐."

뭐가 잘못되었을까? 레오는 심각하게 궁리를 하며 중얼거렸다. 아무도 느낄 수 없는 곳으로 들어가도 원하는 곳으로 이동하지 못한다면 전혀 의미가 없다. 오히려 잘못해서 벽 속에 처박히거나 하면 그대로 죽을 가능성도 있다.

분명히 선일운은 원하는 위치로 이동할 수 있다고 했다. 그런데 왜 나는 안 될까? 레오는 선일운과 자신의 차이를 생각하기 시작했다.

그때, 같이 고민하던 선일운이 생각났다는 듯 말했다.

"그러고 보니 시조의 기록을 보면 이건 슘족만의 비술이라고 쓰여 있습니다. 이계에서 넘어온 슘족은 이 세계의 공간에 얽매이지 않기에 가능하다고 했지요."

"공간에 얽매이지 않는다라……."

"어쩌면 레오 경과 같은 순수한 라시아 인에게는 아공간이 허락되지 않는가 보군요. 당신들은 라시아 대륙이라는 공간에서 사는 존재이니까요."

"그렇다면 나에게는 불가능하다는 뜻이 되는군?"

"그럴지도 모르겠습니다."

"으음……."

레오는 그 말에 입을 다물고 신음 소리를 흘렸다. 억울했다. 익힐 수 없는 방법이라니? 마법도 아니고 무공 쪽의 수법인데? 익숙하지 않은 경험이었기에 상당히 당황하기까지 했다.

하지만 그런 레오의 심정을 모르는 선일운은 안타깝다는 듯 고개를 저으며 말했다.

"뭐, 아공간 안에서는 외부에 어떤 힘도 발휘할 수 없으니 결국 이동이나 회피를 위한 수법일 뿐입니다. 레오 경처럼 아공간 안에서의 움직임도 느낄 수 있는 경지에 도달하면 크게 상관이 없을 겁니다."

"……."

상관이 있다. 레오는 그렇게 생각했지만 그걸 입 밖으로 내지는 않았다.

"자러 가겠소."

레오는 결국 그렇게 말하고는 그대로 몸을 돌려 집으로 들어갔다. 정말 좋다가 말았던 밤이라고 생각하면서.

어쨌든 하루가 지나고 아침이 왔다. 촌장인 선일운은 직접 레오를 안내하여 드래곤 로드의 레어로 향했다. 그곳에 도착하면 레오에게 무한검선의 무덤 안으로 들어갈 것인지 물어봐야 하기 때문에 직접 가야 했다.

산을 오르니 그곳은 정말 울창한 숲이었다. 산 아래에서 봤듯 만년설로 덮인 곳 위쪽에 뜬금없이 녹색의 숲 지대가 있었던 것이다.

"로드인 카르티오스님께서는 그린 드래곤이기 때문에 숲을 좋아합니다. 이 일대는 로드의 정원이라 불리고 있지요."

선일운은 걸음을 옮기며 일대에 대한 설명을 했다.

숲 한가운데에 있는 늪에는 머리가 열한 개나 달린 히드라가 살고 있는데, 그 마물이 바로 가디언들의 대장 격이라고 했다.

하지만 정말로 가장 무서운 것은 숲에 사는 벌 떼들인데, 당연히 보통 놈들이 아니기에 일단 그놈들에게 공격당하면 드래곤이라고 해도 생명의 위협을 받을 수 있다는 것이다.

"드래곤이? 그렇다면 벌의 독침이 드래곤의 비늘을 뚫는다는 것이오?"

"그렇다고 들었습니다. 뿐만 아니라 드래곤의 브레스에도 죽지 않을 정도로 강인한 생명력을 지녔다고 하더군요. 다른 드래곤들이 로드를 두려워하는 가장 큰 이유가 그 벌 때문이랍니다. 하하하."

그렇게 말하며 선일운은 웃었다.

그가 들은 말로는 만약 드래곤 로드에게 무례를 범하는 어린 드래곤이 있으면 로드는 아무 생각 없이 그 버릇없는 드래곤을 들어 벌집을 향해 던진다는 것이다.

그럴 경우 화끈하게 벌에게 쏘인 어린 드래곤은 거의 노이로제 상태에 빠져 평생 고생을 하게 된다. 그래서 드래곤 중에는 벌을 극도로 싫어하는 자가 몇 있다고 한다.

"음, 확실히 큰 놈 하나보다는 작은 것 수천이 무서울 수 있지."

레오는 선일운의 말에 진지하게 고개를 끄덕이며 중얼거렸다. 만약 그 벌 떼를 만나면 그 자신도 상당히 조심하지 않으면 안 될 것 같았다.

보통의 힘으로는 죽일 수 없고, 웬만한 방어막은 소용이 없는 벌 떼라면 정말로 상대하기가 쉽지 않을 것이다.

하지만 별로 걱정을 하지는 않았다. 상대할 방법이 몇 가지 정도 있고, 설령 생각대로 되지 않는다고 해도 싸우다 보면 최적의 방법이 생각날 것이다. 레오는 그동안의 경험으로 그것을 알 수 있었다.

"저곳입니다."

나름대로 벌 떼와의 전투에 대해 상상하던 레오는 선일운이 외치는 소리에 고개를 돌려 앞쪽을 보았다.

정상 쪽에는 전체적으로 푸른 잔디로 뒤덮여 있었고, 그 가운데 상당히 큰 바위 절벽이 있었다.

신기하게도 그 바위 절벽은 수직으로 깎아지른 듯이 서 있었는데, 그곳에는 나무 한 그루 자라지 않았다. 어떻게 보면 거대한 벽처럼 보이기도 했는데 적어도 자연 현상에 의해 만들어진 절벽은 아닌 것 같았다.

선일운이 가리키는 곳은 바로 그 절벽이었다. 그는 레오가 자신의 말에 반응하자 다시 설명을 했다.

"저 절벽이 바로 레어로 들어가는 문입니다. 평소에는 닫혀 있지만 로드가 허락을 하면 정중앙이 둘로 갈라지며 안쪽에 있는 레어로 들어갈 수 있게 됩니다."

"문이 있었다니? 네미니스의 레어와는 다르군."

"전룡 네미니스님의 레어를 보셨습니까? 저는 보지 못했지만, 이곳은 로드의 레어인 만큼 뭔가 다르겠지요. 하하하!"

호탕하게 웃는 선일운의 표정은 도저히 수백 년을 산 사람이라고는 믿어지지 않을 정도로 맑았다. 말투도 항상 정중하여 정말 30대 초반이라고밖에 보이지 않았다.

레오는 역시 숨족은 특이한 점이 있다고 속으로 생각하면서 걸음을 재촉했다.

드디어 드래곤 로드를 만난다고 생각하니 마음이 조급해져 왔다. 그러면서도 한편으로는 두려움이 서서히 생겨났다.

나는 과연 인간일까? 왜 이렇게 강하게 태어났지? 수련을 하지 않아도 모든 검법을 알다니? 그게 가능한가?

생각은 혼란으로 변해 파도처럼 밀려왔다. 적어도 레오의 마음 깊은 곳에서는 이 모든 것이 비정상이라고 쉬지 않고 속삭여 왔다.

그동안은 그런 생각이 들 때마다 '나는 사자다!' 라고 속으로 외치며 억지로 마음이 흔들리지 않도록 유지했을 뿐이다.

하지만 사자는커녕 드래곤이라고 해도 이렇게 저절로 강해질 수는 없다.

이제는 그 비밀을 알 때가 왔다! 레오는 속으로 그렇게 중얼거리며 좀처럼 앞으로 나아가려 하지 않는 다리에 힘을 주어 걸음을 옮겼다. 드래곤과 싸울 때보다 더욱 긴장이 되는 순간이었다.

어느새 그들은 절벽의 바로 앞까지 나아갔다.

레오는 걸음을 멈추었다. 그리고는 순간적으로 생각했다. 어쩌면 진실을 모르는 것이 더욱 좋을지도 모른다. 이대로 대륙 최고의 강자이자 제국의 황제로 일생을 보내는 것이 가장 좋을 가능성이 높다.

'어떻게 할까?

돌아갈까? 매사에 조금도 주저함없이 마음이 시키는 대로 행하던 레오가 드물게도 망설이기 시작했다. 그때 아버지와 형의 얼굴이 머릿속에 떠올랐다. 그들은 웃고 있었다.

'어떤 가혹한 진실이 있더라도 나는 흔들리지 않는다.'

레오는 다시 속으로 중얼거렸다. 설령 내가 어떤 존재라고 해도 그들은 내 아버지이고, 형이다.

자신을 바라보는 조카 로엔의 눈에는 항상 믿고 의지하는 혈육의 정이 담겨 있었다. 그 눈망울이 있는 한 레오는 인간으로 남을 수 있다고 확신했다.

"어서 드래곤 로드를 부르시오"

레오는 선일운을 보며 재촉했다. 마음이 정해졌기에 더 이상의 망설임은 가지지 않기로 했다.

그런데 선일운이 고개를 갸웃하며 절벽에 한 손을 대고 말했다.

"이상하군요?"

"뭐가 말이오?"

"이쯤 오면 로드께서는 이미 우리가 왔다는 것을 알고 문을 열어주셨을 겁니다. 그런데 아무런 반응이 없군요."

"그럼?"

"그게 말입니다. 아! 저기."

선일운은 곤란하다는 듯 말을 흐리다가 무엇인가를 발견한 듯 손가락으로 절벽의 한쪽 구석을 가리켰다.

그곳에는 사람의 얼굴과도 같은 조각이 새겨져 있었는데, 놀랍게도 선일운이 그것을 가리키자 들켰다는 듯 눈을 떴다.

─로드께서는 외출 중이십니다. 나중에 와주십시오.

"마법의 입이군요."

선일운은 본 적이 있다는 듯 말하고는 그쪽으로 가서 그 얼굴 조각에게 말을 걸었다.

"외출 중이시라고요? 전 숨족의 선일운입니다만, 어디 가셨는지 알 수 있을까요?"

─숨족의 선일운, 로드의 친구이니 말할 수 있습니다.

"어디 가셨습니까?"

─흑사자라는 인간을 만나기 위해 스틸문으로 가셨습니다.

"흑사자? 흠, 누구길래 로드가 직접 만나러 가신 겁니까?"

─새로 일어선 제국의 황제입니다. 현재 세상에서 가장 강한 인간이라고 합니다.

"아, 새로운 제국이 생겼군요! 세상에서 가장 강한 자라고요?"

선일운은 흥미가 생겼는지 약간 놀란 표정을 지으며 레오를 보았다. 그리고 물었다.

"혹시 흑사자란 분을 아십니까? 제국의 황제라고 하는데, 스틸문에 거주한다고 합니다."

레오는 퉁명스럽게 대답했다.

"나요."

"예?"

"흑사자는 내 별명이오. 난 가이안 제국의 황제요."

"이런! 그런 것이었군요. 하긴 레오 경을 빼고 최강자가 있을 리가 없지요."

"그건 중요한 것이 아니오. 지금 로드는 레어에 없는 것이오?"

"레오 경을 만나러 가셨다는데요?"

"……."

잠시 동안 정적이 주위를 차갑게 식혔다. 그러다가 레오가 가볍게 한숨을 쉬며 말했다.

"돌아가겠소."

"아무래도 그게 좋겠습니다."

선일운은 그저 고개를 끄덕이며 레오의 말에 동의를 표할 뿐이었다.

❈ Chap 3 ❈
미노의 최후

미노의 최후

네미니스는 전속력으로 하늘을 날았다. 일단 일정한 고도까지 오른 뒤에는 바람의 정령을 이용해 몸을 떠받치도록 할 필요가 없다. 그렇기에 정령의 힘을 모두 추진력으로 쓸 수 있었다.

쐐에에에엑—!

구름도, 공기도 드래곤의 전력 비행에 비명을 지르며 흩어져 버렸다.

그렇게 하루를 꼬박 날자 미노 제국의 수도가 네미니스의 시야에 잡혔다.

대륙에서 손꼽힐 정도로 화려한 도시이다. 어쩌면 가장 화려할지도 모른다.

왜냐하면 과거 미노 제국은 대륙에서 네 번째로 강력한 국가였고, 그보다 강했던 3대 제국은 망해 버렸기 때문이다. 제국의 수도도 그때 파괴되었다.

결과적으로 현재 가장 전통있는 국가는 미노 제국이 되었다.

그러나 지금 네미니스의 눈에는 이 최강 국가의 수도가 전혀 화려해 보이지 않았다.

적어도 그의 눈에는 이미 폐허로 보였다!

카르르르르르르―

수도의 상공에 도착한 네미니스는 공중에서 선회하며 크게 포효했다. 동시에 그의 뿔에서 엄청난 양의 방전이 시작되어 대기 중에 퍼졌다.

파지지지지직!

방전은 끊임없이 뻗어 주변의 구름들을 자극했다. 썬더 로드! 번개를 지배하는 자의 힘이 발휘되었다. 바람의 정령들의 공포에 찬 비명과 함께 수도 주변은 순식간에 뇌운으로 뒤덮였다.

콰콰콰콰쾅!

번개가 치기 시작했다. 하나가 아니다. 수십, 수백 개의 뇌전이 수도를 향해 무차별로 떨어졌다.

"나의 분노를 느껴라! 공포에 떨어라! 드래곤을 무시한 자들이여! 이것이 나의 대답이다!"

네미니스의 말이 번개와 함께 수도로 퍼져 나갔다. 한 인간의 목숨과 사기당한 드래곤의 분노는 제국의 수도 전체와 필적한다. 네미니스의 생각은 그랬다.

비명 소리는 들려오지 않았다. 인간의 목소리가 닿기에는 너무나도 높은 곳이었다. 네미니스는 자신의 의지를 일방적으로 전하고는 입을 다물고 뇌운들을 조종하는 데 집중했다.

전력을 다하는 네미니스는 거의 신 급에 다다른 힘을 발휘할 수 있었다.

순식간에 수도의 사람들을 공포와 절망 속으로 빠뜨렸다.

과거 수천 년간 드래곤이 이렇게까지 인간을 직접적으로 공격한 일은 없었다.

드래곤의 규율은 엄격하기에 네미니스는 앞으로 얼마나 오랫동안 봉인되어 있어야 할지 스스로도 판단하기 어려웠다. 그러나 상관없었다.

그는 고룡, 다시 말하면 늙은 용이다. 몸을 마나로 바꾸고 생을 끝낼 날이 얼마 남지 않았다. 앞으로 천 년 정도 조용히 봉인당한 채 그날만을 기다리기로 결심해 버렸다.

뒤를 걱정하지 않고 마음껏 날뛰기로 했다.

콰드드드드등!

다시 수많은 번개가 수도의 곳곳을 파괴했다. 화염이 일어나는 것이 보였다. 마법의 방어진이 깨어진 증거였다.

인간이 친 마법의 방어진은 위대한 자연의 힘 앞에서는 무기력하다.

천연 번개의 힘은 정말로 강력하기 때문에 이런 식으로 몇 번만 공격하면 수도 내의 모든 마법진은 파괴되어 버릴 것이다.

"다시 한 번!"

콰드드드등!

세 번에 걸친 벼락! 파괴의 극치!

네미니스는 그 작업을 끝내고서야 방전을 멈추고 아래를 살폈다. 하루 세 번만 허락된 드래곤의 브레스를 이용해서 쓰는 수법이었기에 이이상은 무리였다.

이미 몸속에 모아두었던 뇌기의 상당수가 소모되었다.

아래를 자세히 확인한 네미니스는 그때서야 하강했다.

분노하는 가슴과는 달리 그는 냉정한 머리로 항상 최고의 상황을 유지했다. 그런 점이 네미니스를 고룡 중에서도 로드를 제외한 가장 싸움에 능한 전룡으로 만들게 된 이유였다.

슈우우우웅!

거의 수직으로 자유 낙하를 하는 네미니스, 그가 노려보는 곳은 바로 미노의 황궁이었다. 황궁 쪽은 그 강력한 뇌전의 소나기에도 거의 타격을 받지 않았다. 이제는 그곳을 부술 차례였다.

순식간에 지표와 가까워졌다. 그러나 그는 멈추지 않았다. 오직 마법으로 자신의 몸을 보호하는 주문만을 시전했을 뿐이다.

콰콰쾅!

황궁에서 가장 큰 건물과 그 주변 건물 여섯 개가 굉음과 함께 흔적도 없이 사라졌다. 땅에는 깊게 홈이 파였다.

그뿐만이 아니라 그 충격파로 주변 일대가 쑥대밭이 되었다. 넓디넓은 황궁이었지만 이 한 번의 육탄 돌격으로 상당 부분에 치명적인 피해를 입었다.

"캬아아아아아아!"

깊게 패인 구덩이 속에서 네미니스가 모습을 드러내며 하늘을 향해 다시 크게 울부짖었다.

그러자 사방에서 달려오던 마법사들이 비명을 지르며 쓰러졌다. 드래곤 피어의 힘이 그들의 몸에 있는 마나를 흐트러뜨린 것이다.

오직 단련된 기사들만이 겨우 버티고 서서 네미니스를 절망적인 눈으로 바라볼 뿐이었다.

그러나 그들 중에도 뛰어난 자는 있기 마련이다. 한 명의 기사가 피어의 영향에서 벗어나 과감하게 네미니스의 앞까지 달려왔다.

"멈춰주십시오! 어째서 드래곤이 인간의 도시를 공격하시는 겁니까?"

기사는 네미니스를 향해 크게 외쳤다.

네미니스는 고개를 든 채 슬쩍 눈을 내리깔고 상대를 보았다.

기사는 아직 검을 뽑지는 않았지만 허리에 찬 검의 손잡이를 잡은 채 오러를 주입하고 있었다. 소위 말하는 마스터의 경지에 달한 자였다.

하지만 네미니스가 인간의 마스터를 안중에 둘 리가 없다.

위잉, 쾅!

앞발을 맹렬하게 휘둘러 그대로 그자가 있는 곳을 후려쳐 버렸다. 죽음이 확정된 자에게는 할 말이 없었다.

기사는 급히 몸을 옆으로 날려 가까스로 네미니스의 앞발을 피했다. 그리고는 곧바로 검을 뽑아 네미니스를 향해 돌진했다. 이판사판이라는 의지가 그의 눈에 어려 있었다.

휘익, 팍!

과연 마스터의 오러 블레이드의 힘은 강했다. 드래곤의 비늘이 잘려지고 그 안에서 피가 튀었다. 하지만 그게 결코 좋은 일만은 아니었다.

팍, 치치칙!

"아아악!"

기사는 비명을 지르며 바닥에 뒹굴었다.

네미니스의 피에는 강력한 마력이 섞여 있었다. 그리고 다시 마법으로 그 힘이 강화된 상태다.

마스터의 몸을 보호하는 힘을 뚫을 수 있을 정도로!

피하지 못한 것이 아니라 일부러 맞아준 것, 피에 젖은 기사의 몸이 녹기 시작했다.

드래곤의 피에 깃든 힘을 인간의 피부가 견디기에는 무리가 있었다.

쿵!

네미니스는 크게 발을 디뎌 구덩이에서 나오며 기사를 밟았다. 전신 갑옷을 입은 자였지만 아마 형체도 제대로 남지 않았을 것이다.

역시 인간은 한 번 치거나 밟으면 죽는다. 아무리 강해도 마찬가지이다! 그놈만 빼고.

네미니스는 자신감을 되찾았다. 이제는 마음껏 분노의 분출에 집중해도 될 것이다.

그는 곧 마력과 근력, 그리고 정령들의 힘까지 동원해서 황궁을 부수기 시작했다.

*   *   *

"크루다 경이 사망했다고?"

"그렇습니다. 용감하게 드래곤과 맞서 싸웠습니다만······."

"도망가는 것이 나았을 텐데······."

그레일 3세는 로얄 기사단장의 보고에 한숨을 쉬며 그렇게 중얼거렸다.

크루다 백작은 미노 제국 출신이 아니지만 그레일 3세가 마스터인 그의 실력을 인정해서 궁정 수비를 일임하고 있었다.

그로 인해 그의 출신인 위무 왕국과의 동맹 관계도 돈독해졌고, 타국의 기사들에 대한 제국의 그릇을 보일 수 있었다.

　마키아가 전사한 이후 미노 제국에 남은 유일한 마스터였는데 드래곤에게 허무하게 죽고 말았다.

　그레일 3세는 안타깝다는 생각을 하면서도 태연한 얼굴로 다시 기사단장을 향해 명했다.

　"모든 기사들은 즉시 황궁을 벗어나도록 한다."

　"폐하!"

　"드래곤을 이길 수 있나? 그것도 가장 강력한 고룡을?"

　"……."

　"물러가라. 가서 짐의 명을 행하라."

　"명을 따르겠습니다."

　기사단장은 조용히 인사를 하고 물러났다. 그러나 그의 눈빛은 비참할 정도로 각오에 차 있었다.

　그레일 3세는 그가 부하들을 퇴각시킨 후 드래곤을 향해 달려들 것이라고 생각했다. 그것마저 말릴 마음은 없었다.

　"폐하……."

　"너의 잘못이 아니다, 디오네."

　"……."

　디오네는 입을 다물었다. 어떻게 된 것인지는 모르지만 드래곤이 비밀을 알고 쳐들어온 이상 그녀의 미래는 없다고 봐야 했다.

　디오네는 오히려 그레일 3세가 그의 칼로 자신을 직접 죽여 주었으면 하고 생각했다. 그러나 그레일 3세는 오히려 아무런 책망도 하지 않았다.

그때 앞쪽에 서 있던 라이넥스 공작이 허리를 더욱 깊이 굽히며 말했다.

"비밀 통로로 빠져나가는 것이 좋겠습니다. 얼마 못 가서 이곳까지 드래곤의 힘이 미칠 것입니다."

"됐다. 이곳에 있겠다."

"폐하!"

"라이넥스, 경도 알고 있겠지? 도망가도 소용이 없다."

"그렇지 않습니다. 포기하기 전까지는 항상 기회가 있습니다."

강경한 목소리, 그것은 마치 자신의 제자를 꾸짖는 스승의 목소리와 같았다. 실제로 라이넥스는 그런 기분이었다.

"보십시오! 드래곤이 수도와 황궁을 파괴한다고 해도 제국 전토가 황폐화된 것이 아닙니다. 수도는 언제든지 다시 세울 수 있습니다!"

나이에 걸맞지 않게 패기있는 라이넥스의 목소리는 황제의 머릿속으로 날카롭게 파고들었다. 하지만 그레일 3세는 오히려 쓴웃음을 지었다.

"수도를 다시 세운다고? 후후후, 난 그대에게 정치를 배웠다. 세상을 보는 눈을 배웠다. 그런 애들 속임수에 짐이 넘어갈 것 같은가?"

"그건!"

"그대가 그렇게 말하는 것 자체가 절대로 이 상황을 해결할 방법이 없다는 뜻이다. 그렇지 않나?"

"……."

"디오네."

"예. 말씀하십시오, 폐하."

"그대는 더 좋은 방법이 있나? 내가 이 자리를 피해서 할 수 있는?"

"없습니다."

"알겠다."

디오네가 말하자 그레일 3세는 미소를 지으며 천천히 고개를 끄덕였다. 그리고는 기둥에 조각되어 있는 부조들을 감상하듯 보았다.

양쪽의 기둥 중 한쪽에는 드래곤이 새겨져 있었다. 그리고 다른 한쪽에는 이제는 사라져 버린 전설 속의 환수, 피닉스의 모습이 있었다.

인간의 힘이 세상의 대부분을 뒤덮기 전부터 물질계에 군림했던 두 환수, 한쪽은 사라졌고 다른 한쪽은 지금 이곳을 공격하고 있다.

그들은 여전히 인간의 힘으로 감당할 수 없을 정도로 강하다.

"라이넥스 경."

"예, 폐하."

"나는 이 자리에 남는다."

"다시 한 번만 재고해 주십시오."

라이넥스는 끝까지 포기하지 않았다. 어쩌면 그에게 있어 황제 그레일 3세는 자식과도 같은 존재일지도 모른다. 이성과 감성이 모두 황제에게 도망가라 부르짖고 있었다.

하지만 솔직히 그레일 3세가 왜 이곳을 벗어나지 않고 드래곤에게 최후를 허락하려는지 알 수 있었다.

지금 제국의 사방은 과거 동맹국들과의 분쟁에 휘말린 상태였다. 그리고 가이안 제국군은 점점 그 세를 불리며 남쪽으로부터 진격해 오고 있었다.

이런 상황에서 모든 정보의 집결지인 수도가 파괴되면 미노 제국은 결국 멸망하고 만다.

얼마 안 가서 사방의 왕국들은 미노 제국의 영토를 조각조각 쪼개어

나누고, 그 상태로 가이안 제국에 귀순할 것이다.

그레일 3세는 그것을 막으려는 것이다. 미노 제국의 멸망은 있을 수 없다. 황제인 자신이 죽더라도 미노는 이어져야 한다.

황제가 최후로 가지는 의무를 이행하기 위해 죽어야 한다.

일단 그레일 3세가 죽으면 미노 제국은 즉시 가이안 제국에 항복을 할 것이다. 스스로를 왕국으로 낮추고 가이안의 자비를 구하게 된다.

흑사자의 성격과 가이안 제국의 정책을 생각해 볼 때, 가이안은 미노 왕국의 존립을 인정할 것이다. 그것으로 좋다. 수백 년을 기다려서라도 다시 기회를 노릴 수 있을 것이다.

과거 미노 왕국이 3대 제국의 견제로 네 번째 제국이 되지 못하고 왕국으로 남은 것처럼, 수백 년간 다시 참으면 된다.

하지만 지금의 황제인 그레일 3세는 죽는다. 황제가 되려다 실패한 자는 살아 있을 수 없다.

무엇보다 그레일 3세가 흑사자에게 머리를 조아린다는 것은 있을 수 없다.

"영토가 줄어들고, 군세도 줄겠지. 하지만 우리가 가진 진정한 힘은 사라지지 않는다. 그렇지 않나, 라이넥스 경?"

마침 그레일 3세도 같은 생각을 하고 있었는지 라이넥스를 향해 그렇게 물었다. 뜬금없는 소리였지만 라이넥스는 황제가 무엇을 말하는지 알 수 있었다.

"그렇습니다. 각 왕국들을 병탄하며 모은 무공의 비법들, 마법의 무구들, 그리고 연구소에서 수십여 년에 걸쳐 개발한 마법들과 신성계 저주들은 후대로 이어질 것입니다. 미노는 백 년이 지나기 전에 다시 대륙에서 손꼽히는 강대국이 됩니다."

"그것으로 되었다. 다음 대의 패왕은 흑사자와 만나지 않을 것이다."

그레일 3세는 그렇게 중얼거리며 고개를 끄덕였다. 설마 이렇게 재수없는 일이 또 있으리라고는 생각되지 않았다.

"그대에게 명할 일이 있다."

"말씀하십시오."

"드래곤을 상대할 방법을 찾아라."

"알겠습니다. 연구실을 감추면서 그들에게 드래곤을 연구하게 하겠습니다."

"가라!"

"옛!"

라이넥스는 마지막으로 황제에게 인사를 하고는 그대로 방을 나섰다. 새로운 명을 받은 지금 모든 것을 정리할 책임은 그에게 있었다.

탕!

문이 닫히자 이제 방 안에는 그레일 3세와 디오네, 단둘이 남았다.

디오네는 조용히 그레일 3세의 옆에 고개를 숙이고 있을 뿐이었다. 그레일 3세는 아무런 말도 하지 않고 그저 방 안의 조각들과 천장의 문양을 바라볼 뿐이었다.

지금까지 한 번도 제대로 보지 않았던 장식들이 이제는 눈에 들어왔다.

그레일 3세는 쓴웃음을 지으며 중얼거렸다.

"짐은 흑사자에게 당한 것이 아니다. 드래곤에게 당했을 뿐이다."

*　　　*　　　*

"아아악!"

"살려줘요!"

바람 속에 섞여 사방에서 들려오는 비명 소리에 파들로 부인은 어떻게 해야 할지 갈피를 잡을 수 없었다.

세 번에 걸친 벼락의 무리는 수도 전체를 불바다로 만들었다. 다행히도 그녀의 집은 백작가였고, 또 황궁에서 특별히 마법의 보호 장치를 설치해 주었기에 살아남을 수 있었다.

물론 그것은 카렌의 후손인 파들로 가를 감시하기 위한 마법진이기도 했지만 파들로 부인이 그 사실을 모르고 있었다.

저택은 반파되었지만 불이 붙지는 않았다. 그러나 이대로 있을 수는 없었다. 저 멀리 황궁 쪽에서 드래곤이 난동을 피우고 있는 것이 똑똑히 보였다.

얼마나 큰 드래곤이기에 이 거리에서도 보이는 걸까? 파들로 부인은 몸이 저절로 떨려오는 것을 느꼈다.

"주인 마님, 어떻게 하시겠습니까?"

집사가 와서 물었다. 집사의 뒤에는 몇 명의 병사들이 서 있었다. 파들로 부인과 그녀의 아들을 보호하는 호위 병사였다.

"피신하는 것이 나을까요?"

조심스럽게 집사에게 물어보자 뒤에 있던 병사가 대신 대답을 했다.

"드래곤은 수도를 완전히 파괴하겠다고 선언했습니다. 아마 황궁을 부순 다음에는 다시 수도 내부를 파괴하기 시작할 겁니다."

"그럼 수도를 벗어나야겠군요."

"그렇습니다. 서둘러야 합니다. 지금밖에는 기회가 없습니다."

"알았습니다."

일단 결정이 나자 그녀는 얼른 아이를 안고 걸음을 옮겼다. 따로 짐을 챙길 시간조차 없기에 중요한 패물만 챙겼을 뿐이다.

일단 저택을 나오자 정말로 사방이 불바다라 말할 수 있었다. 혼란의 극에 빠진 사람들이 이리 뛰고 저리 뛰는 모습이 눈에 들어왔다.

"이쪽입니다. 서문으로 가는 것이 가장 빠르니 저를 따라오십시오."

병사 중 대장 역할을 맡고 있는 남자가 그렇게 말하고는 앞장서서 달리기 시작했다. 마차를 몰 수 있는 상황이 아니다. 두 발로 달리는 수밖에 없었다.

혼란으로 가득 차 있는 시가지였기에 그들은 이미 검을 뽑아 손에 들고 있었다. 가로막는 자는 가차없이 베어버리겠다는 분위기를 풍기면서 달렸다.

파들로 부인은 그들 가운데에서 아이를 품에 안고 같이 달렸다. 공포로 인해 두 다리가 떨려왔지만, 팔로 전해지는 아이의 온기가 그녀에게 달릴 수 있는 힘을 주었다.

한참을 달려 겨우 서문에 도착한 그들은 서문 자체가 무너져 있는 것을 볼 수 있었다. 드래곤이 불러낸 벼락에 정통으로 맞은 것 같았다.

다행히도 옆쪽의 성벽도 무너져 있었기에 사람들은 그곳을 통해 밖으로 나가는 중이었다. 하지만 성문보다 훨씬 좁은 공간이었기에 많은 사람들이 그곳으로 몰려들어 서로를 밀고 있었다.

"조심하십시오. 잘못해서 넘어지면 큰일이 납니다."

"예, 예."

파들로 부인은 정신없이 대답하며 고개를 끄덕였다. 실제로 한 번 넘어진 사람이 다시 일어나는 일은 없었다. 아비규환! 성벽의 통로 근처는 그야말로 지옥과도 같았다.

그런데 그때, 뒤쪽에서 일단의 무리들이 달려와 파들로 부인 일행을 불렀다.

"파들로 부인이십니까? 폐하의 명으로 모시러 왔습니다."

"아! 폐하의 명이라고요? 어떻게 된 거지요?"

"자세한 설명은 나중에, 일단 따라오십시오."

한 명의 마법사와 몇 명의 기사들은 틀림없이 황제의 표식을 지니고 있었다. 하는 수 없이 파들로 부인 일행은 그들을 좇았다.

그들이 안내한 곳은 주택가의 한 건물이었는데, 문 안으로 들어가면서 마법사가 말했다.

"이 집의 지하에 비밀 통로가 있습니다. 가장 안전하게 성 밖으로 나갈 수 있지요. 폐하께서는 충신인 소이파 파들로 백작가의 혈손을 끊기게 할 수는 없다고 하시며 저희들을 보내셨습니다."

"아, 그런 은혜를!"

파들로 부인은 크게 감격했다. 과연 미노 제국은 신하를 저버리지 않는다. 그녀는 연신 황제의 은덕에 대해 감사하며 서둘러 건물의 지하실로 내려갔다.

과연 지하실의 비밀 통로는 성 밖으로 통해 있었다. 얼마 후, 그들은 모두 서쪽 성문 외부의 숲 지대로 나올 수 있었다.

수도 밖으로 나왔으니 일단은 안전지대라고 할 수 있다. 어느 정도 마음이 놓인 파들로 부인은 앞으로의 일이 걱정되기 시작했다.

"이제는 어떻게 하지요? 저희 가문은 영지도 남아 있지 않으니……."

"일단은 안전한 은신처에 숨어야 합니다."

호위를 맡은 병사가 말했다. 파들로 백작가에 소속된 그들은 현재 백작 부인과 후계자인 아이에게 충성을 다해야 하는 처지였다.

그런데 그때, 황궁에서 온 마법사가 사방에 아무도 없는 것을 확인하고는 갑자기 같이 온 기사들에게 손짓을 했다. 그와 동시에 그들은 일제히 파들로 가문의 호위 병사들을 공격하기 시작했다.

팍, 휘익, 퍽!

"아악!"

"끅!"

"이게 무슨!"

검을 이미 뽑아 든 상태였기에 가까운 거리에서의 암습은 무서운 효과를 발휘했다.

애초에 실력의 차이도 있었기에 얼마 못 가서 파들로 부인과 아이 이외에는 모두 죽고 말았다.

그들은 죽는 순간까지 파들로 부인을 둘러싸고 지키려 했다. 안쪽에 있던 파들로 부인은 너무 놀라 나무에 기댄 채 비명도 지르지 못했다.

기사들은 곧 피 묻은 검을 들고 파들로 부인에게로 다가왔다.

"무슨 짓입니까! 어째서 이들을!"

파들로 부인은 울부짖었다. 눈 깜빡할 사이에 자신을 호위하던 사람들이 죽어간 것이다.

어떻게 이럴 수가! 그녀는 슬픔과 당혹감에 빠져 제대로 몸을 움직이지도 못한 채 아이를 꼬옥 안고 벌벌 떨었다.

그러자 마법사가 말했다.

"어쩔 수 없습니다. 가장 안전한 은신처가 준비되어 있는데, 그곳은 아무나 들어갈 수 없는 곳입니다."

"그런! 믿을 수 없어요. 그렇다고 해서 호위 병사들을 마음대로 죽이다니? 저는 따라가지 않겠어요!"

"상관없습니다. 사실 부인도 그곳에 들어갈 자격이 되지 않지요."

"뭐라고요?"

"은신처로 갈 수 있는 자격은 그 아이에게만 있습니다, 부인. 부인은 지금 아이와 작별 인사를 하십시오."

"아이만 보낸다고요? 어떻게 그럴 수가?!"

"다시 말해서 부인은 지금 이자들과 같이 이곳에서 죽어주셔야 한다는 겁니다."

마법사는 마치 감정이 없는 듯 무표정한 얼굴로 말했다. 자신은 임무를 수행할 뿐이라는 투였다.

사실 그들이 맡은 임무는 카렌의 후손을 비밀 연구실로 데려가는 것이었다. 드래곤의 맹약을 핏속에 지닌 아이는 그곳에서 하는 연구 대상들 중 하나가 된다. 그리고 세뇌를 당해 미노에 죽음으로 충성을 하게 될 것이다.

파들로 부인은 그런 마법사와 검을 들고 다가오는 기사들에게서 진심을 읽었다. 하얗게 질린 그녀는 더듬거리는 소리로 말했다.

"폐하께서, 황제가 우릴 이용한 건가요? 내 남편은?"

"모르셔도 됩니다. 그럼 이만."

스윽—

마법사의 말이 신호라도 된 듯 기사 중 한 명이 검을 들어올렸다. 그리고 그 상태로 잠시 멈춰 서서 파들로 부인을 노려보았다. 어떻게 하면 아이에게 상처를 입히지 않고 파들로 부인을 죽일 수 있을까 고민하는 듯했다.

그런데 그 순간 기사의 몸이 검을 든 채로 앞으로 기울었다.

털썩.

"앗, 보넨!"

다른 기사들은 놀라서 즉시 검을 두 손으로 잡고 사방을 경계했다. 어디냐? 어디서 공격을 당한 것이냐?

"위다!"

마법사의 말에 기사들은 급히 하늘을 보았다. 과연 허공중에는 반투명한 여성의 몸을 한 무엇인가가 있었다. 그리고 그녀의 손에는 창이 들려 있었다.

바람의 창, 바람의 여전사는 그것으로 파들로 부인을 죽이려던 자의 머리를 찌른 것 같았다.

"발키리다!"

마법사는 경악에 찬 목소리로 다시 소리쳤다. 바람의 최상급 정령인 발키리는 엘프라고 해도 장로 급 이상이 아니면 소환할 수 없는 존재가 아닌가?

마스터나 대마법사의 힘으로도 쉽게 상대할 수 없는 강력한 정령이다.

허공에 떠 있는 발키리는 사람들이 자신을 보자 차가운 미소를 지으며 말했다. 인간이 들을 수 있는 목소리였다.

[드래곤의 의지를 거슬리는 자들. 죽.어.라.]

스팟―

"아아악!"

가장 처음 바람의 창에 관통된 자는 마법사였다. 이로써 기사들은 도망칠 수 있는 방법도 잃었다. 차례차례 허공에 떠 있는 죽음의 바람에 의해 생을 마감했다.

파들로 부인은 모든 사람이 쓰러질 때까지 거의 움직이지 못했다.

어떻게 된 상황인지 이해할 수 없었다. 아니, 생각조차 할 여유가 없었다. 그저 아이만은 지키고 싶다고 신에게 기원을 할 뿐이었다.

이윽고 모든 기사들이 쓰러지고 숲에는 파들로 부인과 아이, 그리고 발키리만 남게 되었다. 발키리는 살육을 끝내자 다시 소리없이 허공에 떠 있을 뿐이었다.

"저, 저희는 어떻게 되는 건가요?"

참다못한 파들로 부인은 발키리를 향해 외쳤다. 그러나 발키리는 전혀 답하지 않았다. 파들로 부인의 목소리가 들리지도 않는 듯 쳐다보지도 않았다.

털썩.

파들로 부인은 다리에 힘이 빠져 그대로 바닥에 주저앉았다. 그리고는 아이를 끌어안은 채 흐느껴 울었다. 사방에 죽은 사람의 시체가 널려 있는 상황이다. 미칠 것만 같았다.

그런데 신기하게도 품속의 아이는 울지 않았다.

"까르르르."

오히려 웃었다. 그리고 발키리의 모습이 신기하다는 듯 손을 들어 앞으로 내밀어 저었다.

그 모습을 본 파들로 부인은 공포가 가시는 것을 느꼈다. 아이가 두려워하지 않는 것으로 보아 저 바람의 정령은 자신들을 해하려는 생각이 없는 것 같았다.

그녀는 곧 이성을 차리고 자리에서 일어나 주변을 돌아보았다. 아무도 없는 숲의 한가운데에 비밀 문의 역할을 하는 오두막이 하나 있을 뿐이다.

이대로 여기에 있을 수는 없어! 그녀는 속으로 그렇게 중얼거렸다. 황궁에서 아이를 원한다는 사실을 안 이상, 사람들을 만나지 않는 게 좋을 것 같았다.

"어디로 가지?"

용기를 내어 입 밖으로 생각한 것을 꺼내보았다. 스스로에게 들려주기 위해서였다. 그러나 갈 데가 없었다. 단지 아무도 모르는 곳으로 가야 한다는 것만은 확실했다.

그녀는 곧 걸음을 옮기기 시작했다. 무엇보다 밤이 되기 전에 이 시체가 널려 있는 장소로부터 멀어지고 싶었다.

그렇게 그녀는 아이와 함께 숲의 한쪽으로 사라졌다. 발키리는 그런 그들의 머리 위에 둥둥 떠서 그 뒤를 좇아갈 뿐이었다.

3일이 지났다. 숲을 벗어난 파들로 부인은 사람의 눈을 피해 계속해서 남쪽으로 나아갔다.

발키리는 바람을 이용해 하루 세 번씩 파들로 부인에게 과일을 따다 주었다. 그러나 그 외에는 일절 상관하지 않았다. 마치 어떤 명령을 충실히 이행하는 것 같았다.

과일만 먹고 계속해서 걸으니 그 피로가 말도 못했다. 비록 바람의 보호로 몸이 식지는 않았지만 숲에서 노숙을 하는 것도 상당한 무리가 있었다.

파들로 부인은 거의 죽을 지경이 되어 이제는 무의식중에 몸을 움직여 걸을 뿐이었다. 사람을 피하려는 생각조차 할 수 없었다.

그런데 어느 순간, 그녀의 눈에 파란 머리카락을 길게 늘어뜨린 남자의 모습이 보였다.

파들로 부인은 화들짝 놀라 걸음을 멈추고 뒤로 한 걸음 물러났
다.

"두려워할 것 없다. 나는 너희를 해하지 않겠다."

남자는 차분한 목소리로 말했다. 신기하게도 그 말에는 묘한 힘이
실려 있어서 파들로 부인은 놀람으로 격하게 뛰던 심장이 점점 정상으
로 돌아오는 것을 느꼈다.

"누구신가요? 저를 아십니까?"

그녀는 조심스럽게 물었다. 눈앞의 남자는 맹세코 처음 보는데, 남
자의 눈은 마치 오랜 지인을 보는 듯 상냥했다.

남자가 말했다.

"우리가 과거에 만난 적은 없다. 하지만 그 아이의 핏줄에 남아 있
는 맹약의 향기는 이미 천 년 동안 이어져 내려온 것이다."

"아! 그럼!"

그녀의 얼굴이 하얗게 질렸다. 모든 것을 이해할 수는 없지만 눈앞
에 남자가 누구인지 직감적으로 알 수 있었다.

남자의 말에서 천 년이라는 시간과 맹약이라는 단어가 나왔다. 남편
인 소이파와는 달리 책을 많이 읽은 그녀였기에 그런 말을 할 수 있는
존재가 인간이 아니라는 것쯤을 바로 알 수 있었다.

발키리는 이미 사라져 있었다. 인간이 다룰 수 없는 정령을 소환해
서 자신들을 지키게 한 자! 지금 파들로 부인의 눈앞에는 미노 제국의
수도를 파괴한 존재가 서 있는 것이다.

그때 남자가 손을 들자 그곳에서 하얀빛이 흘러나와 파들로 부인을
감쌌다. 그러자 곧 그녀의 전신에 활력이 넘치기 시작했다. 강력한 신

성 마법의 힘이 그녀의 몸을 정화하고 새로운 힘을 부여했다.

파들로 부인은 놀란 눈으로 남자를 보았다. 그러자 남자는 자상한, 동시에 위엄있는 목소리로 말했다.

"두려워 마라. 네가 생각한 대로 난 블루 드래곤 네미니스, 카렌의 후손인 그 아이와는 맹약으로 이어진 존재이다."

"맹약이라고요? 카렌의 후손?"

파들로 부인은 영문을 알 수 없는 말에 네미니스에게 되물었다. 소이파의 피의 비밀에 대해서 전혀 모르고 있었던 것이다.

네미니스는 그럴 줄 알았다는 듯 고개를 끄덕이며 다시 말했다.

"마룡 도미그리아를 죽인 마법 전사 카렌의 이야기를 아는가?"

끄덕끄덕.

파들로 부인은 고개를 끄덕였다. 인간의 역사상 가장 멋진 전설 중 하나인 드래곤 슬레이어의 전설은 세월이 흘러도 여전히 남아 있었다.

"네가 안고 있는 아이는 그 카렌의 후손이다. 그리고 카렌의 후손은 자신의 목숨을 대가로 나에게 하나의 요구를 할 수 있다."

"그런! 그럼 설마?!"

"그렇다. 그대의 남편인 소이파는 그 때문에 희생되었다. 그는 속았다. 자신도 모르게 스스로 원하지 않는 죽음으로 나에게 맹약의 이행을 요구했다."

"흐흐흑, 그럼 당신이 수도를 공격한 것이 바로 남편의 죽음 때문이라는 건가요?"

파들로 부인은 울었다. 하늘이 무너지는 것 같았다. 남편이 떠난 이후, 황궁에서 사람이 와서 제국을 위해 일을 하다가 죽었다는 소식을 전했을 때 느꼈던 슬픔이 다시 찾아왔다.

조국에 이용당해 남편을 잃고, 이제 아이마저 빼앗길 뻔했다는 사실을 알고야 말았다. 남편은 미노 제국 출신이 아닐 것이다. 제국에서 비밀을 알고 그의 출신을 조작했음이 틀림없다.

네미니스는 그런 파들로 부인을 보며 아무런 말을 하지 않았다. 그저 지켜볼 뿐이었다.

슬픔은 슬픔, 그녀가 우는 동안 그가 할 일은 없다. 위로라는 것은 드래곤에게는 전혀 익숙하지 않은 행위이다. 모든 것은 시간이 해결해 준다.

그의 생각대로 한참을 울던 파들로 부인은 결국 울음을 그치고 고개를 들었다. 그대로 기절하고 싶어도 아이가 있는 이상 그럴 수는 없었다.

"그럼 이제 저는 어떻게 해야 합니까?"

드래곤이 거짓을 말하지 않는다는 것은 그녀도 알고 있었다. 어느 정도 냉정을 되찾고 나니 세상에서 자신을 속이거나 이용하지 않을, 가장 신뢰할 수 있는 존재가 바로 네미니스라는 것을 깨달았다.

네미니스는 그런 그녀의 모습을 보고 천천히 고개를 끄덕였다.

"현명한 여자로군. 카렌의 후손이 좋은 배필을 만났다."

"감사합니다, 위대하신 존재시여. 이미 조국을 믿을 수 없게 된 제가 어떻게 해야 할지 모르겠습니다. 저와 제 아이가 갈 길을 알려주십시오."

"그대의 남편인 소이파는 흑사자의 죽음을 원했다. 그러나 나는 흑사자를 죽일 수 없었지. 그런 만큼 내가 카렌의 후손에게 약속한 세 번의 요구 중 한 번은 아직 남아 있는 셈이다. 그리고 소이파가 죽은 이상, 너희가 치를 대가는 이미 받은 것으로 하겠다. 여인이여, 아이를 대신해서 원하는 것을 말하라."

"원하는 것이라고요?"

"누군가의 죽음을 원한다면 그것을 들어주겠다. 하지만 내가 보기에 그대는 그걸 원하지 않을 것 같군. 그렇다면 맹약의 또 다른 권리를 말할 수 있다. 네가 원하면 보물을 나누어주겠다. 드래곤의 보물을."

네미니스는 그렇게 말하며 속으로 안도의 한숨을 쉬었다. 여인은 거절하지 못할 것이다. 평생 풍족하게 살 정도의 보물을 선택하여 나름대로 행복을 찾을 것이다. 그것으로 되었다.

카렌과의 인연은 그에게 남겨진 몇 안 되는 굴레 중 하나였는데, 이제 그게 끝나게 되었다.

그런데 파들로 부인은 네미니스의 이 파격적 제안을 듣고도 전혀 기뻐하지 않았다. 그녀는 오히려 고개를 숙인 채 곰곰이 생각에 잠겼다. 그리고는 잠시 후, 파들로 부인은 말했다.

"저는 다른 사람의 죽음을 원하지 않습니다. 그리고 드래곤의 보물도 필요없습니다."

"뭐라고? 어째서지? 너는 지금 아무것도 없다. 앞으로 살아가기 위해서는 상당한 재물이 필요할 것이다. 그렇지 않나?"

"남편의 죽음을 재물로 바꾸기는 싫습니다. 그리고 무엇보다 당신이 말하신 것은 이 아이의 권리입니다. 제가 선택하기보다는 아이가 선택하게 하고 싶습니다."

"정말인가?"

"예, 저는 원래 가난한 몰락 귀족의 딸. 사치를 모르니 어떻게든 살아갈 수 있습니다. 아이가 성장해서 스스로의 인생을 결정지을 수 있을 때, 그때 선택할 수 있게 해주십시오."

"으음, 그렇단 말이지."

네미니스는 눈앞의 여인이 보기보다 훨씬 대단하다는 것을 인정하지 않을 수 없었다. 그는 천천히 고개를 끄덕이고는 다시 말했다.

"남쪽으로 가라. 가이안 제국의 수도로 가면 될 것이다. 세상에서 나의 힘을 필요로 하지 않는 곳은 그곳뿐이니, 너와 네 아이가 남에게 이용당하지 않고 살아갈 수 있는 곳 역시 가이안 제국 이외에는 없다."

"그렇군요. 저에게는 원수의 나라이지만, 아이를 위해서 가겠습니다."

"바람의 정령이 그대를 보호할 것이다. 가라."

네미니스는 손을 들어 손가락으로 남쪽을 가리켰다. 파들로 부인은 아이를 안은 채 묵묵히 걸음을 옮겼다.

❖ Chap 4 ❖
그를 기다리는 자들

그를 기다리는 자들

스틸문은 활기에 차 있었다.

매일같이 새로운 수도로 이주하러 온 사람들로 북적거렸고, 성벽과 황궁, 그리고 시가지를 건설하기 위한 인력들이 넘쳐 났다. 새로 유입되는 인원은 이러한 평범한 사람들뿐만이 아니었다.

수많은 마법사들이 스틸문으로 모여들고 있었다. 가이안 제국이 이미 8서클 마법을 보유하고 있고, 과거 현자의 탑을 재건하려 한다는 소문이 대륙의 구석구석까지 퍼져 있기 때문이다. 마법을 연구하려는 자들 모두가 가슴 두근거리는 희망으로 인해 잠을 이루지 못할 정도였다.

거기에 황궁 주변의 숲을 가꾸기 위해 호쿠쿠 밀림으로부터 샤먼들이 넷이나 나왔다. 그녀들은 은혜로운 자매인 크로티아를 보호하고, 그녀의 부탁에 따라 정령들에게 가지가지 기원을 했다.

사실 크로티아는 순진한 시골 사냥꾼 출신이라 정치적인 재능이 있을 리가 없었다. 그녀는 남편과 하이번의 말을 가능한 한 충실히 따랐을 뿐인데 제국으로서는 정말로 커다란 도움이 되는 일이었다.

인력과 마법, 금력, 정령력까지 동원되어 수도는 급속도로 건설되고 있었다.

얼핏 보기에 너무나 순조로운 상황이다. 적어도 고위층의 몇 명을 제외한 모든 이들의 눈에는 그러했다.

하지만 정작 문제는 조금 엉뚱한 데에 있었다.

지금 황궁의 귀빈실은 반 이상이 채워져 있다. 그것도 제국의 고위 귀족들이 아닌 타 왕국의 사절단으로. 융숭한 대접을 받으며 머무르고 있는 이들의 숫자는 날이 갈수록 늘어만 갔다. 한마디로 방문한 사신들 중 귀국하는 이들이 없다는 것이다.

"…모쪼록 편히 지내시길 바랍니다."

가이안 제국의 재상, 하이번의 장황한 말이 끝난 후 연회실에 모여든 각국의 사신들의 얼굴에는 낙담한 표정이 여실히 드러났다.

'오늘도인가?'

'그러게, 너무 눈치를 봤어. 그리 저울질을 했으니 저 흑사자가 우리 왕국을 곱게 봐줄 리가 없지.'

'으음, 아마도 성의를 보려는 것이겠지. 이럴 때야말로 사신의 자질이 드러나는 법! 절대 기분 나쁘거나 초조한 표정을 지어서는 안 되지. 암!'

대륙 곳곳에서 방문한 사신들은 저마다 이러저러한 생각을 하면서도 짐짓 하이번의 말에 아무런 불만이 없다는 듯 애써 미소를 보이고 있었다.

'이거야 미인 대회도 아니고, 저 억지웃음들이라니…….'

하이번은 단상에서 내려와 인사를 건네는 사신들을 대충 상대하면서도 속으로 신음을 삼켰다. 책략으로는 둘째가라면 서러울 그가 이들의 속내를 모를 리 없다.

'어쩌다 보니 초반에 기세를 장악한 셈이 되긴 했지만, 이대로는 한계가 있는데…….'

지금 연회실을 채운 이들 모두가 제국에 대한 충성의 맹세를 위해 찾아온 사신들이다. 다른 것은 로엔이나 하이번이 대행할 수 있지만 일국의 충성을 받는 것은 오직 제국의 황제만이 할 수 있다.

하지만 지금 가이안 제국의 황제, 즉 흑사자는 공식적으로 매우 바쁜 상태이다. 수도의 건설과 미노 제국과의 마지막 결전 등 황제가 할 일은 산더미같이 쌓여 있다. 덕분에 제국을 찾은 사신들은 황제의 코끝도 알현하지 못하고 있는 것이다.

'…라는 것은 더 이상 버틸 핑계가 되기 어렵겠군.'

하이번은 이마에 살짝 주름을 잡으며 생각에 잠겼다.

물론 레오가 정무에 바빠 저들을 만나지 못한다는 것은 어불성설이다. 실상을 말하자면, 저들의 충성 맹세를 받아줄 당사자인 레오는 이곳에 없다.

그럼에도 저들 중 아직까지 불만을 토로하는 이가 없는 것은 어찌 보면 당연한 일이었다. 이미 상당수의 왕국은 가이안 제국의 황제에게 충성을 맹세하고 종속의 서약을 한 상태이다.

지금 이곳을 방문한 왕국들은 여태까지 미노와 가이안을 저울질하던, 이른바 '중립'을 표명했던 나라들이다. 그나마 일부를 제외하고는 처음에는 미노 제국에 협력을 약속했다가 부랴부랴 발을 뺀 나라들이 대부분이다.

'스틸문 전투' 이후 대륙의 상황은 확연히 바뀌고 있었다. 이제 미노가 가이안을 이길 것이라고 판단하는 이들은 극소수에 불과했다. 지금 여기에 와 있는 사신들 또한 스틸문 전투 이후 태도를 바꾼 왕국들에서 보낸 이들이다.

뒤늦게 나라의 존속을 보장해 달라고 온 것이나 다름없는 저들이 감히 황제의 알현이 늦어지는 것에 대해 항의할 수조차 없는 처지이다. 사실 레오가 황성에 있다고 해도 하이번은 어느 정도 저들을 기다리게 했을 것이다.

그렇다! 지금 가이안 제국의 황제인 흑사자는 이곳에 없다. 이는 레오의 측근들만이 아는 극비의 사실이었다. 가이안의 귀족들조차도 모두 레오가 황궁 안에 있는 것으로 알고 있다.

진실을 알고 있는 사람들 대부분은 그런 사실 때문에 어젯밤도 편하게 잠들 수 없었다.

하지만! 황궁 후원에 있는 몇몇 사람들은 그런 것쯤은 전혀 신경 쓰지 않고 하루하루를 즐겼다.

햇살이 풍성한 나뭇잎에 반사되어 하얀빛을 화려한 보석처럼 흩뿌리고 있었다. 황궁의 후원은 이미 1차적인 건설이 완료되었기에 황가의 사람들은 대부분 이곳에서 지내고 있었다.

특히 후원 정원은 비정상적일 정도로 나무와 꽃들이 무성하게 자라 최소한 10년 이상은 정성 들여 가꾼 듯한 모습이었다.

"허브티예요."

티모라는 부드럽게 웃으며 테이블에 찻잔을 놓았다. 하얀 상아빛 테이블에 검은색의 찻잔이 묘하게 어울린다. 화려한 색색의 꽃들과 짙은 녹색의 향연 속에 흰색과 검은색의 어우러짐은 가히 감상할 만한 시각적인 효과를 자아냈다.

시각에 이어 후각에 만족을 주는 싱그러운 향이 찻잔으로부터 풍겨 나온다. 주변의 꽃향기에 눌리지도 않고, 그렇다고 퇴색되지도 않는 청정한 느낌이다. 아니, 차의 향기 그 자체가 또 하나의 꽃향기처럼 느껴졌다.

"향이 좋군!"

의자에 편한 자세로 앉아 정원을 감상하던 남자는 눈앞에 놓인 찻잔에서 나는 향기에 기분이 좋아진 듯 실눈을 뜨며 미소를 지었다.

정원의 푸르름에 절대 뒤지지 않는 아름다운 녹색의 머리카락을 길게 늘어뜨린 미남자, 그는 바로 인간의 모습을 한 드래곤 로드 카르티오스이다.

사실 티모라가 하녀들을 시키지 않고 직접 차를 내올 정도의 신분을 가진 자는 세상에 그렇게 많지 않다.

잠시 찻잔을 방치한 채로 향을 감상하던 카르티오스는 고개를 끄덕이며, 과연 티모라답다는 표정을 지었다.

"엘프의 차로군?"

"네."

그 드문 엘프의 차를 향만으로 알아볼 수 있는 이가 몇이나 될까? 티모라 또한 그다운 식견이라 생각하면서 그의 맞은편에 앉았다.

"좋군. 이곳에서도 이 정도의 차를 마실 수 있다니."

카르티오스는 만족스러운 듯 웃으며 찻잔을 들어 향을 음미하고는 가볍게 한 모금을 마셨다. 인간들의 비린내가 전혀 나지 않는 최고급의 엘프 꽃차였다.

티모라는 그 모습을 보며 자신있게 웃었다. 엘프의 마을에서도 그녀는 가장 훌륭하게 차를 끓인다고 인정받았다. 그녀의 어머니가 허브를 기르고 개량하는 직책이었기에 그 비법이 티모라에게 전해진 상태였다.

"차가 맛이 없으면 세상이 존재할 이유가 없지요."

"이봐, 그건 저주의 언령으로 받아들일 수도 있다구."

카르티오스는 차를 맛있게 음미하면서도 티모라의 말에 대해 경고하는 것을 잊지 않았다. 정작 드래곤 로드씩이나 되는 존재의 말에도 티모라는 그다지 긴장하는 기색이 없었다.

"그렇지요. 그래도 세상을 살아갈 이유가 없다고 하는 것보다는 조금 덜 위험하잖아요."

"더 위험하지 않을까?"

의외의 반박에 카르티오스는 흥미롭다는 표정을 지으며 되물었다. 차가 존재할 이유가 없다고 말하는 것과 나는 세상을 살아갈 이유가 없다고 하는 것. 그 둘이 언령의 힘을 가지고 이루어진다고 했을 때의 파장은 당연히 전자가 크다.

후자는 그렇게 말한 한 생명이 사라질 수 있지만, 전자의 경우 차라고 하는 존재 자체가 걸린 일이다. 즉, 그 언령이 가지는 의미는 차라는 존재를 말살할 수 있다.

그것을 모르지 않을 티모라가 지금 후자가 더 위험하다 말하고 있다.

찻잔을 살짝 받쳐 든 티모라는 우아하게 차를 한 모금 마시고는 말했다.

"세상의 존재를 걸고 넘어가려면 얼마나 큰 힘이 필요할까요? 하지만 제 목숨 하나라면 로드의 힘만으로 가능하지요."

"그건 그렇군. 흐음, 힘의 크기를 따진 언령의 사용이라……."

일리가 있는 말이다. 간단하면서도 의외로 치열했던 언령에 대한 짧은 토론에서 카르티오스는 티모라의 주장을 인정하며 고개를 끄덕였다.

확실히 티모라가 세상을 저주해도 그것은 실현될 가능성이 거의 없다. 그러나 만약 '차가 맛없으면 세상을 살아갈 의미가 없다' 는 식으로 말을 한다면, 그녀와 원한을 가진 존재가 그 문장으로 저주를 내리는 것이 가능하다.

티모라는 무려 언령까지 교묘하게 사용하여 차 맛을 더욱 좋게 만든 것이다. 아마 그녀가 직접 기른 허브들은 그런 언령의 힘으로 더욱 맛있게 변할 것이다. 그러면서도 티모라가 받는 손해는 전혀 없다.

카르티오스는 속으로 감탄을 하며 다시 차를 한 모금 마셨다. 역시 좋았다. 그는 그 보답이라는 듯 웃으면서 티모라에게 말했다.

"티모라, 너의 깨달음은 놀라울 정도구나. 웬만한 아이들은 따라가지 못할 거다."

"어머, 전 드래곤들과 비교되기 싫어요."

"사양할 것 없다. 내가 이렇게 말한 이상 고룡 급 이하의 아이들은 너를 존중할 거다. 드래곤이 물질계에서 가장 강한 존재라는 것은 이제 조금 바뀌겠지. 고룡이 되면 가장 강한 존재가 된다고 말이야, 하하하!"

"감사합니다. 하지만 정말 전 자신이 없는걸요."

티모라는 끝까지 사양했다. 아무리 그녀 자신이 마법의 새로운 문을 열었다고 해도 드래곤들을 넘어설 마음은 없었다.

넘어설 필요가 없으니 넘어서지 않는 것이다. 그녀의 몸에 흐르고 있는 엘프의 피가 그것을 원했다.

하지만 말은 이렇게 했어도 막상 일이 터지면 드래곤이고 뭐고 맞서 싸울 수 있는 투지를 지녔다. 엘프의 피와 마찬가지로 그녀의 몸 안에 흐르고 있는 인간의 피가 그것을 가능하게 했다.

카르티오스도 그런 그녀의 복잡한 성격을 알기에 이런 축복을 내렸다.

순수한 인간에게라면 절대로 하지 않았을 것이다. 엘프나 드래곤은 자신보다 상위라고 결정된 존재에게는 상당한 제약을 받기 때문에 정복하는 존재인 인간이 그런 권능을 얻는다면, 즉시 드래곤을 부하로 삼으려 할 것이기 때문이다.

"그나저나 그 까만 사자란 놈은 언제 오냐? 정말 안 죽은 거 맞지?"

카르티오스는 분위기를 바꾸려는 듯 익살스러운 표정을 지으며 물었다. 티모라 역시 더 이상 그것에 연연해하지 않고 바뀐 화제에 대응했다.

"그 사람의 발바닥에 마법진을 그려놨어요. 죽으면 즉시 알 수 있도록 말이에요."

티모라 또한 그의 말에 장단을 맞추어 가볍게 대꾸했다.

"잉? 그놈은 마법이 전혀 안 통한다며? 아무리 깊이 잠들어도 마법을 쓰면 즉시 깨어난다고 하지 않았나?"

"해를 끼치지 않는 마법은 전혀 경계를 안 하더군요. 그걸 안 게 최근이어서 아직 한쪽 발바닥밖에 못 그려놨어요. 들키면 안 되니까 조심스럽게 해야 하거든요."

"하하하, 그놈 참 웃긴 놈이군. 세상에서 가장 강하다는 인간이면서

자는 사이에 자기 발바닥에 마법진을 그려도 몰라?"

"그러게 말이에요. 이번에 돌아오면 아예 위치 추적 마법진을 그려 놓을 생각이에요. 연구 대상이 도중에 도망가면 곤란하니까요."

"그래라. 그리고 만약 그놈 연구가 끝나면 나에게도 얘기해 주렴."

"로드에게야 가르쳐 드려야지요. 아무튼 사람도 갑옷도 아직 알 수 없는 것투성이라서 시간은 좀 걸릴 거예요."

티모라는 그렇게 말하고는 잠시 뜸을 들이다가 고개를 돌려 북쪽의 하늘을 보며 말했다.

"어쩌면 평생 연구해야 될지도 모르겠네요."

그 말을 들은 카르티오스는 눈을 반짝이며 크게 호기심이 이는 듯 상체를 약간 굽혀 적극적인 얼굴로 말했다.

"호오, 너 정도 되는 마법사가 그렇게까지 말하다니? 그러지 말고 우리 공동 연구로 할까?"

"그것도 나쁘지 않겠네요. 이 기회에 로드의 10서클 절대 분석 마법이나 배워볼까요?"

"이봐, 최고 수준의 마법은 배운다고 되는 게 아니라고. 조신하게 9서클 마스터로 만족하는 게 어때?"

"이론적으로 가능하다는 것을 알았는데 스스로의 한계를 만들 수는 없지요. 도대체 누가 인간의 한계가 8서클이라고 한 건지. 마법이란 것 자체가 인과율을 속이는 학문인데, 그걸 한계가 있다고 믿는 게 우습지 않아요?"

"몸의 한계가 8서클인데 어쩌겠나? 드래곤도 고룡이 되기 전에는 9서클이 한계거든?"

"드래곤도 엘프도 종족의 규칙을 준수하는 존재이니 어쩔 수 없지요. 하지만 인간은 그런 게 없잖아요. 실제로도 몸의 한계인 8서클을 마스터하고도 만족을 못하고 마법진을 이용해서 9서클 스크롤을 제작할 정도니까요."

"그거야 그렇지. 그래서 우리 드래곤들이 물질계의 대부분을 인간들에게 양보한 거니까."

"9서클이 가능하면 10서클도 가능해요."

"그런 얘기는 하지도 마라. 꿈에 나올까 두렵다."

카르티오스는 고개를 절레절레 흔들며 한숨을 쉬었다. 10서클을 쓸 수 있다는 것은 정말로 고룡 이하의 드래곤보다 강하다는 의미가 된다.

지금 카르티오스가 보기에 티모라가 딱 10서클의 문턱에 다다랐는데, 그녀는 하프 엘프라는 특성상 기적적으로 가능한 경우였다. 순수한 인간은 절대로 불가능하다.

하지만 티모라는 자신만만한 미소를 지었다.

"꼭 가능하게 될 거예요. 일단 방법만 정리해 두면, 100년에 한 명이든 200년에 한 명이든 가능성은 있다고 봐요."

"맘대로 해라. 그런 놈이 나타나면 내가 가서 밟아주면 되니까."

"어머, 로드가 직접 나오는 건 반칙이에요. 뭐, 제가 연구한 마법을 잇는 자들은 드래곤들과는 적대하지 않을 거지만요."

"적대하지 않아도 그런 존재가 세상에서 깽판을 치고 다니면 드래곤으로서는 어떻게든 해결을 봐야 한다."

"설마 그 정도 깨달음을 얻은 마법사가 깽판씩이나 치겠어요?"

"넌 인간을 믿니?"

"아니요."

"그 점에서는 의견이 일치하니 다행이구나."

카르티오스는 웃으며 말했다. 그러면서 손에 든 찻잔의 고리에 손가락을 낀 채 살살 흔들었다. 허브티를 모두 마셨는데도 아직 모자란 모양이다.

티모라는 이 어른스럽지 못한 카르티오스의 모습에 피식하고 웃으며 다시 찻주전자를 들고 정원 밖으로 나갔다. 드래곤 로드가 원하니 새로운 차를 끓이는 수밖에 없다고 생각하면서.

카르티오스는 그런 티모라의 뒷모습을 보며 그녀의 어린 시절부터의 일생을 회상했다. 확실히 비범한 일생을 살아왔다는 생각이 들었다.

"하프 엘프가 태어나는 것 자체가 불가능에 가까우니까 말이야. 하하하."

그는 그렇게 결론을 내리며 다시 웃었다. 엘프의 경우 자신이 원하지 않으면 아예 수태를 하지 않는다. 드래곤도 마찬가지이다.

정령을 다루는 자는 몸 안의 상태도 거의 완벽하게 제어할 수 있기 때문에 그것이 가능하다.

그래서 엘프나 드래곤은 평생 두통도 없고, 배탈도 안 난다. 쉽게 말해 병에 걸리지 않는다. 수명이 다할 때까지 최적의 상태로 살아가는 것이다.

그런 만큼 아무리 인간과 관계를 가져도 엘프 여성이 그걸 원하지 않는 한 아이를 낳을 가능성은 없다. 그럼 강제가 아닌 사랑에 의해 관계를 가져야 한다는 이야기인데, 엘프가 인간에게 관심을 가질 가능성은 거의 없다.

실제로 카르티오스의 기억에 역사상 인간을 사랑한 엘프는 티모라의 모친이 처음이었다.

그런 만큼 티모라가 어느 정도 종족의 한계를 뛰어넘어 변칙적으로 강한 것도 이해는 되었다.

"그나저나 네미니스, 그놈은 어떻게 된 거야?"

카르티오스는 생각을 바꾸어 세 번이나 자신이 보낸 정령을 무시한 버릇없고 성질 더러운 네미니스를 떠올렸다.

"바람의 정령!"

시리리링.

카르티오스가 부르자 즉시 최상급 정령이 바람을 모아 육체를 형성하며 나타났다. 그녀는 고개를 살짝 숙여 자신을 소환한 자에게 인사를 하고는 말없이 명을 기다렸다.

"네미니스 놈의 행방은 아직 모르나? 그놈이 아무런 대답도 안 해?"

[네미니스님은 스스로를 정령으로부터 감추셨습니다. 저희의 힘으로는 어쩔 수 없습니다.]

"으윽, 그놈이 작정을 하고 숨다니? 도대체 어떤 사고를 치려고 그러는 거지?"

불길한 예감이 들었다.

네미니스라고 하면 성격이 과격하기로 유명한 놈이 아닌가? 종족 대부분이 차분한 블루 드래곤들 사이에서 돌연변이라고까지 말해질 정도이다. 그래서 그의 별명이 레드도 블루도 아닌 보라돌이인 것이다.

성격이 성격인 만큼 사고도 많이 쳤다. 또 그만큼 실전도 많이 경험했기에 강하기는 무지하게 강하다.

로드인 카르티오스를 빼고는 힘으로 네미니스를 이길 자가 없다. 그렇기 때문에 네미니스가 또 눈이 뒤집혀 드래곤의 규율을 어긴다면 그 이외에는 그것을 막을 드래곤은 없다.

있다면 오직 하나, 차기 로드인 골드 드래곤 아이오브뿐이다. 그녀의 경우, 힘이 강한 게 아니라 과거 네미니스가 사고를 치고 천 년간 봉인당했을 때 그의 레어에서 동거를 한 연인이기 때문이다.

결혼을 하지 않는 드래곤의 특성상 천 년 동안이나 같이 산다는 것은 정말로 드문 일로, 그때 아이오브는 네미니스의 아이도 하나 낳았다.

아이의 엄마이자 과거의 애인인 만큼 제아무리 흉포한 네미니스라 해도 아이오브에게는 함부로 하지 못하는 것이다.

'그런데 왜 흑사자란 놈을 죽이지 않은 거지? 그 녀석 성격으로 볼 때 말한 것은 칼같이 지켜야 하는데?'

이해할 수 없는 일투성이다.

레어에 들어온 자를 살려둘 이유가 없다. 화는 나지만 그 점은 이해할 수가 있기에 이만 바드득 하고 갔을 뿐이다.

그런데 티모라의 말에 의하면 아직 흑사자는 살아 있다고 한다. 두 번째로 정령을 보냈을 때 네미니스의 레어는 비어 있었다고 하니 둘이서 어디론가 사라진 것 같다.

문제는 뭘 하러 사라진 것인지 알 수가 없다는 점이다. 결국 카르티오스는 티모라의 권유에 따라 흑사자가 돌아올 때까지 이곳에서 머물기로 했다. 그런데 흑사자란 놈은 아직까지 돌아오지 않고 있었다.

'뭐냐? 이 불안한 마음은? 그런데 내가 왜 그놈이 사고 칠까 걱정해야 되는 거지?'

고민에 고민을 거듭하던 카르티오스는 결국 딴생각을 하기 시작했다. 그는 곧 그것에 대해 생각하는 것 자체를 그만두고 의자의 등받이에 몸을 기댄 채 티모라가 이번에는 무슨 허브티를 내올까 하고 궁금해했다.

　다른 드래곤들이 노망난 로드라고 부르는 데에는 다 이유가 있었다.

　그런데 그때, 정원의 입구 쪽에서부터 한 사람이 거의 뛰다시피 들어왔다.

　카르티오스는 고개를 돌려 그를 보고는 살짝 인상을 찌푸렸다. 그는 하이번이었다. 어떠한 일이 있어도 당황하지 않으리라 생각했던 그가 지금 노골적으로 당황하고 있었다. 예상이 틀렸기에 카르티오스는 약간 기분이 나빠졌다.

　"음? 무슨 일이오?"

　하이번은 자신에게 말을 건네는 청년을 보고는 걸음을 멈추고 정중하게 인사를 했다.

　하이번은 카르티오스가 드래곤 로드라는 것은 모른다. 하지만 적어도 티모라가 항상 본신의 모습으로 예의를 다해 대하는 것으로 보아 절대로 겉모습처럼 평범한 인간의 청년은 아니라 확신하고 있었다.

　"아, 카르님께서 계셨군요. 실례지만 혹시 티모라 양을 보지 못했습니까?"

　"티모라는 차를 끓이러 갔소만. 무슨 용건이오?"

　"그게 말입니다. 가능하면 그녀에게 직접 전하고 싶습니다."

　"그럼 그러도록 하시오. 마침 오고 있으니까."

　카르티오스는 턱으로 차를 들고 들어서고 있는 티모라를 가리키며 말했다.

　티모라는 들어오면서 하이번의 말소리를 들었는지 조금도 당황하지 않고 찻주전자를 테이블 위에 놓았다. 그리고는 하이번에게도 차를 따라주며 앉으라고 자리를 권했다.

잠시 여유를 두고 기다린 그녀는 하이번이 차 마시는 시늉을 하며 눈치를 보자 싱긋 웃으며 말했다.

"카르님은 외인이 아니니 하실 말씀이 있으면 이 자리에서 하셔도 좋습니다."

"난 외인이다. 엄하게 엮어 넣으려 하지 마라."

"어머, 저하고 말이에요. 하이번 경하고는 당연히 외인이지요."

"그렇다면 좋다."

티모라는 역시 깐깐한 노인이라고 속으로 투덜댔다. 그러면서도 한편으로는 무의식적으로 가이안 제국에 좋은 영향을 주려고 한 자신을 발견하고는 가볍게 놀랐다.

드래곤 로드를 가이안 제국의 수호자 중 하나로 삼으려는 마음이 있었던 것이다.

어쨌든 간에 이러한 영문을 모르는 하이번은 티모라의 허락이 있자 더 이상 머뭇거리지 않고 그가 방금 전에 접한 최신 정보를 티모라와 카르티오스에게 말했다.

"방금 궁중 마법사가 전한 정보입니다만, 미노 제국의 수도가 드래곤에 의해 공격당했다고 합니다."

"뭐라고!"

쾅!

보고는 티모라에게 했는데 반응은 그 옆에 있는 카르라는 청년에게서 나왔다. 하이번은 살짝 고개를 돌려 그를 보았다.

카르티오스는 흉포한 표정을 아낌없이 드러내며 단 한주먹에 테이블을 부수었다. 그리고는 하이번을 향해 확인하듯 물었다.

"혹시 그 드래곤이라는 놈이 푸르팅팅하고, 살이 디룩디룩 쪄서 덩

치만 커다란 놈 아니오?"

"에, 또, 블루 드래곤이 맞습니다. 고룡 급이라고 하더군요. 드래곤은 사흘 동안 쉬지 않고 수도를 공격해 결국 그곳을 완전히 초토화시켰다고 합니다."

카르티오스의 과격한 표현에 적지 않게 당황해하던 하이번은 가까스로 자신이 하려던 보고를 끝낼 수 있었다.

원래 티모라에게 보고를 할 필요는 없지만 하이번은 레오가 사라진 후 티모라를 거의 대리 황제처럼 받들어 모셨기에 이처럼 중요한 사안은 꼭 보고했다.

그리고 이번 경우는 전혀 예상치 못한 사건이라 혹시 티모라라면 뒷사정을 알 수 있지 않을까 하는 희망사항도 있었다.

그런데 정말로 이렇게 와보니 뭔가 아는 분위기였다. 하이번은 극도로 긴장하며 두 사람의 눈치를 살폈다.

"하아!"

티모라는 고개를 설레설레 저으며 한숨을 쉬었다. 그녀의 한숨 소리가 끝나기도 전에 너무 기가 막혀 한순간 아무 반응도 하지 않던 카르티오스가 정신을 차렸다.

"네미니스! 네놈이 어쩌자고!!"

카르티오스는 마치 상대가 보이기라도 하는 양 하늘 저쪽을 보며 고래고래 고함을 질렀다. 티모라는 걱정스러운 표정으로 그의 소매를 잡으며 최대한 차분하게 말했다.

"진정하세요."

"진정하게 생겼냐? 드래곤이 인간을 공격해? 그것도 제국의 수도를? 그놈이 미친 게야. 내 이 손으로 그놈의 목을 비틀어 버릴 테다!"

이번만큼은 그녀의 설득도 드래곤 로드의 화를 가라앉힐 수 없었는지, 카르티오스는 더욱 길길이 날뛰면서 노골적인 표현을 서슴지 않았다.

"진정하시라니까요. 카르님의 말이 그대로 마나를 자극하고 있어요."

"아아아악! 내가 무슨 죄를 지었기에 이런 황당한 일을 당해도 하고 싶은 말 한마디 제대로 못하게 된 거지?"

티모라가 말리면 말릴수록 카르티오스는 발광을 했다. 그러나 이제는 같은 드래곤의 목을 비틀어 버린다든가 껍질을 벗긴다든가 하는 표현은 쓰지 않았다.

드래곤 로드 정도쯤 되면 말 자체가 마법이기 때문에 잘못하면 저주가 될 수 있는 것이다. 아무리 흥분해도 남의 충고를 받아들여 잘못을 정정하는 것은 정말 드래곤 로드답다고 할 수 있었다.

그럼에도 불구하고 티모라는 마치 애를 달래듯 카르티오스를 달래야 했다. 그러는 한편 정령과 마법을 동시에 이용해 카르티오스의 몸에서 발산되는 분노의 기운이 하이번을 해하지 못하게 보호했다.

드래곤의 피어가 인간으로 변한 상태에서도 새어 나오고 있었다. 무지하게 강하다는 증거이지만 지금은 별로 감탄할 상황이 못 되었다.

한편, 하이번은 두 사람의 대화 속에서 몇 가지 사실을 깨닫고는 속으로 환호성을 질렀다. 푸르팅팅 어쩌구 하는 표현에서부터 뭔가 낌새가 느껴졌다. 그 후 티모라의 말을 듣다 보니 확신이 왔다.

이 남자는 드래곤이다! 그것도 최소 고룡 급의!

'이런 일도 있을 수 있군. 역시 세상은 완벽하게 주군을 중심으로 돌고 있었던 거였어.'

하이번은 이제 여유를 가지고 평소의 그로 돌아올 수 있었다.

방금 전까지 조금이나마 당황했던 것은 혹시 드래곤이 인간을 공격하려는 것이 아닌가 하는 우려 때문이었다.

미노의 수도를 공격했으니 가이안의 수도인 이곳도 공격하지 않는다는 보장은 없다고 생각했다.

그런 만큼 티모라에게 어떻게든 수도 전역에 대드래곤용 방어 마법을 설치해 달라고 부탁할 속셈이 있었다. 그녀에게 그게 가능한지는 모르겠지만, 적어도 그녀가 불가능하면 다른 사람 또한 가능할 리가 없다.

하지만 이제는 그게 그렇게까지 절실하지 않게 되었다. 이곳에 티모라와 친한 드래곤이 있다. 느낌상 가이안은 드래곤들로부터 안전한 것 같았다.

일단 불안이 사라지니 호기심이 머리를 치켜들었다. 하이번은 극히 조심스럽게 티모라에게 물었다.

"티모라님, 괜찮으시다면 어째서 그 드래곤이 미노 제국의 수도를 부수었는지 알려주실 수 있습니까?"

그의 말은 겨우 안정을 찾아가던 카르티오스를 다시 한 번 자극했다. 다시 한 번 비명과 같은 노성이 튀어나왔다.

"아아악! 제국의 수도를 부수다니!"

"아앗, 또! 호흡을 안정시키고 심장의 박동을 느리게 하세요. 체통을 지키시라니까요."

티모라는 다시 흥분하기 시작한 카르티오스를 계속해서 달랬다. 그러면서 틈을 보아 하이번에게 짧게 말했다.

"흑사자께서 그 블루 드래곤과 싸우러 가셨는데, 그 뒤로는 저도 모르겠네요. 일단 살아 있는 것은 확실해요. 카르님! 자꾸 소리치시면 사일런트 마법을 걸 거예요. 지금이라면 카르님한테 걸 수 있을지도 모른다고요!"

두 사람은 바쁜 것 같았다. 하지만 하이번은 듣고 싶었던 말을 들었다. 그리고 레오가 왜 말도 없이 이곳을 떠나 자취를 감추었는지도 알고야 말았다.

"아, 예, 그랬었군요."

하이번은 조용히 고개를 끄덕였다. 그리고는 잠시 눈앞의 두 사람을 보다가 정중하게 인사를 하고는 정원에서 나왔다.

*　　　　*　　　　*

현재 건설이 완료된 몇 안 되는 황궁의 건물 중 하나인 중앙 대전에는 십여 명의 사람들이 모여 있었다. 그들은 하나같이 '드래곤의 미노 제국 수도 피습 사건'을 듣고 기겁해서 달려온 사람들이었다.

이것이야말로 가이안 쪽 주요 인물들로서는 웃어야 할지 울어야 할지 알 수 없는 일이었다.

미노 제국은 이로써 회생 불가능이라고 할 수 있다.

대부분의 주변 왕국들이 썩은 먹이를 노리는 하이에나처럼 달려들어 국경 분쟁을 일으키려 하는데, 수도가 파괴되고 황제가 죽은 미노 제국에서는 거의 대응을 못하고 있다 한다.

군대라는 것이 하루아침에 휙휙 하고 움직일 수 있는 것이 아닌 만큼 저쪽에서 준비를 할 때 이쪽에서도 같이 준비를 하지 않으면 크게 불리해진다. 그런데 현재 미노 제국의 군사적 움직임은 거의 정지한 것이나 마찬가지여서 지방군들이 알아서 침략자들과 대응하게 생겼다.

절대로 멀쩡하게 막아낼 수 없는 상황이라고 모든 사람들은 확신했다.

반면에 가이안 군에 가담하기 위해 준비를 하는 동맹 지원군은 기하급수적으로 늘고 있다. 한 달도 되지 않아서 가이안의 동맹군 수는 다섯 배나 늘어날 것으로 보인다.

불과 일주일 만에 대륙이 뒤집힌 셈이다.

"문제는 드래곤이 과연 이후에 어떤 식으로 움직이느냐는 것입니다."

유스가 차분한 목소리로 주변 사람들에게 말했다. 발튼과 바로크 같은 무장들은 그 말에 안색이 변했다. 마음속으로 혼자 생각하고 있던 것이 남의 입에서 나오니 왠지 모르게 현실감있게 다가왔다.

"이곳은 스틸문 아닙니까? 드래곤이 보호하는 곳인데 설마 공격을 하려구요?"

휴케바인이 자신의 의견을 말했다. 옆에 서 있던 크로티아도 남편의 말에 동감이라는 듯 고개를 끄덕였다.

하지만 유스는 말했다.

"드래곤은 구제국인 카라엘 제국을 보호한 것입니다. 그것도 거의 형식적인 거였지요. 만약 정말로 그들이 인간을 공격하려 한다면 이곳이라고 해서 예외가 될 수는 없습니다."

예외는커녕 제일 공격 대상이 될 수 있다고 유스는 속으로 중얼거렸다. 어쩌면 미노 제국의 수도가 먼저 공격을 당한 것이 가이안 제국보다 크기 때문일지도 모른다. 그곳은 확실히 대륙에서 가장 큰 도시였다.

듣고 있던 발튼 후작이 바로크 백작을 보며 물었다.

"바로크 백작, 마스터인 그대가 생각할 때 드래곤이 쳐들어오면 막아낼 수 있을 것 같소?"

"저를 두고 말씀하시는 거라면 불가능하다 대답하고 싶습니다. 드래곤이 인간으로 변해서 싸우면 몰라도 허공에서 불이나 번개를 뿜어대면 마스터라고 해도 당할 수밖에 없습니다."

"으음… 유스 경, 마법사들이 그걸 막을 수 있지 않겠소?"

"8서클 정도 되면 약간은 막을 수 있습니다. 현재 스틸문에는 적지 않은 마법사가 있으니 고룡 급이 아닌 보통 드래곤 두세 마리 정도는 어떻게든 될 겁니다. 그러나 고룡이 나타나면 얘기가 달라집니다. 7서클 이하의 마법사들은 아예 마법을 제대로 쓰지도 못할 겁니다. 다시 말하자면, 현존하는 거의 모든 마법사를 말하는 것이 되겠지요."

"크흠, 현자의 탑이 사라진 후 마법의 수준이 쇠락했으니 확실히 막기가 쉽지 않겠구려."

필요한 질문이라고는 하지만 마법사의 실력이 나쁘다는 점을 드러내게 한 것 같아 발튼은 미안한 표정을 지었다.

"그것이 현실이지요. 확실히 발튼 후작 각하의 말씀대로 지금은 전사들에 비해 마법사의 힘이 약하니까요."

유스는 별것 아니라는 듯 미소를 지으며 대답했다. 마법사인 그는 힘의 크기를 상당히 객관적으로 분석하는 습관이 있었는데, 전사들 스스로가 자신감을 가질 수 있을 정도로 마법이 약화되었다는 점을 인정하고 있었다.

그래서 현자의 탑을 재건하려는 것이 아닌가? 앞으로 100년만 있으면 마법사들의 힘이 전사를 상회할 것이다. 그는 그렇게 믿었다. 그것이 그를 움직이게 하는 가슴속의 불길이라고 할 수 있었다.

"그렇다면 만일을 대비해서 피난 준비를 해놓아야겠군요. 시민들에게는 이 사실을 숨겨야겠지요?"

한쪽에 있던 에고른이 조심스럽게 말했다. 그의 말에 모든 사람들의 안색이 어둡게 변했다. 시민들에게 언제라도 이곳이 드래곤에게 공격당할 수 있다고 말할 수는 없다. 하지만 그들이 모르게 피난 준비를 하는 것은 정말 어렵다.

발렌은 한숨을 쉬며 말했다.

"그 일은 재상께서 알아서 하실 겁니다."

"예? 저요?"

재상이라는 말에 화들짝 놀란 휴케바인이 자신도 모르게 목청을 높여 반응했다. 그 또한 어떤 대비책이 있을 리 없는데 재상이 알아서 한다는 말에 어쩔 줄 모르는 빛이 역력히 드러났다.

발렌은 그런 휴케바인의 모습에 보일 듯 말 듯하게 살짝 고개를 젓고 설명을 덧붙였다.

"휴케바인 재상 말고 하이번 재상을 말하는 겁니다."

"휴, 다행이네요."

신임 재상인 휴케바인은 정말로 안심했다는 듯 손을 가슴에 대고 깊게 숨을 내쉬었다.

솔직히 재상이 된 지 며칠 되지도 않은 그에게 수도 전체의 피난 계획을 짜라고 시키는 사람은 아무도 없을 테지만 그는 지레짐작으로 오해를 했다.

왜냐하면 드래곤이 공격할지도 모른다는 말이 나왔을 때부터 휴케바인은 머릿속으로 수도의 사람들을 어떻게 피신시키나 하고 걱정하고 있었기 때문이다.

강제로 무장에서 재상으로 직업이 바뀐 이후, 본인은 모르고 있었지만 어느새 머리의 사고방식이 재상의 그것으로 바뀌고 있었다.

"그럼 그 문제는 하이번 재상에게 부탁하는 것으로 하고, 정말 드래곤이 인간을 공격할 마음이 있는지 진상을 알아보려면……."

"하이번 재상께서 오시는군요."

발튼은 발렌이 손가락으로 입구 쪽을 가리키자 말을 멈추고 그쪽을 보았다. 과연 하이번이 들어오고 있었다. 동시에 다른 사람들의 시선도 일제히 그에게로 향했다. 그들의 눈동자에는 하나같이 참을 수 없는 궁금함의 감정이 드러나 있었다.

발튼은 그들을 대표해서 하이번에게 물었다.

"어떻게 되었소, 하이번 경? 그분께서는 뭔가 아시는 게 있다고 하시오?"

거의 체면도 따지지 않을 정도로 급하고 노골적인 물음, 하이번은 발튼의 심정을 이해한다는 듯 의미심장한 미소를 지었다. 그리고는 나직하면서도 아주 힘있는 목소리로 대답했다.

"폐하께서는 블루 드래곤과 싸우러 가셨다고 합니다. 그 블루 드래곤이 바로 미노 제국의 수도를 공격한 드래곤이라고 하는군요."

"뭐라고요!"

"어헉! 드래곤과!"

"어머, 정말로 드래곤하고 인간이 싸울 수 있는 건가요?"

사방에서 일제히 터져 나오는 비명과도 같은 함성은 하이번의 귀에는 세계 최고의 오케스트라 연주 소리로 들렸다. 그는 나를 믿으라는 듯 가슴을 펴고 당당하게 말했다.

"지금 후원에 계신 분이 바로 드래곤의 일족이십니다. 아무래도 우리가 알지 못하는 사정이 있었던 모양입니다. 단!"

"단?"

"분위기로 보건대 우리 가이안 제국은 드래곤들과 아주 친밀한 관계가 될 것 같습니다."

"오오!"

"그럼!"

사람들은 그때서야 일의 전말을 알겠다는 듯 함성을 질렀다. 그들의 주군인 흑사자가 드래곤과 싸우러 갔다. 승부는 알 수 없지만 상대 드래곤이 뜬금없이 나타나 가이안의 적국인 미노의 수도를 부쉈다. 그리고 다른 드래곤이 황궁 후원에 놀러 와 있다.

이렇게 확실할 수가 없었다. 불안 요소는 없다. 그들은 모두 승리자의 기쁨을 느꼈다.

"역시 주군이시군."

발렌이 모처럼 들뜬 얼굴로 말했다. 처음 본 순간부터 레오의 영문을 알 수 없는 힘에 끌려 충성을 다짐했는데, 이제 그 모든 것이 상상했던 것보다 훨씬 큰 열매를 맺었다. 기사로서 최고로 행복한 순간이었다.

하지만 곧 그는 흥분에서 벗어나 오히려 걱정스러운 얼굴로 중얼거렸다.

"무사하실까요? 드래곤과 싸웠다면 부상을 당하셨을지도 모릅니다."

그러자 하이번이 아니라는 듯 고개를 저었다.

"역시 발렌 경다운 말씀이십니다. 하지만 드래곤을 죽인 게 아니라 친밀한 관계를 맺었다면, 이미 마법으로 치료를 받으셨을 겁니다. 그들은 신성 마법도 쓸 수 있으니까요."

"그런가요?"

"적어도 티모라님께서 주군의 생존을 보증하셨으니 걱정하지 않아도 좋을 것 같습니다."

"그렇다면 안심입니다. 하하하!"

두 사람은 그렇게 결론을 내리고는 마음 놓고 기뻐하기 시작했다.

한편 유스는 한숨을 쉬며 중얼거렸다.

"드래곤보다 강하셨던 거군요. 주군은……."

그가 알기로 드래곤은 엄격한 규율에 따라 사사로이 인간을 공격할 수 없다. 그런데 수도를 공격했다고 하면 레오가 그 드래곤과 싸워 이기고 종속시켰다고밖에는 생각할 수 없다.

기쁜 일이기는 하지만 마법의 정점에 서 있는 존재인 드래곤조차 순수한 전사인 레오에게 이기지 못했다고 생각하니 약간은 허탈했다.

보통 드래곤도 아닌 고룡 급이라고 한다. 신체적인 강점은 둘째 치고 모든 마법을 완벽하게 깨달았을 것이 틀림없다.

마법은 무적이라고 생각했던 그의 신념이 흔들리고 있었다. 만약 그것이 흔들리면 그 순간부터 유스의 성장은 정지할 것이다. 유스는 억지로 고개를 저으며 속으로 다짐했다.

'마법은 모든 것을 포용한다. 주군의 검도 마법이라고 생각하자. 특이한 검법을 익힌 자는 마법을 쓰지 않고도 검에서 열기를 뿜어낸다고 하지 않은가? 검법이 그러한데 마법이 검법을 포용하지 못할 것은 없다. 세상의 모든 것을 감싸는 힘, 그게 마법이라고 하지 않았던가!'

티모라가 유스에게 한 말이다. 7서클에 이르기 위한 열쇠라고 특별히 말해주면서 그 대가로 6서클 스크롤 30장을 받아갔다.

유스는 이를 악물고 그것을 받아들이기 위해 수련에 수련을 거듭하고 있었다.

그 와중에 에고른은 어떻게 하면 드래곤과 싸워 이길 수 있을까에 대해 바로크와 열렬히 논의하고 있었다.

흑사자가 된다면 자신들도 미리 포기할 필요는 없다고 생각했다. 일단 기분이 동하자 위축되었던 마음이 바뀌어 투지가 일어났다.

"특별한 마법 화살에 오러를 실어 쏠 수 있다면 드래곤에게도 상처를 입힐 수 있습니다."

"오, 그것 나쁘지 않군요. 확실히 미스릴 정도라면 가능할 거요."

"문제는 오러를 실을 수 있는가 하는 문제입니다만."

"허허허, 그거야 수련만이 해답 아니겠소? 그리고 고룡이라면 몰라도 보통의 드래곤이라면 오러를 싣지 않아도 마법의 미스릴 화살에 조금은 상처를 입을지도 모를 것이오."

"그건 상당히 낙천적인 생각입니다. 적어도 기를 실을 정도는 되어야 가능성이 조금이라도 있습니다."

"그럴지도 모르겠군요."

그들은 곧 강화된 활과 화살 동시에 기를 흘려보내는 방법에 대해 심도있게 검토했다.

레오가 보여준 시범에서 그게 가능하다는 것을 안 이후부터 틈만 나면 이렇게 토론에 몰두하는 두 사람이었다.

이게 가능해지면, 그 다음에는 손에서 떠난 화살에 기를 실어 보내는 것을 연구해야 했다. 아직은 끝이 보이지 않을 정도로 까마득한 일이지만, 그래도 가능성은 충분히 있었다.

모든 사람들이 그렇게 즐겁게 환호하며 대화를 나누고 있을 때, 한 남자는 가능한 한 자신의 모습을 드러내지 않도록 기척을 죽이고 있었다.

정식으로 작위를 받지는 못했지만 하이번의 배려로 구석에 자리를 잡고 있었던 킬번이다. 그는 조용히 기둥의 그림자에 몸을 숨긴 채 손으로 입을 가리고 있었다. 킬번은 지금 공포와 흥분을 같이 느끼고 있었다.

'그 미친 인간이 정말로 드래곤하고 싸워 이겼단 말이야? 도대체 도둑 길드는 뭘 믿고 그런 인간하고 싸웠던 거지?'

일행 중 유일하게 레오와 진심으로 목숨을 걸고 싸웠던 사람이 바로 킬번이었다. 하이번의 경우도 그렇다고 할 수 있지만 그는 레오의 힘을 적으로서 느끼기도 전에 마음이 끌려 버렸다.

상대의 힘을 처절하게 느끼고, 물러설 수 없는 상황에서 모든 수법을 사용해서 대항하려다 실패한 경험은 당해본 사람만이 안다. 지금은 끝난 일이지만 그때를 생각하니 다리가 떨려왔다.

한 사람과 대륙 전체의 도둑 길드와의 전쟁은 2년 만에 끝났다. 한 사람의 압승이었고, 도둑 길드는 막대한 피해를 입고 전면 항복을 했다.

그런데 지금 생각하니 그 정도면 오히려 피해가 적었던 거라는 기분이 들었다. 흑사자가 마음만 먹었다면 대륙에 도둑이 한 사람도 남아나지 않았을 거라는 생각까지 들었다.

그러는 한편 그는 참을 수 없는 희열을 느꼈다.

'과연 어르신의 그늘에 있으면 드래곤도 함부로 못한다는 거지? 그나저나 이번 전쟁으로 얻은 이익이 얼마지?'

대충 계산해도 대륙에서 그보다 많은 재물을 가진 사람은 흑사자 이외에는 없을 것 같았다. 그는 꿈을 이룬 것이다. 그는 손으로 광소가 터져 나오려는 입을 틀어막았다.

'아니야, 여기서 만족할 수는 없지. 끝까지 간다. 멈추면 곧 퇴보하는 거니까!'

킬번은 자신의 욕심이 무한하다는 것을 새삼 깨달았다. 한번 돈의 노예가 되기로 결심하자 죽을 때까지 멈출 수 없다는 생각이 들었다.

사람들이 승리자의 기쁨을 만끽하고 있는 대전의 구석에서 킬번은 기적을 숨긴 채 어떻게 다음 사업을 일으켜서 돈을 긁어모을까 하고 구상하기 시작했다.

휴케바인은 그런 사람들을 멍하니 보고 있었다. 그는 전혀 기뻐 보이지 않았다. 옆에 있던 크로티아는 기쁜 표정을 짓고 황제를 칭송하려다가 그것을 알고는 입을 다물었다. 그리고는 불안한 얼굴로 그녀의 남편을 보았다.

'왜 기뻐하지 않는 걸까? 오히려 분한 표정인데?'

영문을 알 수 없었다. 휴케바인과 결혼한 이후 그의 심중을 이해할 수 없었던 적은 거의 없다. 그만큼 단순하면서도 좋은 남편이었다.

그런데 지금 마땅히 누구보다도 기뻐해야 할 그가 전혀 그런 기분이 아니라니? 크로티아는 속으로 걱정을 하면서 조용히 서서 사람들의 눈치를 보았다.

시간이 흘렀다. 사람들이 흥분에서 벗어나 앞으로의 일들에 대해 상의를 끝낼 때까지도 휴케바인은 한마디도 하지 않았다. 그는 무엇인가를 이를 악물고 참는 듯했다.

그리고는 회의가 끝나자마자 휴케바인은 즉시 황궁을 나서 자신의 집으로 돌아갔다. 아직까지 완성이 되지 않아 본채를 비롯해 몇 개의 건물밖에는 없었지만, 그의 소중한 집이자 제국에서 하나밖에 없는 공작 저택이었다.

"하아!"

집에 와서도 휴케바인은 전혀 바뀌지 않았다. 그는 소파에 앉아 멍하니 벽 한구석을 바라보며 한숨만 내쉬고 있었다.

이건 보통 일이 아니다! 크로티아는 이제 공포까지 느꼈다.

그녀는 얼른 휴케바인이 가장 좋아하는 술을 꺼내 훈제 칠면조 안주와 함께 내왔다. 그리고는 조용히 휴케바인의 옆에 앉아 술을 한 잔 따랐다.

벌컥벌컥.

"휴우~"

휴케바인은 상당한 갈증을 느끼는 듯 단숨에 그것을 마셨다. 술로 육체적 갈증을 해소할 수는 없지만 정신적으로 조금은 편안하게 만들 수 있다. 다행히도 휴케바인은 그 효과를 보는 듯 깊게 숨을 내쉬었다.

"무슨 걱정이라도 있어요?"

"……."

"하이번 경께서 말씀하셨듯 폐하께서는 안전하실 거예요."

"……."

"제가 들어도 되는 일이라면 말씀해 주세요."

답답함을 못 이긴 크로티아는 결국 애원하듯 말했다. 솔직한 게 좋은 거라고, 괜히 분위기만 잡고 있으면 소용이 없다는 생각이 들었다.

그러자 휴케바인은 드디어 입을 열어 혼잣말을 하듯 중얼거렸다.

"그걸 놓치다니……."

"예?"

크로티아는 남편이 무얼 놓쳤다는 건지 알 수 없었다. 무엇을 놓쳤기에 저토록 낙천적인 사람이 다 죽어가는 표정이 되었을까? 그녀가 다시 묻기도 전에 휴케바인이 빠르게 말했다.

"따라갔어야 했어."

크로티아는 이제야 남편의 마음을 알아챘다고 생각했다. 주군이 드래곤과 싸우는 절체절명의 순간에 도움이 되지 못해서 속상했던 것이다. 흑사자의 오른팔이라 공언하는 휴케바인으로서는 속상해할 만도 했다.

크로티아가 그런 남편의 마음에 공감하면서 고개를 끄덕이자 휴케바인은 흥분한 듯 말을 이었다.

"밀림에서 그 뱀하고 싸우는 거 봤지? 그거 얼마나 멋있었어? 그런데 이번엔 드래곤이란 말이야. 아흑, 그걸 못 보다니! 주군께서 사라졌다고 했을 때 무슨 수를 써서든 따라갔으면 볼 수 있었을지 모르잖아. 그렇지?"

"……."

이번엔 크로티아가 말을 잃었다. 그러고 보니 휴케바인이 멍하니 보고 있던 곳은 벽이 아니라 벽장이었다. 그 안에는 정리해 놓았던 여행용 장비들이 들어 있다.

황당함이 지나쳐 머릿속에 있던 수많은 생각이 순간적으로 터져 나가는 듯했다.

그러나 휴케바인은 한번 말이 터지자 감정의 흐름을 멈출 수 없는 듯 두 손으로 크로티아의 손을 잡고 열렬한 눈빛으로 말했다.

"이봐, 크로티아. 주군께 다시 한 번 드래곤하고 싸우라고 하면 혼날까? 그냥 시범이라도 보여 달라고……."

"이봐욧!"

"앗! 농담이었어, 정말이야! 설마 내가 주군을 구경거리로 삼고 싶어 하겠어?"

순간적으로 말을 돌리는 휴케바인, 그러나 이미 때는 늦었다.

"당신이 그런 사람이었다니… 흑흑흑."

"앗, 울지 마. 정말 말실수였다니까!"

휴케바인은 당황해서 필사적으로 크로티아를 달랬다. 그러나 그동안 걱정하느라 쌓였던 기분이 터지며 나온 울음이라 쉽게 멈춰지지 않았다.

한참의 시간이 흘러 겨우 크로티아는 진정을 했다. 결혼 후 처음 울었던 것 같다. 어쨌든 간에 휴케바인의 본성을 아는 크로티아였기에 이번에는 그가 주장하는 대로 말실수였다고 믿기로 했다.

"그런데 말이에요."

"응? 뭔데? 말만 해."

"왜 황궁에서는 아무 말도 않고 있었어요? 구경하고 싶다는 말이 무슨 큰일도 아니고."

크로티아의 말에 휴케바인은 어림도 없다는 듯 고개를 크게 흔들면서 절대 아니란 뜻과 함께 말했다.

"큰일이지. 암, 큰일이야."

"예?"

"그 말을 했다가 에고른 경이 듣기라도 해봐. 내가 얼마나 고생을 하겠어? 사람은 말을 함부로 해서는 안 돼. 모든 화와 복이 말 한마디로 바뀌거든."

"그럼 에고른 경의 눈치를 보느라 침묵했던 거예요?"

"응, 사실 너무 기뻐서 입만 열면 실수를 할 거 같았거든. 자기 앞에서 실수했던 것처럼 말이야."

"당신……."

크로티아는 놀란 눈으로 휴케바인을 보았다. 이 남자는 지금 진화하고 있었다. 재상의 직위를 얻자마자 바로 장소에 따라 행동을 제어하고 말을 가리는 것이다.

휴케바인은 지금 기사에서 정치가로 거듭나고 있었다. 크로티아는 이걸 기뻐해야 할지 슬퍼해야 할지 갈피를 잡을 수 없었다.

❖ Chap 5 ❖
카르티오스의 결론

카르티오스의 결론

레오가 돌아왔다. 그는 떠날 때처럼 아무렇지도 않게 황궁의 문으로 들어섰다. 기사들 중 그를 알아본 자들이 놀라서 황제에 대한 예를 취했지만 지금 레오에게는 그런 예를 받을 여유도 없었다.

일단 내궁 쪽으로 들어가니 하이번이 뛰어나오는 모습이 보였다. 그 뒤로 로엔과 휴케바인도 나오고 있었다.

"폐하, 어서 오십시오."

"카르티오스는?"

"예? 아, 티모라님과 같이 계십니다."

후원에서 티모라와 같이 있는 자는 카르라는 남자다. 하지만 하이번은 레오가 말한 카르티오스가 그 남자임을 바로 알 수 있었다.

대답과 동시에 하이번은 날렵하게 몸을 움직여 옆으로 비켜섰다. 레오가 말을 하면서도 걸음을 멈추지 않았기 때문이다.

"후궁으로 가겠다. 보고는 나중에!"

"예."

하이번은 고개를 숙인 채 정중히 대답했다. 그러나 고개 숙인 그의 얼굴은 활짝 웃고 있었다.

카르티오스, 그 이름이 가지는 의미를 하이번은 알고 있었다. 드래곤 로드가 아닌가?

'인간의 일은 우리에게 맡기고 이제는 위에서 노시는 건가? 아주 좋습니다, 주군.'

그는 만족하고 있었다. 적어도 자신이 감당할 수 없다고 인정한 상대는 인간이 아니어야 한다. 그게 하이번의 자존심이었다.

한편, 레오는 하이번을 거의 무시한 채 안으로 들어가려다 결국 걸음을 멈추고 자신의 앞에 선 소년을 보았다.

소년은 자신의 보호자가 돌아온 것이 무척 기쁜 듯했다. 그러면서도 그가 자신을 돌아보자 최대한 예의를 갖추어 레오를 불렀다. 그 점이 또 참을 수 없이 귀여웠다.

"폐하!"

"로엔이냐? 무슨 일은 없었지?"

레오의 얼굴에 오직 로엔과 네로에게만 보이는 상냥한 표정이 떠올랐다. 로엔은 자신을 보며 미소 짓는 삼촌의 표정에 환한 웃음으로 답하면서도 예를 갖추는 것을 잊지 않았다.

"예, 모두들 폐하의 은덕으로 잘 지내고 있습니다."

조금은 딱딱한 로엔의 말에 레오는 슬쩍 이맛살을 찌푸리고는 말했다.

"그런 형식에 치우친 말은 안 하는 게 좋다. 다들 자기가 잘나서 잘 지내는 거니까."

"아무도 그렇게 생각하지 않을 겁니다."

"나중에 얘기하자. 역시 다른 놈들이 있으면 네 말이 너무 딱딱해져서 기분이 안 좋다."

레오는 그렇게 말하고는 손을 들어 로엔의 머리를 가볍게 한 번 쓰다듬었다. 그리고는 휴케바인을 보고 인상을 찌푸렸다.

"그 헐렁한 복장은 뭐냐?"

"재상 옷인데요."

"인데요?"

"재상 정무복입니다."

"로엔만도 못한 놈."

"으윽."

"비켜라, 내가 카르티오스와 얘기할 동안 그동안 있었던 일이나 정리해 둬라."

"그건 이미 해뒀습니다."

"그럼 그냥 대기해."

레오는 인상을 쓰며 그렇게 말하고는 다시 걸음을 옮겨 안으로 들어갔다.

휴케바인이 황제의 허가도 없이 재상이 된 것에 대해서는 별로 생각하지 않았다. 단지 그가 옷이 바뀌고, 말대꾸가 늘었다고 속으로 욕을 했을 뿐이다.

하지만 곧 그 생각마저도 후원의 입구가 눈앞에 보이자 머릿속에서 지워졌다.

입구에 대기하고 있던 시녀장과 궁 내부원들이 그를 보고는 일제히 허리를 굽혀 인사했다. 이미 레오가 돌아왔다는 것이 알려져 모두 서둘러 나온 모양이다.

"황제 폐하를 뵈옵니다."

"카르티오스는?"

"안쪽에 계십니다. 정원에서 차를 마시는 중입니다."

"알았다."

그렇게 대충 사람들의 인사를 넘기며 계속해서 걷다 보니 다시 몇 개의 건물을 지나치게 되었다.

그의 걸음으로 이미 10분 정도는 안으로 들어온 상황이었다. 그런데도 여전히 정원은 보이지 않았다.

그가 이곳을 떠난 지는 약 한 달 정도밖에 되지 않았는데 그사이 몰라볼 정도로 변한 것이다.

확실히 제국의 황궁쯤 되니 넓고 복잡하다고 레오는 생각했다. 과거 슈란 왕국의 왕궁은 그나마 나은 편이었다. 이곳의 크기는 최소한 슈란 때보다 10배 이상으로 커 보였다. 황궁 전체가 완성되면 얼마나 화려할지 상상도 가지 않았다.

'알게 뭐냐. 잠만 잘 수 있으면 되지.'

레오가 내린 결론이다.

사실 그는 아무리 화려한 침대에서 자도 별다른 감흥이 없는 성격이었다. 숲에서 노숙을 하는 것과 황제의 침대에서 자는 것이 전혀 다르지 않았다.

자고 싶어서 누우면 바로 잠들고, 깨어나서 조금 몸을 풀면 항상 최고의 몸 상태를 유지할 수 있었다.

꽃이나 장식을 보고 좋아하는 성격도 아니니 그가 이런 화려한 황궁의 주인이라는 것은 어쩌면 가장 어울리지 않는 상황일지도 모른다. 그저 '내 집이니 그냥 여기서 잔다' 정도로 생각하고 있는 레오였다.

다시 안으로 걸어 들어가니 드디어 정원에 들어설 수 있었다. 숲처럼 무성하게 우거진 정원수에 군데군데 조화롭게 가꾸어진 꽃들이 화사하게 피어 있었다.

보통 나무들과 풀들이 이렇게까지 빽빽하게 들어서도록 가꾸지 않지만, 아무래도 티모라가 하프 엘프이다 보니 손질을 하는 것보다는 자연스럽게 기르는 것을 좋아한 것 같다.

신기하게도 그러면서도 전체적으로 아름답고 아늑한 분위기가 흘렀다.

"어, 왜 갑자기 고양이로 변하는 거냐?"

야옹.

"뭐라고? 사람 말로 하라니까?"

정원의 중앙에서 누군가가 말하는 소리가 들렸다. 레오는 시선을 그쪽으로 돌렸다.

정원의 한가운데에는 공터가 있었고, 그곳에는 상아빛의 테이블이 놓여 있었다. 그리고 테이블의 양쪽 의자에는 한 명의 젊은 남자와 꼬리에 리본을 매단 검은 고양이가 있었다.

"응? 저놈 앞에서는 본 모습으로 있을 수 없다고? 그게 무슨 황당한 소리냐? 세상에 어떤 남자가 초절정 미녀 하프 엘프보다 고양이를 더 좋아할 수 있다는 거냐?"

남자는 허공에 대고 쉴 새 없이 떠들고 있었다. 그의 주변에서 바람의 정령의 기운이 느껴졌다. 아마 정령과 대화를 하는 것 같았다.

레오는 별로 기다리고 싶지 않았기에 그대로 그쪽을 향해 걸어가서 젊은 남자에게 물었다.

"카르티오스님이오?"

"그렇네. 그런데 정말 그대는 이 아이에게 본신의 모습이 아닌 고양이로 있으라고 말했나?"

"그렇소."

"거참, 성격 참 희한하군."

"……."

"그런데 네미니스와는 싸웠나? 그놈이 왜 그런 미친 짓을 했는지 알고 있어?"

카르티오스는 드디어 의혹을 풀 순간이 왔다는 듯 바로 화제를 바꿨다.

레오의 성격은 작은 일이고, 그 일이 가장 큰 일이라 할 수 있었다. 하지만 레오는 카르티오스가 무슨 말을 하는 건지 알 수가 없었다.

"싸웠소. 그런데 미친 짓이란 무엇이오?"

"잉? 같이 다니지 않았어?"

"싸운 후 헤어졌소. 블루 드래곤 네미니스는 자신을 속이고 친구의 후손을 살해한 미노 제국에게 복수를 한다고 갔는데, 혹시 그 일 때문이오?"

"으윽, 그랬군."

상대가 알아서 대답을 해주니 카르티오스는 설명할 필요가 없어졌다. 진상을 알게 된 그는 인상을 팍! 찡그리며 한숨을 쉬었다.

확실히 카렌의 후손을 미노 제국이 이용하고 살해했다면 네미니스의 성격상 이성을 잃을 만하다.

문제는 드래곤이란 존재는 절대로 이성을 잃어서는 안 된다는 것이다. 그런 자는 죽을 때까지 봉인된다는 것이 드래곤의 엄격한 규칙 중 하나이다.

카르티오스는 네미니스가 이미 그걸 각오한 상태라는 것을 알 수 있었다. 구제할 방법은 없다. 그는 결국 고개를 절레절레 흔들며 중얼거렸다.

"젠장! 그 바보가 그렇다고 직접 뽀개다니? 다른 놈의 힘을 빌리면 되잖아. 에효~"

살인 교사, 아니면 차도살인지계, 이 얼마나 훌륭한 방법들인가?

만약 카르티오스가 그런 일을 당했다면, 가이안 제국으로 와서 적당한 보물을 몇 개 주면서 드래곤이 가이안 제국에 힘을 보탠다고 넌지시 비공식적으로 알렸을 것이다.

그것만으로도 미노 제국은 얼마 못 가 망할 것이 틀림없다. 적의 적은 친구라는 법칙은 때때로 상당히 쓸 만한 것이다.

'그놈은 머리를 전혀 굴리지 않아서 문제야, 끌끌끌.'

멍청함을 타고나서 성질만 부리니 손해를 보는 것은 어쩔 수 없다. 하지만 카르티오스는 그래서 네미니스를 내심 부러워하고 있었다. 그 자신은 그처럼 스스로의 손해를 돌아보지 않고 사고를 칠 배짱은 없었다.

결국 카르티오스는 마음의 결정을 내렸다. 네미니스는 자신이 각오한 벌을 받게 될 것이다. 그것으로 충분하다.

이제는 원래 하려던 일을 해야 했다. 눈앞의 레오라는 인간에게 드래곤과 사이좋게 지내라고 권하는 일이다.

괜히 분란을 일으키면 서로가 곤란해지니까 행동거지를 조신하게 하고, 스스로의 신분을 중시하라고 말하면 된다.

그러면서 적당히 징표를 하나 줄 생각이었다.

아무리 생각해도 현재 물질계에 사도를 만들어낼 수 있는 절대신성은 천신밖에 남지 않았는데, 그 대책없는 천신의 사도라면 어떻게든 인과율로 엮어놔야 나중에 운명의 뒤통수를 맞지 않게 되는 것이다.

그렇게 생각한 카르티오스는 고개를 들어 레오를 보며 말했다.

"그럼 그 녀석 일은 그렇게 된 것으로 하고… 레오 경, 그대는."

"물어볼 말이 있소."

"응?"

"네미니스가 그대라면 알 수 있을 것이라고 말하더군요."

"뭐가 말인데?"

"나는 인간이오?"

"잉?"

"그가 말하기를, 내 몸속에는 절대신성이라는 것이 있다고 했소. 그리고 그런 인간을 사도라고 한다는 것도 알려주었소."

"어? 그놈이 이미 말했나?"

"하지만 단순히 그렇게 생각하기엔 내가 가진 힘이 너무 강하다고 하오."

"너무 강하다고?"

카르티오스는 눈을 휘둥그레 뜨고는 되물었다. 네미니스가 강하다는 표현을 썼다. 그렇다면 정말 장난이 아니게 강하다는 뜻이다.

그때 네로가 카르티오스를 보며 짧게 울었다.

야옹.

휘이이잉—

바람이 카르티오스의 몸을 휘감으며 지나가자 정령이 네로로 변한 티모라의 말을 그의 귀에 전했다.

"그러니까, 티모라, 네 마법이 전혀 안 통한다고? 정말이냐?"

이미 10서클의 깨달음을 얻은 희대의 마녀가 바로 티모라다. 일단 그런 경지에 오르면 사용하는 마법이 약한 것이라도 효과는 전혀 다르게 나타난다. 그런데 레오에게는 전혀 안 통한다고 하니 보통 일이 아니었다.

카르티오스는 특유의 익살스러운 말투와 표정을 지우고 진지한 마법사의 모습으로 돌아갔다.

젊었을 때에는 항상 이 모습으로 있었지만 나이가 들면서 반쯤은 일부러 위트있게 바꾼 것이 지금의 표정이었다. 하지만 진심이 되었을 경우에는 얼굴 표정부터가 바뀐다.

"잠깐만 기다려 봐라. 어디 조사 좀 해보자."

그는 그렇게 말하며 품속을 뒤적거려 하나의 물건을 꺼냈다. 크기가 사람 머리만 한 돋보기였다.

"진실의 돋보기지. 관찰 대상의 내면까지 숨김없이 보여주는 최고의 마법 물품 중 하나다."

파앗!

그렇게 말하며 돋보기를 들이대니 테두리 부분이 신기한 빛을 발하기 시작했다. 그 빛은 돋보기의 렌즈에도 비추어 무지개 색으로 빛났다.

카르티오스는 일단 마법을 발동된 것을 확인하고는 그것을 통해 레오를 보았다. 그러자 레오의 모습이 여러 겹으로 나뉘어 각각 다른 색으로 보이기 시작했다.

각각 다른 모습의 레오였다. 가장 안쪽에는 뼈만 남은 레오의 모습이 있었다. 어느새 네로가 카르티오스의 어깨에 올라앉아 같이 그것을 보고 있었다.

레오는 상대가 자신을 돋보기로 관찰하자 왠지 모르게 기분이 나빠졌다.

특히 돋보기를 통해 크게 확대되어 보이는 상대의 눈동자가 보기 싫었다. 마법의 힘은 일방통행이기 때문에 레오에게는 평범한 돋보기를 보는 것과 같았다.

그래도 일단은 참았다. 진실을 알기 위해서라면 확실하게 조사하도록 놔두는 것이 좋을 것 같았다.

시간이 흘렀다. 한번 조사를 시작한 카르티오스는 정말로 꼼꼼하게 구석구석을 살폈다. 레오는 계속 참았다. 그러던 중, 드디어 카르티오스가 돋보기를 거두고는 말했다.

"인간 맞는데?"

"그렇소?"

"근데 네미니스도 이 정도는 알 수 있거든? 얼마나 강하기에 그놈이 뻔한 인간보고 아닐지도 모른다고 말한 거지?"

카르티오스는 영문을 알 수 없다는 듯 고개를 갸웃했다.

그러자 어깨에 앉아 있던 네로가 다시 짧게 울었다.

야옹.

휘리리링—

이제는 익숙하다는 듯 바람의 정령이 바로 나타나서 카르티오스의 귀에 속삭였다.

정령을 이용해서 말을 전하는 것은 마찬가지로 정령을 부를 수 있는 존재에게만 가능한데, 그 점에 있어서 카르티오스는 당연히 네로보다 위였기에 아예 주변에 항상 바람의 정령을 소환해 두고 있었다.

"잉? 혹시 그대는 정말로 네미니스와 싸워 이긴 건가?"

"좋은 승부였소."

네로는 천천히 고개를 끄덕이며 대답했다. 의심할 여지없는 긍정의 표현이었다.

"정말인가?"

"……."

대답하지 않고 시선을 돌리며 네로를 보는 레오의 모습은 두 번 말하기 싫으니 믿기 싫으면 말라는 투였다.

카르티오스는 상당한 정신적 충격을 받은 듯 입을 벌리고 잠시 동안 굳어 있었다. 그리고는 가까스로 제정신으로 돌아오자마자 다시 물었다.

"혹시 기습을 한 건가?"

"그가 했소."

"잉, 네미니스가?"

드래곤이 인간을 기습하다니? 말이 되는가? 그런데 생각해 보니 말이 되었다.

카르티오스는 오히려 여기서 레오가 진실을 말하고 있다는 것을 믿게 되었는지 고개를 끄덕였다.

"그놈은 원래 그런 놈이지. 승부를 위해서는 상대가 누구라도 최선을 다하거든. 그럼 브레스도 사용했나?"

"세 번 사용했소."

레오는 슬슬 짜증이 난다는 듯 인상을 찡그리며 대답했다. 그래도 드래곤 로드라고 대우를 해주고 있는데, 자꾸 꼬치꼬치 캐물으니 별로 성실하게 대답하고 싶지 않았다.

"세 번! 그렇다면 극대 소멸 주문도 사용했을 텐데? 그 왜, 검은 구슬 같은 게 접촉하는 모든 것을 빨아들여 삼키는 마법 말이야."

네미니스의 전투 방식을 잘 아는 카르티오스는 단번에 상황을 유추해 내었다.

드래곤이 휴식을 취하지 않고 한꺼번에 사용할 수 있는 브레스의 수는 세 번, 그걸 모두 사용했다면 궁지에 몰렸다는 뜻이 된다.

아마도 마지막 브레스를 사용할 때에는 전력으로 모든 힘을 쏟아 부었을 가능성이 컸다.

과연 레오는 그렇다는 듯 고개를 끄덕였다. 카르티오스는 미칠 것 같은 심정이 되었다.

"어떻게 피했지? 아니, 그전에 브레스만 해도 그렇지. 그 네미니스란 놈은 브레스로 불꽃놀이 수준의 곡예를 하는 놈인데, 그걸 인간이 피할 수 있나?"

"피하지 않고 그냥 맞았소."

"웃기는 소리!"

"……."

레오는 오늘 자신이 태어나서 가장 많이 참는 날이라고 속으로 중얼거렸다. 어쨌거나 상대에게 부탁을 하는 입장이니 앞으로 몇 번 정도는 더 참을 수 있을 것 같았다.

'참는 자가 이기는 거라고 아버지는 말씀하셨지.'

레오는 그렇게 생각하며 감정을 가라앉혔다. 그런데 그렇게 생각하다 보니 자신은 아버지의 말을 무지하게 안 듣는 문제아였던 것이 떠올라 버렸다.

'참자!'

쓸데없는 생각을 털어버리 듯 강하게 입속으로 중얼거린 레오는 당당한 눈빛으로 카르티오스를 보았다.

카르티오스는 다시 뭐라고 말을 하려다 레오의 그런 눈빛을 보고 입을 다물었다. 직감적으로 레오가 진실을 말하고 있다는 것을 알 수 있었다.

"커흠, 큼, 일단 그대의 말이 모두 사실이라 가정하면, 확실히 그대는 인간이라고 보기에는 무리가 있네."

"그렇소?"

"확실히 그렇지."

카르티오스는 그렇게 말하고는 어디선가 펜과 종이를 꺼내 들었다.

"어디 보자, 처음부터 하지."

그리고는 무엇인가를 적어 내려가면서 레오에게 물었다.

"수련을 한 적이 없다고?"

"없소."

"억지로 하려고 한 적은?"

"있었는데, 해도 무의미하다는 것을 알고 그만두었소."

"무의미라, 어떤 느낌이지?"

"원래 완벽하게 아는 걸 오히려 의식해서 서투르게 하는 느낌이었소."

"몸이 완벽하게 기억하고 있다는 것이군. 흠, 그럼 확실히 안 하는 게 낫지."

카르티오스는 일단 무엇인가를 알았다는 듯 종이에 급하게 무엇인가를 적었다. 그리고는 곧 다음 질문으로 넘어갔다.

"성욕을 느낀 적이 있나?"

"성욕?"

"남녀 관계를 가진 적이 있거나, 아니면 아름다운 여성을 보고 가슴이 두근거린 적이 있는가 말이야."

"으음……."

레오는 그 질문에 잠시 대답을 하지 못하고 입을 다물었다. 그리고는 생각에 잠겼다.

'난 지금까지 여자를 안은 적이 없다. 그건 확실하다. 하지만 성욕이라면 느껴보지 않았을까?'

잘 알 수가 없었다. 레오는 정말 한 번도 그런 일이 없었나를 다시 곰곰이 검토해 보았다.

그러자 놀라운 사실을 알 수 있었다. 레오는 정말 적지 않게 놀란 표정으로 대답했다.

"없소. 난 어떤 여자에게도 관심이 없었소."

야옹!

네로는 역시, 라는 표정을 지으며 울었다. 그녀가 알기로도 레오가 하녀나 다른 귀족 여성에게 흥미를 가진 적이 단 한 번도 없었다.

"남자에게도?"

"없소."

"육체적인 기능은 멀쩡하다. 오히려 완벽한 육체라고 할 수 있지. 그렇다면 정신적인 문제로군."

"검에 대한 관심 때문에 여자에게 관심이 없는 거라고 생각했소만."

"수련 안 했다며? 수련을 안 하고도 강한 것이니 검에 대한 애착 때문이라고 볼 수는 없지."

"그렇구려."

"정신적인 문제라……."

카르티오스는 역시 자신이 짐작한 대로라는 듯 다시 무엇인가를 적었다.

네로가 슬쩍 안을 엿보니 그것은 마법의 룬어도 아닌 처음 보는 기호였다. 적어도 마법적인 기운은 느껴지지 않았는데, 그럼에도 불구하고 범상치 않은 느낌이 들었다.

야옹!

사르르릉—

이제는 완전 자동이었다. 카르티오스는 알겠다는 듯 바로 대답을 했다.

"정령어라는 거다. 원래는 문자가 없는 건데, 내가 임의로 만들어서 쓰는 거지."

야아옹?

"그래, 듣는 사람마다 언어가 다른 정신 소통어니까 나 말고는 알아볼 수도 없고, 쓸 수도 없는 문자다. 똑같은 문자 배열이라고 해도 너에겐 다른 뜻으로 읽히겠지. 오래 살다 보니 심심해서 이런 것도 만들게 되더라."

야옹.

네로는 못 말린다는 듯 가볍게 한숨을 내쉬었다. 하지만 곧 무엇인가를 깨달은 듯 고양이 눈을 날카롭게 빛내며 그 종이에 적힌 문자를 보았다.

그녀가 깨달은 것은 두 가지였다.

하나는 카르티오스가 적고 있는 글이 자신에게도 알려줄 수 없는 비밀스러운 내용이라는 것. 그리고 두 번째는 정령어를 글로 적을 수 있다면 불가능한 것으로 알려진 정령 마법진이 가능해진다는 것이다.

'오호! 이런 방법이!'

그녀는 좋은 것을 배웠다는 듯 두 앞발을 들어 툭, 하고 쳤다. 확실히 옛날부터 드래곤 로드의 어깨 너머로 쓸 만한 것들을 많이 배울 수 있었다.

한편, 카르티오스는 자신의 소중한 밑천 하나가 티모라에게 넘어간 것을 미처 깨닫지 못하고 여전히 레오에게 질문을 던지고 있었다.

"아까 네미니스의 브레스를 몸으로 맞았다고 했는데, 그러고도 멀쩡했나? 어떻게 막았지?"

"그냥 막았소."

"그냥?"

"막을 수 있을 것 같았소."

확인하듯 되묻는 카르티오스를 보고 레오는 당시의 상황을 상세하게 설명했다. 그리고 그 와중에 그의 갑옷의 힘이 작용했다는 것 또한 말했다.

카르티오스는 심각한 얼굴로 그 설명을 들었다. 그리고는 레오의 갑옷에 대해 자신이 느낀 점을 말했다.

"아까 돋보기로 조사할 때 보았는데, 그건 일종의 가죽이네. 그런데 그게 어떤 동물이나 마물의 가죽인지는 나도 알 수가 없지. 어쩌면 키메라의 조합식으로 만들어진 복합 가죽일지도 모르겠다고 생각했거든."

"음, 드래곤 로드도 모르는 가죽이라······."

"뭐, 기본 성질은 고룡 급의 블랙 드래곤 가죽에 히드라의 내피를 더해 복원력을 높인 것처럼 보이는데, 그게 살아 있다고 하면 말이 달라지거든."

카르티오스는 그렇게 말하고는 크게 심호흡을 했다. 마치 이제부터 진정한 비밀을 말하겠다는 듯했다.

레오는 지금까지 참은 보람을 느끼며 카르티오스의 다음 말에 집중을 했다.

그것은 네로도 마찬가지였다. 자신이 몇 년에 걸쳐 연구를 했어도 알아내지 못했던 것이 바로 이 갑옷의 재질이 아닌가? 드래곤 로드가 그걸 안다고 하니 허탈하면서도 참을 수 없는 호기심을 느꼈다.

카르티오스는 그들의 시선이 자신에게 모아진 것을 알고는 한 손가락을 위로 치켜들고는 좌우로 흔들며 말했다.

"그건 이 세상에 존재하지 않는 물질인 것 같군."

"존재하지 않는 물질이라."

야아아아앙.

"세상이 넓다 보니 그런 게 있을 수 있거든. 구체적으로 짐작이 가는 건 있는데, 내 입으로는 말할 수 없게 되어 있네."

까아아아앙!

네로가 어깨 위에서 두 앞발로 카르티오스의 목을 움켜잡고 울부짖기 시작했다. 말하지 않으면 목을 조르겠다는 시늉인 것 같았다. 그러나 카르티오스는 안타깝다는 듯 한숨을 내쉬며 말했다.

"말하지 않는 게 아니라 못하는 거라니까? 이건 어쩔 수 없으니까 능력껏 연구해서 알아내거라."

야옹.

그 말을 들은 네로는 절망한 표정으로 구슬프게 울며 추욱 늘어졌다. 그녀답지 않게 크게 낙담한 모양이었다.

레오 역시 기분이 별로 좋지 못했다. 기껏 조사하는 것을 참고 기다렸더니 말할 수 없다고 하다니?

그는 무표정한 얼굴로 카르티오스에게 물었다. 냉랭함이 느껴질 정도로 감정이 담겨 있지 않은 목소리였다.

"그렇다면 나는 인간이오? 아니오?"

"그대는 인간이 맞다. 하지만."

"하지만?"

"이것 역시 원래는 말하기 어려운 것이지만, 당사자이고 또 잘못하면 물질계에 좋지 않은 일이 벌어질 수 있으니 그대가 원한다면 특별히 말해주도록 하지."

"말해주시오."

"물질계에 사는 유한한 존재를 보면 기본적으로 육체와 영혼으로 나뉘지. 죽음이란 바로 그 둘 중 하나가 폐기되어 버리는 것을 말하거든."

"육체가 파괴되든 영혼이 소멸되든, 결국은 죽는 거란 말이군요."

"그렇지. 하지만 천상계에 사는 자들, 즉 천족이나 마족을 보면 조금 다르지. 그들은 육체가 소멸해도 영체만 멀쩡하면 안 죽어. 물론 그런 경우가 드물긴 하지만 말이야."

"음, 그럼?"

그 순간 레오는 뭔가 불길한 느낌을 받았다. 몸속으로부터 오싹한 기운이 일어나 자신을 압박하는 것 같았다. 듣지 마라! 그것은 그렇게 명령하고 있었다.

그러나 레오는 정신을 바로하고 그 압력을 거부했다. 스스로의 몸이 속삭이는 것 같은 느낌조차 막아냈다.

하지만 카르티오스는 그런 레오의 상태를 감지하지 못한 듯 설명을 계속했다.

"고위의 마족이나 천족은 솔직히 말해서 나보다 높은 영격체인데, 그들은 언제든지 영체를 몸과 분리하여 몸속을 관조할 수 있다고 하더군. 그럴 경우 육체뿐만 아니라 정신적인 무의식의 영역까지 모두 살필 수 있게 되는 거지."

"그게 나와 무슨 상관이오?"

"반대로 말하면, 나를 비롯해서 물질계의 생명체는 스스로의 의식 속을 살필 수 없다는 거야. 즉, 정신 속에 영혼을 좀먹는 기생충이 들어가도 알 방법이 없지."

"기생충?"

야옹?

"비유야. 보통 마족 중에 그런 놈들이 있는데, 장난치듯 인간의 의식 속에 들어가서 괴롭히거나 파괴하거든. 보통 때는 힘들어도 잠이 들었거나 병들어서 정신력이 약해졌을 때에는 비교적 쉽게 된다고 하더군."

"그럼 내 의식 속에 그런 놈이 들어왔다는 것이오?"

"말하자면 그런 거지. 하지만 그 존재는 그대를 강하게 하는 것 같군."

"강하게 한다."

레오는 카르티오스의 말에 나름대로 이해를 한 듯 조그만 목소리로 카르티오스가 한 말 중 중요한 단어를 되새겼다. 그러면서 생각해 보니 그렇게 나쁜 것 같지는 않았다. 어쨌든 간에 자신을 강하게 만들어

준다지 않은가?

그런데 카르티오스는 설명이 끝나지 않았다는 듯 손가락을 흔들며 계속해서 말했다.

"그리고 말이야. 이건 내 예상인데, 아마 그 영적인 존재는 결코 그대에게 호의를 가지지 않았을 걸세."

야옹?

이번에는 네로가 무슨 소리냐는 듯 고개를 갸웃했다. 솔직히 말해 그녀도 만약 그런 존재가 있다면 몸속에 받아들이고 싶었다.

20여 년 동안 놀기만 하고도 고룡보다 강해졌다니, 그 얼마나 부러운 일인가?

그런데 카르티오스는 그런 네로를 보며 정말로 모르겠냐는 얼굴로 혀를 끌끌 찼다.

"티모라야, 아직 멀었구나. 하기야 너에게 그쪽 얘기는 한 번도 한 적이 없었지."

야오옹!

그럼 지금부터 얘기해 주면 되잖아요! 네로는 그렇게 말했다.

"그래그래, 얘기해 줄 테니 잘 듣거라. 만약에 인간이 아무 노력도 하지 않고 출세를 한다면, 그자가 어떻게 행동할 거 같니?"

끼양!

"그렇지. 인간 말종이 될 거다. 레오 경의 경우도 마찬가지. 어렸을 때부터 누구도 감당할 수 없을 정도로 강하니 다른 사람을 상대할 때 자신과 같은 존재로 볼 수 없게 되지. 아마 친구도 한 명 없을 거다. 그렇지 않나?"

"……"

확인하듯 묻는 카르티오스에게 레오는 아무런 대답도 하지 못했다. 네로는 이미 모든 것을 이해했다는 듯 불쌍한 눈으로 레오를 보고 있었다.

카르티오스는 그것 보라는 듯 고개를 좌우로 흔들며 말했다.

"결국 레오 경의 몸속에 있는 존재는 그가 사람을 사람으로 생각지 못하게 하고, 살인을 즐기고, 주변과 동화되지 못하게 하려는 거지. 가장 악질적인 방법이야."

"그런 음모를 꾸민 자가 내 의식 속에 있다는 말이오?"

"아마도! 문제는 그 존재가 절대신성을 지녔다는 건데. 말하자면 신이거든."

"으으으, 신이라고?"

레오는 상당한 충격을 받은 듯 이를 갈며 중얼거렸다.

신 급의 존재라고 한다. 그래도 만약 지금 눈앞에 그자가 있다면 레오는 조금도 두려워하지 않고 검을 뽑아 들고 달려들 것이다.

하지만 정말로 화가 나는 건 의식 세계에 들어가 있을 거라는 존재에 대한 처리 방법을 알 수가 없다는 것이었다.

카르티오스 역시 한숨을 쉬며 말했다.

"이걸 어떻게 처리해야 할지 나도 감이 안 잡혀."

"전혀 방법이 없소?"

"일단은 레오 경이 사실을 알았으니 타락을 하지는 않겠지? 솔직히 지금까지 멀쩡하게 사람들하고 지내는 것 자체가 기적적인 일이었지만 말이야."

"그건……"

카르티오스의 말에 레오는 대답을 하려다 잠시 입을 다물었다. 말을 하기 위해 생각을 하다 보니 그리운 얼굴이 떠오른 것이다. 레오는 잠시 감상에 잠겨 있다가 다시 말했다.

"나는 아무리 강해도 내 아버지 구스타프와 형 다인보다 위에 있을 수는 없소. 힘이 강한 것과는 다른 문제이오."

강한 의지의 힘이 느껴지는 목소리였다. 레오의 입에서 나온 말은 주변을 울리고 다시 레오 자신의 귀에 들어왔다.

그 순간, 레오는 자신이 지금까지 무엇에 의해 지켜져 왔는지 알 수 있었다. 자신이 소중히 여기고 지키려 했던 것들, 알고 보니 그것들이 오히려 레오를 보호해 온 것이다.

엄격하면서도 항상 자상했던 아버지의 눈빛이 아직도 생생하게 떠올랐다. 심장이 약하면서도 가장으로서의 책임을 다하려 노력하는 다인의 모습도 영원히 잊을 수 없으리라!

지금 그를 잡아두는 가장 큰 끈인 로엔도 결국 레오의 은인 중 한 명이라고 할 수 있었다.

레오는 그들에 의해 인간으로 남아 있을 수 있었다.

카르티오스도 그런 레오의 심정을 엿보았는지 다행이라는 듯 안도의 한숨을 쉬며 중얼거렸다.

"가족에 대한 정인가? 인간만큼 그 굴레가 강한 종족은 드물지."

야옹.

네로도 동의한다는 듯 고개를 끄덕였다. 이기심으로 가득 찬 인간이지만, 가족을 생각하는 마음은 다른 종족에 비해 결코 못하지 않다.

혼돈의 극을 달리는 종족이기에 그마저도 저버린 자들이 있지만, 그런 자들은 소수일 뿐이다.

네로 역시 죽은 인간 아버지를 아직까지 잊지 못해 가끔씩 추억에

잠기고는 한다. 엘프라면 자연으로 돌아간 자를 그렇게까지 그리워하
지는 않는다.

숙연한 분위기였다. 얼마간 아무도 입을 열지 않고 묵묵히 서 있을
뿐이었다. 하지만 침묵이 언제까지나 계속될 수는 없다.

짝, 짝!

"자, 그러니까 말이야."

카르티오스는 결론을 내야 한다 생각하고는 손뼉을 쳐서 주위를 환
기시켰다.

"진실을 가르쳐 줘서 고맙소. 할 말이 있으면 하시오."

"아무튼 레오 경은 이성을 잃지만 않으면 되고, 가능하면 드래곤과
분쟁을 일으키지 않았으면 하네. 절대신성을 몸 안에 지닌 자와 싸우
면 뒤끝이 좋지 못하니까 말이야."

"알겠소. 드래곤이 먼저 나를 건드리지 않으면 나도 그들을 존중할
것이오."

"그럼 되었군. 나머지는 알아서 하게."

카르티오스는 그렇게 말하고는 그대로 정원 밖을 향해 걸어나갔다.
일단 해야 할 일을 했으니 이제는 자신의 레어로 돌아가야 했다.

그의 레어는 바로 슘족의 시조인 무한검선의 무덤이 있는 곳이고,
무한검선과 친구의 맹약을 한 카르티오스는 그 무덤을 지키겠다고 약
속했기 때문에 잠시라도 비우는 것은 좋지 않았다.

"혹시 모르니 나중에 좋은 방법이 있으면 딴 아이를 보내겠네. 그럼
잘 있게."

정원을 나서며 카르티오스는 마지막으로 인사를 하고는 그대로 슉,
하고 꺼져 버렸다.

레오는 그의 기운이 급속도로 멀어져 가는 것을 느꼈다. 아마 허공에서 본체로 변신한 뒤 날아가는 모양이다.

"의식 세계 속의 존재, 신 급……."

레오는 잊지 않겠다는 듯 몇 번이나 그 말을 되새기고 있었다.

결코 이대로 당하지 않는다. 꼭 방법을 알아내서 그 기생충을 몰아내고 말겠다! 그는 마음속 깊이 그렇게 맹세를 했다.

물론 이렇게 진실을 알았다고 해도 별다른 방법이 없는 이상 평소 생활과는 아무런 상관이 없다. 황궁은 여전히 평화로웠고, 귀족들은 나날이 들려오는 승전보에 기뻐할 터였다.

하지만 문제는 그날 밤, 바로 일어났다. 레오는 평소 습관대로 늦은 저녁을 먹고 바로 침실로 들어가 몸을 뉘였다. 일단 잠을 자려고 마음먹으면 어떤 환경에서도 10초 안에 잠들 수 있는 레오였다.

그러나 오늘따라 이상했다.

"어떻게 된 거지?"

벌떡.

레오는 결국 참지 못하고 몸을 일으키며 중얼거렸다. 누운 지 10분이 지났는데 잠들지 않았다. 전혀 잠이 오지 않았다.

"설마?"

레오는 머릿속에 스치는 불길한 생각에 잠시 고민에 빠졌다. 그러나 확신을 할 수 없기에 다시 침대에 누웠다. 역시 잠이 오지 않았다. 엎드려서 베개에 머리를 묻어보았지만 정신은 더욱 맑아졌다.

계속해서 몸을 뒤척이기를 얼마나 했는지 모른다. 그러다가 결국 레오는 포기하고 몸을 일으켜 밖으로 나갔다. 어느새 건물 너머로 보이는 하늘이 환하게 밝아 있었다. 잠 한숨 못 자고 날이 새버린 것이다.

그날부터 레오는 잠이 들지 않는 상태가 되었다. 휴케바인은 절대로 믿을 수 없다고 부인했지만 틀림없는 불면증이었다.

그리고 그 불면증은 보름간 계속되었다.

레오는 미칠 것 같은 분노에 휩싸여 자신의 내면 세계에 사는 기생충을 박멸할 방법을 연구하기 시작했다. 전쟁은 이미 시작된 것이라 할 수 있었다.

❖ Chap 6 ❖
나가라!

나가라!

레오가 잠들지 못하게 손을 쓴 지 이미 한 달이 지나고 있었다.

다크 레오날은 오늘도 자신이 손에 넣은 레오의 의식 중 일부를 조종하여 그가 자신이 있는 곳으로 들어오지 못하게 막았다.

빛 한 점 없는, 오직 어둠으로만 표현되는 공간에 그는 서 있었다. 다크 레오날은 이곳이 좋았다.

이미 절반 이상의 지배권을 얻었다. 이제는 레오가 아닌 그가 육체의 주인이라고 할 수 있었다.

하지만 다크 레오날은 그것으로 안심하지 않았다. 그렇기에 본격적으로 레오의 육체를 가지려 하지 않고 완벽한 기회를 엿보고 있었다.

의식 공간에 두 개의 주인이 있을 필요는 없다. 모든 것이 밝혀진 이상 레오의 영혼은 소멸되어야 한다. 그럴 경우 융합을 하는 것보다는 약간 약해질 것이다.

"어쩔 수 없지. 그놈이 경계를 하기 시작했으니 말이야."

다크 레오날은 혀로 어금니를 핥으며 중얼거렸다. 조금이라도 힘의 손해를 보는 것은 역시 아까웠다. 하지만 그 정도는 육체를 완전히 손에 넣은 후에 살육을 통한 성장으로 금방 얻을 수 있다.

그때였다.

파파팍!

순간적으로 사방에서 파란 불꽃이 일어났다 사라졌다. 다크 레오날은 코웃음을 치며 헛수고를 하고 있는 자들을 비웃었다. 그에게는 육체의 외부가 훤히 보이고 있었다.

지금 레오는 전신에 마법의 진을 새기고 있었다. 그것을 새기는 자는 하프 엘프의 마법사로, 그에게서 강력한 힘이 느껴졌다. 하지만 아무리 그래도 영혼을 인위적으로 무의식의 공간으로 넣을 수는 없다.

며칠째 이것저것 해보는 모양이지만, 신 급의 능력을 발휘할 수 없는 물질계의 하찮은 것들에게는 정말로 불가능한 일이다.

오히려 다크 레오날은 그들이 레오의 몸에 마법적인 실험을 하기를 원했다.

"그럴수록 이 몸은 약해질 테니까 말이야, 크하하하하하!"

웃음소리가 어두운 공간에 울려 퍼졌다. 사방이 막혀 있는 것이 아니라 거의 무한에 가까운 개념의 공간이지만 다크 레오날이 점유하고 있는 공간은 유한했기에 소리가 울렸다.

사실 레오가 진실을 알았을 때, 다크 레오날은 미친 듯이 분노했다. 방심하다 당한 셈이다. 설마 드래곤 로드가 상위 영격체의 힘을 그렇게까지 자세히 알 줄은 몰랐다.

하지만 화를 내는 것은 사태 해결에 별로 도움이 되지 못한다. 다크 레오날은 급한 대로 레오가 잠들지 못하게 했다. 잠들면 레오의 의식이 이곳으로 오게끔 되어 있기 때문이다.

잠들었을 때의 기억은 하지 못하지만 깨어 있을 때의 기억은 이곳에 와서도 할 수 있다. 내부에서 싸우면 별로 좋을 바가 없다.

그런데 그렇게 막아놓고 보니 또 다른 효과적인 방법이 떠올랐다.

육체의 일시적인 약화였다. 영혼의 그릇은 육체이다. 육체가 약해지면 영혼도 영향을 받는다. 그래서 다크 레오날은 레오의 육체로 보내던 힘을 모두 끊었다. 이미 육체가 지니고 있는 힘은 어쩔 수 없지만 잠을 잘 수 없으니 회복이 안 된다. 시간이 갈수록 육체는 약해질 것이다.

하지만 워낙 레오의 육체가 지닌 힘이 강하다 보니 벌써 한 달 동안이나 불면증에 시달리면서도 레오는 멀쩡했다. 눈을 감고 명상만 해도 거의 피로가 쌓이지 않는 것이다.

다크 레오날은 자신의 것이 될 이 육체가 이렇게까지 강인한 것을 좋아해야 할지 말아야 할지 망설였다. 이대로라면 당분간은 결과가 나오지 않을 것 같았다. 그사이 드래곤 로드가 어떤 방법을 생각해 내기라도 하면 곤란하다.

"육체를 손에 넣으면 우선 그놈의 드래곤 로드부터 잡아야겠군. 그놈의 심장을 씹어 먹으면 내 손해도 어느 정도는 복구되겠지."

다크 레오날은 이를 갈며 중얼거렸다. 그리고는 그날이 머릿속에 그려지는지 즐거운 표정을 지었다.

파파팟!

다시 불꽃이 튀었다. 과연 범상한 마법은 아니었다. 적어도 무의식 세계를 자극할 수는 있으니까. 하지만 그녀는 알고 있을까?

이 마법을 시전할 때마다 레오의 육체는 상당한 충격을 받는다. 그만큼 비축된 힘이 소모되어 버린다.

레오의 감각 중 피로를 느끼는 부분은 이미 무감각하게 만들어놓았다. 레오란 놈은 지쳐 쓰러질 때까지 자신이 피로하다는 것을 느끼지 못할 것이다.

그리고 체력이 다해 약해질 대로 약해진 몸으로 정신을 잃으면 비로소 레오의 영혼을 마음껏 요리할 수 있게 된다. 그때에는 강제로 융합을 하든지, 그냥 소멸을 시킬지 상황을 봐가면서 하면 된다.

거기까지 생각한 다크 레오날은 두 팔을 벌리고 가슴을 내민 채 포효했다.

"크아아앙! 계속해라! 이제 며칠이면 된다! 나는 드디어 육체를 얻는다! 살을 뜯고 뼈를 부수는 감각을 두 손 가득 느낄 수 있게 된다!"

그는 승리감에 도취되어 아무도 없는 의식 공간에서 한껏 소리를 질렀다.

*   *   *

"소용이 없군요."

티모라는 한숨을 쉬며 말했다. 이미 몇 번이나 고위 마법진을 발동시킨 그녀는 상당히 지친 표정을 짓고 있었다.

원래부터 눈처럼 하얀 그녀의 피부가 더욱 창백해져 애처로워 보일 정도였다. 항상 자신감이 넘쳐흐르던 매력적인 눈도 지금은 반쯤 감겨 있었다.

몸속에 마나를 지니지 않은 몸이라 더욱 피로를 느끼는 듯했다. 정령의 힘을 이용하여 마법진을 가동시키는 것은 순수한 마법으로 움직이는 것보다 효율이 나빴다.

레오는 몸을 일으키며 그녀에게 물었다.

"그러면 이제 해볼 만한 것은 다 해본 셈인가?"

"그래요. 지금의 내 수준으로는 영혼까지 움직일 수는 없어요. 미안해요."

"아니, 안 되는 것은 어쩔 수 없지. 나는 방에서 명상을 하겠다."

레오는 별것 아니라는 듯 손을 한 번 젓고는 그대로 걸어서 자신의 방으로 들어가 버렸다.

티모라는 그런 레오의 뒷모습을 보다가 방문이 닫히자 가볍게 한숨을 쉬었다.

"후우, 정말로 방법이 없는 것일까?"

왠지 모르게 안타까운 마음이 들었다. 레오의 강함에 대한 비밀을 알게 된 것은 좋았는데, 그게 결코 좋은 일이 아니라니?

그녀는 그걸 해결하기 위해 고양이로 있어야 하는 약속을 무효화했다. 레오도 승낙했지만 그녀 자신이 손을 쓸 마음이 아니었다면 여전히 고양이로 남았을 것이다. 이런저런 이유로 요 며칠간 티모라는 자신이 레오를 정말로 걱정하고 있다는 것을 깨달았다. 하지만 그녀의 자존심은 그것을 순순히 인정하게 하지 않았다.

"흑사자가 악한 존재에게 몸을 빼앗기면 곤란하니까."

티모라는 그렇게 생각하며 자신이 모든 수단을 동원해서 레오를 돕는 것을 정당화했다. 그럼에도 불구하고 전혀 효과가 없는 것이다.

"단순히 정신에 충격을 주거나 강력한 사념파를 집어넣는 것으로는 아무런 소용이 없어. 그 남자의 의지 자체가 그걸 버텨내니까."

티모라는 기록을 위한 작은 소책자를 꺼내 들고 오늘 그녀가 시도한 마법진에 대한 결과를 써넣었다.

이미 보름간 매일같이 다른 방법으로 시험을 해보았다. 하지만 모두 알 수 없는 반응을 보였을 뿐, 정작 그녀가 예측한 효과는 전혀 나타나지 않았다. 어떻게 생각하면 그녀는 그토록 원했던 흑사자의 몸으로 마법 연구를 하는 셈이지만 지금은 그것이 조금도 기쁘지 않았다.

몸 전체를 유령처럼 만들어도 영혼이 몸을 빠져나올 수는 없었다. 정령들도 영혼에 손을 댈 수는 없다고 한다.

흑마법의 비법으로 죽은 자의 영혼 소환 마법을 써도 레오의 몸속에 있는 존재는 조금도 움직이지 않았다. 그런 존재가 있다는 것조차 확신할 수 없었다.

결국 오늘로서 그녀가 할 수 있는 것은 모두 한 셈이다.

"차라리 그 남자의 영혼을 확 빼버려?"

티모라는 신경질적으로 중얼거렸다. 그건 가능했다. 산 자의 몸으로부터 영혼을 빼내 마족과의 제물로 쓰는 마법진을 그녀는 알고 있었다.

"아니지. 그랬다가는 빈 몸을 그 나쁜 신 급 존재라는 놈이 차지할 거 아냐?"

이럴 수도 저럴 수도 없다. 차라리 육체를 소멸시켜 버리고 영혼만 다른 육체로 옮기는 거라면 가능할지도 모른다는 생각이 들었다.

그러나 사실상 레오의 몸은 그런 모든 마법을 완벽하게 튕겨낸다. 본인이 동의해도 일정 이상의 위험도가 있는 마법은 전혀 듣지 않는 것이다.

불가능한가? 이대로 드래곤 로드가 방법을 찾아서 알려줄 때까지 기다려야 하나?

"아니야!"

티모라는 일순간이나마 그런 생각을 한 자신이 한심하다는 듯 세차게 고개를 저었다. 마법은 무한하다. 단지 내가 올바른 방법을 찾아내지 못하고 있을 뿐이다.

그녀는 자존심에 크게 상처를 입은 듯 입술을 잘근잘근 깨물었다. 그리고는 곧 아공간 주머니를 열고 한 권의 마법 책을 꺼내 들었다.

아버지를 죽게 만든 마법서, 물질계에 존재하는 모든 마법뿐만 아니라 마족 특유의 흑마법까지 모두 적혀 있는 최고의 마법서이다.

사락.

그녀는 초심자의 상태로 돌아가 그것을 한 장 한 장 정독하기 시작했다. 이미 본문을 전부 외우고 있는 그녀였지만 혹시라도 빼먹은 것이 있을지 모른다고 생각했다.

그리고 그것은 정말로 그녀로서도 미처 생각하지 못한 결과를 가져왔다.

이 책을 처음 보고 외울 때에는 정령에 대한 깊은 이해도, 고위 신성 마법에 대한 지식도 거의 없었을 때였다.

그런 만큼 10서클의 깨달음을 얻은 지금 마법서에 적혀 있는 이론과 주문은 전혀 새로운 하나의 세계를 나타내고 있었다. 그것은 그녀가 지금까지 이론을 세우고 많은 시행착오를 거쳐 가며 만들어가던 새로운 마법에 대한 깨달음이었다.

티모라는 자신도 모르는 사이 모든 것을 잊고 순수한 마법의 세계에 빠져들었다.

　　　　　*　　　　　*　　　　　*

　방으로 돌아온 레오는 그대로 침대 위에 앉아 명상을 했다. 잠을 잘 수가 없으니 이렇게라도 몸의 피로를 풀어야 했다.

　피곤하지 않다고 무리하다가 쓰러지는 사람들을 그는 많이 봐왔다. 그 자신은 별로 그런 일이 없지만, 한 달이나 잠을 안 잔 상태이니만큼 체력 관리가 필요하다고 느꼈다.

　"후우우우우우, 후우우우우우."

　아주 느린 호흡 소리가 규칙적으로 방 안에 퍼져 나갔다. 보통 사람의 귀에는 들리지도 않을 미약한 숨소리였다.

　레오는 자신의 호흡 소리에 빠져들었다가 어느새 그것마저도 잊었다. 그때부터는 그저 마음을 비우고 본능적으로 호흡을 할 뿐이었다.

　얼마나 시간이 흘렀을까? 레오는 문득 정신이 들었다. 밥 먹을 시간이 되었다는 것을 알았다.

　'이런 상황에서도 식욕은 떨어지지 않는군. 다행이다.'

　레오는 그렇게 생각하며 씁쓸하게 웃었다. 그리고는 몸을 일으켜 방을 나서려 했다. 로엔과 같이 식사를 하러 가려는 것이다.

　로엔은 요즘 매우 우울해했다. 아무런 말도 해주지 않았는데, 역시 민감한 아이답게 분위기로 심각함을 느끼는 것 같았다.

　그렇기 때문에 레오는 꼭 로엔과 함께 식사를 하면서 그가 좋아할 만한 여러 가지 얘기를 해주고 있었다.

　'오늘은 무슨 얘기를 해주지? 킬번 놈을 처음 만났을 때 그놈을 어떻게 다뤘나를 얘기할까? 아니지. 로엔은 사람을 패는 화제는 별로 좋아하지 않아. 네미니스와 싸운 건 그저께 했고, 밀림에서의 일들은 벌

써 세 번이나 했지? 으음, 소재가 떨어진 건가?'

확실히 거의 한 달을 아침저녁으로 아이와 놀다 보니 더 이상 할 말이 없었다. 레오는 방문을 열고 나가려던 동작 그대로 멈춰 서서 고민을 하기 시작했다.

그냥 묵묵히 식사를 하기는 싫었다. 알게 모르게 조카와의 대화에서 즐거움을 느끼고 있었나 보다.

한참을 고민하던 레오는 드디어 이야기할 거리가 생각이 난 듯 미소를 지었다.

'그렇지. 공간의 틈과 기환진에 대해 이야기를 해야겠군. 내가 사용할 수 없는 기술이 있다는 것을 말해주는 것도 나쁘진 않겠군.'

오늘의 테마가 생각나자 어서 식사를 하고 싶었다. 레오는 즉시 방문을 열고 식당으로 향했다. 그 순간, 레오의 머릿속에 무엇인가가 스치고 지나갔다.

'공간의 틈? 마나의 흐름, 기환진.'

잘하면 어떻게 될 것도 같았다. 그동안 티모라에게 들은 마법진의 효력에 이걸 합치면?

"그렇군."

레오는 드디어 해답을 얻었다. 이제는 티모라와 그것이 가능한지 상의해 볼 차례다.

그는 걸음의 방향을 바꾸었다. 그러면서 앞쪽에 있는 궁녀에게 말했다.

"식사는 티모라가 있는 방에서 하겠다. 샌드위치를 만들어 오도록. 로엔에게는 미안하다고 전해라."

"알겠습니다."

일단 명을 내리자 레오는 그대로 티모라가 있는 방으로 갔다. 약간은 거칠게 문을 열고 안으로 들어가자 티모라가 의외라는 듯 물었다.

"레오? 식사는요?"

"이곳에서 먹겠다. 그런데 말이야."

레오는 중요한 건 그게 아니라는 듯 자신이 생각한 것을 티모라에게 말했다.

그 말을 들은 티모라는 피식하고 웃었다.

"말도 안 돼요. 아무리 그대라 해도……."

갑자기 티모라는 말하는 것을 멈추고 혼자만의 생각에 빠졌다. 그와 동시에 그녀의 눈이 점점 흥미로운 빛을 띠어갔다.

"어쩌면 가능성이 있군요. 기환진에 대해서는 저도 들은 적이 있어요. 엘프의 마을과 슘족의 마을은 가까이에 있어 가끔씩은 놀러도 갔지요."

"엘프의 마을도 그곳에 있었나?"

"그래요. 어쨌든 간에 그대가 마나의 틈을 벌려 공간의 사이로 들어갈 수 있다면 충분히 해볼 가치가 있어요."

"좋아, 그럼 부탁하지. 가능하면 지금 당장 하는 게 좋겠군."

"좋아요."

티모라는 대답을 하자마자 자리에서 일어나 마법의 분필로 바닥에 복잡한 마법진을 그리기 시작했다. 그리고는 곳곳에 스스로 빛나는 보석을 올려놓고 몇 군데에는 그녀 자신의 피를 떨구었다. 그러기를 30여 분, 그녀는 마법진을 완성시킬 수 있었다.

레오는 그동안 하녀가 가져다준 두꺼운 샌드위치와 홍차를 마신 후 포도와 아이스크림을 디저트로 먹었다.

"다 된 건가?"

"아니요. 중심진은 끝났지만 보조진을 사방의 벽에 그려 넣어야 해요."

티모라는 어림도 없다는 듯 고개를 저으며 다시 작업에 착수했다. 사람의 영혼을 다루는 마법진이다. 그렇게 쉽게 만들어질 리가 없다.

그녀는 레오가 조급해하든 말든 조금도 신경 쓰지 않고 묵묵히 자신이 할 일을 했다.

사방의 벽에 일일이 다른 효과를 가진 마법진을 그리고, 마지막으로 천장에도 힘의 소모를 줄이는 진을 그려 넣었다.

결국 모든 마법진이 완성된 것은 다섯 시간이나 지난 후였다. 알고 보면 바닥에 그리는 것이 가장 쉬운 마법진이었던 모양이다.

"준비가 되었어요. 폐하께서는 마법진의 중앙에 피를 한 방울 떨구세요."

"이렇게 말인가?"

팍, 주르륵.

레오가 손가락으로 다른 쪽 손목을 가볍게 긋자 핏줄이 터지며 마법진에 흘러 흥건하게 적셨다. 그런데 신기하게도 피는 사방으로 흐르지 않고 웅덩이에 고이듯 마법진 한가운데에 그려진 원 위로 모였다. 평평한 바닥에 그려진 마법진이니만큼 정상적인 흐름은 아니었다.

정식으로 마법진이 발동하기도 전에 그만큼의 제어력을 보이는 것으로 보아 상당히 강력한 것임을 알 수 있었다.

레오의 손목에서는 계속해서 피가 흘러나오고 있었다. 오러를 사용하여 맨살을 갈랐으니 흐르는 피의 양이 상당히 많았다. 하지만 곧 상처가 아물며 출혈이 멈췄다.

티모라는 그걸 보고는 고개를 끄덕이며 말했다.

"좋아요. 약간 많기는 하지만 이상은 없을 것 같군요. 이제 마법진을 발동시킬 테니 그곳에 서 계세요."

"알았다."

레오는 그녀가 시키는 대로 바닥에 그려진 마법진 한가운데에 버티고 섰다. 그가 흘린 피가 고여 있는 바로 위였다. 레오는 검을 뽑아 들고는 티모라의 신호를 기다렸다.

이 일은 그야말로 완벽한 타이밍을 요구하는 것이기 때문에 극히 긴장해서 모든 일을 행해야 했다. 실패할 확률이 성공할 확률보다 높지만 그럴 경우 다시 마법진을 그려 시도하면 된다.

"시작해도 좋다."

레오는 단단히 마음의 준비를 끝내고 티모라에게 말했다. 언제라도 티모라가 마법을 쓰는 순간 그도 맡은 일을 해낼 수 있다고 생각했다.

그런데 티모라는 그럴 필요 없다는 듯 웃으며 말했다.

"검을 휘둘러 공간을 갈라요. 그럼 그 파동에 마법진이 자동으로 발동할 거예요."

"그런가?"

"안 그러면 어떻게 그 순간에 정확히 마법진을 발동시킬 수 있겠어요? 이론적으로 마법진이 먼저 발동하면 아무런 의미도 없어요."

듣고 보니 확실히 이 일은 레오가 먼저 공간을 가르는 것으로 시작된다. 그런데 아무리 티모라가 무공에도 어느 정도 성취가 있다고 해도 레오의 움직임을 알 수는 없을 것 같았다.

손을 느리게 할 수도 없는 것이, 그러면 마나의 흐름 사이를 베어낼 수 없다.

레오는 고개를 끄덕이며 검을 잡은 손에 힘을 주었다. 그리고 전신의 힘을 검에 집중시키기 시작했다.

티모라의 설명에 의하면, 방 안의 마나는 마법진을 위해 남겨놓아야 하므로 지금은 내부의 힘을 사용해야 했다.

우우우웅―

레오의 검이 묘한 울림 소리를 내며 가볍게 떨렸다. 강력한 힘이 검을 통해 주변으로 퍼졌다. 그리고 그 힘들은 아무것도 없는 허공에서 뭉쳐 점점 강해졌다.

아무 색도 띠지 않아 눈에 보이지는 않지만 분명히 그것들은 공간을 점유하고 있었다.

레오의 오러 블레이드가 수십 개로 갈라져 정확하게 마나의 흐름을 가로막았다. 일순간 마나의 흐름은 급격히 바뀌어 그 흐름 사이에 틈이 생겨났다.

"차앗!"

촤아악!

레오는 그때를 기다렸다는 듯 크게 기합을 지르며 전력으로 검을 내리그었다. 정확하게 흐름의 틈을 따라 베었다. 그러자 공간이 갈라지며 그 사이에 존재하는 아공간이 나타났다.

슉―

레오는 그대로 몸을 날려 안으로 뛰어들었다. 동시에 반응하기 시작한 사방의 마법진에서는 일제히 마나의 소용돌이가 무섭게 일어나기 시작했다.

1초도 지나지 않아 완벽하게 활성화된 마법진은 서로의 힘을 받아 더욱 강력하게 변했다.

그러자 레오가 서 있던 공간이 일그러지며 허공에 구 형태의 입체 마법진이 나타났다.

바닥과 천장, 그리고 동서남북의 벽에 새겨진 그것들이 뿜어낸 기운은 중앙에 있는 공간으로 뭉쳐 또 다른 효과를 발생시키는 것이다.

보편적으로 물질계에서는 사용되지 않는 입체 마법진! 티모라는 마족의 마법서에 적힌 비술을 사용하고 있었다.

위이이이잉—

드디어 마법진의 힘이 절정에 달했는지 입체 마법진의 중앙에서 커다란 구멍과도 같은 것이 생겨났다. 그리고 그 안에서 무엇인가가 서서히 나왔다.

마법진이 성공한 것이다. 아주 희박한 확률이었는데! 그러나 티모라는 그것을 보고 기뻐하지 않았다. 오히려 한숨을 내쉬며 작은 목소리로 중얼거렸다.

"정말 되네. 저 남자의 숨겨진 힘이 이 정도라니!"

마법진 안에서 나타난 것은 반투명한 사람의 형태를 한 무엇이었다. 그것은 육체를 가지지 않은 영혼의 모습이었다.

보통 공간이라면 사람의 눈에 보이지 않겠지만 마나의 밀도가 극도로 높은 마법진 안이었기에 확실하게 영혼의 형태가 보였다.

그렇게 모습을 드러낸 것은 다름 아닌 레오의 영혼이었다!

레오는 재미있다는 듯 자신의 몸을 살피며 말했다.

"이것이 영체인가? 내 육체는 아공간에 머물러 있겠군."

티모라는 고개를 끄덕였다.

"그래요. 이 마법진은 다른 공간에 있는 강력한 존재의 혼을 소환하는 계약의 진, 그대가 물질계가 아닌 다른 공간에 있다면 충분히 소환할 수 있지요."

그리고는 잠시 뜸을 들였다가 말을 이었다.

"그만한 힘이 있으면 말이에요."

"그런가? 그럼 이제 무엇을 해야 하지?"

"당신은 지금 나에 의해 소환된 존재예요. 전설에 가끔씩 나오는 사악한 마법사가 마왕을 소환한 것과 같아요. 그러니 소원을 들어줄 차례예요."

"내가 마왕이란 말인가?"

"마왕이든 천족이든 다 소환할 수 있지요. 하지만 아마 인간 중에 소환이 가능할 정도의 힘을 가진 자는 레오, 당신뿐일 거예요."

"후후후, 결국 나는 마왕에 필적한 힘을 지닌 것인가?"

"제대로 이해했군요. 내참, 황당해서."

티모라는 정말로 웃긴다는 표정을 지었다. 사실 이 마법진은 원래 마계의 고위 마족을 소환하기 위한 것이었다.

마족의 경우라면 소환하는 자의 마력과 자신의 흥미에 따라 소환에 응할 수도 있고, 거절할 수도 있다.

하지만 지금처럼 레오 본인의 본명을 마법진에 새겨 넣고 자신의 피까지 흘려 넣는다면, 그것은 그야말로 강제 소환진이나 마찬가지이다. 본인의 의사와는 관계없이 영혼을 마법진 안으로 불러들일 수 있는 것이다.

단, 그것은 레오의 힘이 마법진의 마력에 반응할 정도의 힘을 가져야 한다.

그것만이 아니다. 이게 가능하려면 소환진이 가동되었을 때 레오가 물질계가 아닌 다른 곳에 있어야 한다.

레오는 티모라가 마족이나 천족을 소환해서 방법을 물어볼까 하고 푸념하듯 말하는 것에서 단서를 얻었다.

숨족의 마을에서 아공간에 들어가는 법을 배운 레오는 몇 번에 걸친 시험 끝에 나오는 위치를 정할 수는 없어도 그 안에서 머물 수는 있게 되었다.

갈라진 공간의 틈이 제자리로 돌아가는 시간은 레오가 원하면 어느 정도 늘릴 수 있다. 그리고 그사이 레오는 스스로의 의지로 아공간 안에서 나오지 않을 수 있었다.

아공간 안에서는 마치 정지한 것처럼 움직이지도 못하고 의식도 거의 사라지지만, 최소한 나오려고 생각하지 않는 것만으로도 머물게 되는 것이다.

이게 좋은 것이, 일단 아공간에 들어가면 다른 방법으로는 절대로 피할 수 없는 드래곤의 브레스나 강력한 범위 마법도 모두 피할 수 있다. 애초의 생각처럼 공격이 아닌 회피를 위한 수법이 된 것이다.

모든 공격을 몸으로 막아낼 수 있는 레오였기에 과연 이게 필요한가 하고 고민하기도 했다.

하지만 막을 수 없는 공격이 없다고는 확신할 수 없기에 그는 꾸준히 연습을 해왔다. 그리고 그 보람이 엉뚱한 곳에서 나타난 셈이다.

한편 티모라는 레오의 영체를 보고 자신이 마족 소환진을 성공시킨 것에 기뻐하면서도 레오의 숨겨진 힘에 놀라워했다.

레오가 처음 그녀에게 말한 것은 바로 '내가 아공간에 들어가면 소환이 가능하지 않겠나?' 였다.

처음에는 말도 안 된다고 부인하려던 티모라였다. 인간이 아무리 강해도 불가능한 건 불가능하다.

그런데 다시 생각해 보니 레오는 인간이 아닐지도 몰랐다. 적어도 그의 몸속에는 신 급의 영체가 들어가 있지 않은가?

하나의 몸속에 두 개의 영체이다. 그리고 숨겨진 영체는 소환이 가능할 정도의 힘을 지니고 있을지도 모른다. 어쨌든 간에 총체적으로 소환 가능성은 있다.

그래서 그녀는 자신의 몸에 흐르는 엘프의 신성한 피를 매개체로 써가면서까지 마법진을 가동시켰고, 레오의 영체는 지금 물질계에 나타났다.

예상대로 되었는데 황당하다고 느낀 적은 많지 않다. 티모라는 씁쓸한 미소를 지었다.

레오는 지금 이 상태가 상당히 재미있다는 듯 계속해서 자신의 몸을 살폈다.

영혼이 육체를 벗어나니 말로 표현하기 힘든 해방감이 느껴졌다. 그는 육체가 얼마나 무겁고 거추장스러운 것인지를 깨달았다.

그때 티모라가 얼굴에 미소를 지우며 진지하게 말했다.

"시간이 없어요. 어서 다음 일을 해야 해요."

"알았다. 그럼 난……."

"잠깐, 형식에 따르지 않으면 문제가 발생할 수 있으니 처음 가르쳐 준 순서에 따라 대화를 해요."

"그런가? 복잡하군."

레오는 대충 해도 되지 않는가 하고 생각했다. 그러나 티모라의 입장에서 보면 말 한마디 잘못했다간 인생뿐만 아니라 영혼까지 날려 버릴 수 있는 소환진의 마력권 안에 서 있는 셈이다. 신중하지 않을 수 없었다.

　아무튼 레오는 생각을 가다듬어 마법진을 가동시키기 전에 티모라
가 시킨 대로 말했다.

　"나를 소환한 자여, 계약의 조건을 말하라. 무엇을 원하고 무엇을 바
치겠는가?"

　그 말을 들은 티모라는 한쪽 무릎을 꿇고 두 팔을 교차하여 양쪽 어
깨에 댄 채 대답했다.

　"그대의 영혼이 그대의 육체 속에 들어가 또 하나의 영체를 만날 것
을 원합니다."

　"대가는?"

　"없습니다."

　"알았다. 계약은 성립되었다."

　파앗!

　레오의 말이 끝나자마자 신성한 계약의 증인이라도 되려는 듯 사방
의 마법진이 강렬한 빛을 발하기 시작했다.

　그 빛은 시간이 지날수록 강렬해지더니 서서히 레오의 영체 속으로
빨려 들어갔다. 동시에 사방에 있는 마법진이 점점 흐려지면서 마침내
흔적도 없이 사라져 버렸다.

　그런 절차가 끝나자 빛은 모두 영체 속으로 빨려 들어갔고, 레오는
사라졌다.

　남은 것은 바닥과 천장에 남은 두 개의 마법진뿐이었다.

　티모라는 그것을 보고 아주 만족한 표정으로 웃었다.

　"호호호, 소환과 계약의 흐름을 경험하게 되다니!"

　아무리 그녀라 해도 마왕을 소환할 일은 없었다. 보통 그런 존재를

소환하면 뒤끝이 좋지 못하다는 것을 그녀는 오랜 기록을 통해 알고 있었다.

특히 마왕의 경우 상대가 멍청하면 바로 속임수를 써서 불평등한 계약을 해버린다.

문제는 인간이 마왕보다 마법에 대해 잘 알고, 마왕하고 머리 싸움을 하기란 거의 불가능하다는 것이다.

그래서 티모라는 언감생심 소환진을 쓸 마음조차 가지지 않았다.

하지만 이번에는 그럴 염려가 없다. 소환된 존재가 바로 레오이기 때문이다.

티모라는 이번 경험으로 정말 많은 깨달음을 얻었다.

마법진을 발동시켰을 때의 마나의 흐름과 계약이 성립될 때 사방에 설치한 맹약의 마법진이 어떤 식으로 작용하는지도 똑똑히 볼 수 있었다.

처음이 중요하다. 실수를 할 확률이 가장 높기 때문이다.

이제 경험을 했으니 정말로 마왕이나 천족을 소환해도 제대로 된 계약을 할 자신이 생긴 티모라였다.

하지만 그녀의 경우 굳이 그런 존재를 소환하지 않아도 못할 일은 거의 없었다. 단지 마법의 가장 높은 곳에 위치한 것 중 하나인 소환진을 완성시켰다는 것 자체가 기쁠 뿐이었다.

*　　　　*　　　　*

레오는 소환자의 요구를 승낙하고 그로 인해 마법진에 동원된 힘을 얻었다.

그래서인지 몰라도 소환이 끝나고 그가 정신을 차린 곳은 바로 의식 세계의 안쪽 공간이었다. 마족의 마법진이기에 물질계에서는 상상도 하지 못할 힘을 발휘한 것이다.

스스스스.

일단 의식 세계 안으로 들어서자 레오의 영체는 형태를 갖추기 시작했다. 동시에 가려져 있던 기억들이 파도처럼 밀려들어 왔다.

"으음, 그렇게 된 것이군."

곧 레오는 모든 상황을 이해했다. 자신이 가진 진정한 힘, 그리고 의식 세계의 저쪽에 자리잡고 있는 하나의 존재까지!

다크 레오날, 사자인간인 그는 바로 갑옷의 수호자라고 했다. 오랜 시간 진정한 소유자를 찾지 못한 그는 스스로 한 아이의 의식 속으로 들어가 그를 가르치고 힘을 주었다. 그리고 아이가 자라 갑옷을 입을 나이가 되었을 때, 다크 레오날은 자신의 의도가 제대로 이루어졌다는 것을 알았다.

아이는 청년이 되었고, 충분히 갑옷의 주인이 될 자격이 있었다.

그 후에는 꿈속의 아이에게 자신이 있는 곳을 가르쳐 주었다. 꿈속의 일을 기억하지 못하는 아이였지만, 무의식중에 행동하는 데 영향을 주었기 때문에 그는 갑옷을 찾을 수 있었다.

그 아이가 바로 레오이다.

"훗, 그게 다 거짓말이었다는 말이지."

레오는 웃었다. 비록 그가 레오를 주인으로 인정했지만 레오는 그에게 함부로 대하지 않았다.

사실 꿈속의 레오는 다크 레오날을 스승으로 인정하고 있었다. 진정한 강자, 세상에 존재하는 거의 모든 전투 기술을 가르쳐 준 존재. 그게 바로 다크 레오날이었다.

하지만 일단 현실과 꿈의 의식이 일치화되고 보니 그가 한 말들의 허점을 알 것 같았다.

지금에 와서 안 것인데, 현실의 레오가 의식 세계의 레오를 전혀 모르는 것처럼 의식 세계의 레오는 꿈속의 존재일 뿐이었다.

현실의 기억은 가져도 감각은 가지지 못했다. 마치 마법의 거울로 다른 사람의 행동을 보는 것처럼 현실적인 감정이 결여된 존재.

그로 인해 태어났을 때부터 있었던 다크 레오날의 말에 절대적인 신뢰감을 보이게 되었다. 다른 접촉 대상이 없었기 때문이다.

지금 이렇게 현실의 영체 속으로 꿈속의 기억이 흘러들어 오자 모든 것이 확연하게 느껴졌다. 드래곤 로드가 말했던 것처럼 다크 레오날은 절대로 자신에게 호의를 가진 존재가 아니었다.

"다크 레오날."

레오는 복잡한 감정을 담아 상대의 이름을 불렀다. 빛이라고는 한 점 없는 어두운 공간 너머에 그가 있을 것이다.

일단 레오가 그의 이름을 부르자 공간 저 너머에서 대답이 들려왔다.

"드디어 왔는가?"

레오는 두말 않고 걸음을 옮겨 그쪽으로 걸어갔다. 허공을 걷는 것처럼 기묘한 느낌이 들었지만 레오는 계속 걸었다. 날아서 가는 것은 인간의 습성에 맞지 않기 때문이다.

한 5분 정도 걸었을까? 레오는 앞쪽에 버티고 서 있는 하나의 거대한 힘을 느낄 수 있었다.

다크 레오날은 여전히 당당한 자세로 팔짱을 끼고 서 있었다. 바람도 없는데 검은 갈기가 거칠게 휘날리고 있었다. 그리고 그의 크기는 평소보다 두 배나 가까이 커져 있었다.

"강하군."

레오는 무표정한 얼굴로 중얼거렸다. 그러면서도 걸음을 멈추지 않았다.

"그렇다. 나는 강하다. 태고에 인간에게 전투법을 가르친 것이 바로 나다. 나보다 강한 존재는 물질계에 없다."

"그런가? 드래곤 로드가 신 급 존재라고 하더니 정말인가 보군?"

"그 하찮고 천박한 도마뱀이 함부로 말을 한 것은 의외였지. 어쨌든 간에 그 말은 틀리지 않다."

"그런 존재가 어째서 내 몸에 들어온 것이지?"

"말하지 않았나? 갑옷의 주인을 찾기 위해서라고."

"그건 진실이 아니다."

"크하하하하하! 진실이 아니라고? 천만에, 나는 거짓말을 하지 못한다. 레오여, 그대는 진정으로 갑옷의 주인이 되어야 한다."

"그 말을 믿을 것 같은가?"

"들어봐라. 너는 아직 갑옷의 힘을 일부분도 제대로 쓰지 못하고 있다. 그것만으로도 세상에서 가장 강한 존재가 되었지. 나는 너에게 나쁜 일을 하고 있는 것이 아니다. 갑옷의 진정한 주인이 되어라. 지금이라도 네가 승낙하면 모든 힘을 얻을 수 있다."

레오는 그 말을 듣고 잠시 입을 다물었다. 다크 레오날이 하는 말은 믿기 어렵지만 그가 거짓을 말하는 것은 아니라는 느낌이 들었다.

그렇다면? 레오는 곰곰이 생각을 하다 현실 세계에서 자신이 느꼈던 감각을 떠올렸다.

망토가 자신의 살기에 반응해 상대의 급소를 노렸다. 그때 그는 오 러를 이용한 움직임이 아닌 그냥 팔을 들어 움직이는 것과 같은 느낌 을 받았다. 몸의 일부와도 같았다.

"나를 갑옷과 동화시키려는 것인가?"

"깨달았군! 바로 그거다. 완벽한 갑옷은 바로 스스로의 몸이다. 일 단 네가 갑옷과 동화하면 너는 신이 될 수 있다. 인간의 한계를 벗어난 힘을 무한으로 사용할 수 있다."

"그런 것이군."

"알겠나? 나는 너를 해하려 한 것이 아니다. 너를 진정한 강자로 만 들어주려는 것이다. 나를 받아들여라. 그러면 넌 살아 있는 신이 되어 물질계의 모든 것 위에 군림할 수 있다!"

다크 레오날은 강하고 굵은 목소리로 말했다. 그 말은 그대로 강력 한 언령이 되어 레오의 주변을 휘어 감았다. 웬만한 영혼체라면 그대 로 소멸되어 버릴 정도로 강력한 파동이었다.

이 정도라면 보통 자신의 의지와는 관계없이 상대의 말을 듣게 된 다. 다크 레오날은 상대를 설득하는 것처럼 말하며 자신의 힘 중 하나 를 사용한 것이다.

절대언령 중 하나에 속하는 '신언'이 그것이다.

하지만 레오는 아무렇지도 않게 그 말의 힘을 벗어났다. 쇠사슬처럼 레오를 옭아매려던 언령의 파동은 빈 공간에 부는 바람처럼 아무것도 묶지 못하고 그냥 스쳐 지나갔다.

'으음, 이놈이!'

다크 레오날은 속에서 불길이 일어나는 기분이 되었다.

레오는 지금 그의 말을 전혀 듣지 않고 있었다.

아무리 강력한 말도 귀머거리에게는 소용이 없다. 의지를 소리로 표현한 것이기 때문이다.

그리고 가장 화가 나는 것은 레오가 그걸 알고 한 짓이 아니라는 거였다.

레오는 정말로 다크 레오날의 말을 완전히 무시하고 있었다. 들을 필요가 없는 말은 절대로 듣지 않는 레오의 성격은 다크 레오날의 절대언령으로부터 벗어나는 가장 훌륭한 방패였다.

다크 레오날은 화가 나서 크게 입을 벌리며 포효하듯 외쳤다.

"내 말을 들어라!"

그런데 그와 거의 동시에 레오도 입을 열어 말했다.

"나가라."

"뭐라고?"

"내 몸속에서 나가라. 난 너 같은 놈을 내 의식 속에 넣어둘 정도로 자비롭지 못하다."

"이 버릇없는 놈이! 개도 키워준 주인에게는 꼬리를 내리는 법이다!"

"개라……."

레오는 조용히 웃으며 허리에 손을 가져갔다. 어느새 그의 허리에는 하나의 검이 차여 있었다.

스르릉.

서늘한 쇳소리를 내며 검이 뽑혔다. 레오는 그것을 두 손으로 잡고 다크 레오날을 향해 거두며 말했다.

"말로 해서 안 되면 힘을 쓸 수밖에."

순식간에 의식 세계의 공간은 레오의 전신에서 일어나는 기세로 후끈하게 달아올랐다.

그것은 스스로의 의지로 일으킨 사자의 기운이었다.

❈ Chap 7 ❈
인간의 의지

인간의 의지

레오가 검을 뽑아 싸울 준비를 갖추자 자연스럽게 그의 몸에서 일어난 기세는 신기하게도 주변의 어둠과 동화되어 하나의 형상을 만들어 내었다.

그것은 포효하는 사자의 머리와도 같았다. 어둠의 정령이 있어 그것이 사자의 형태라면 이런 모습일까? 갈기와 목이 어둠 속에 녹아들어 간 채 레오의 뒤에 버티고 선 사자는 싸움에 굶주린 듯 상대를 노려보고 있었다.

마치 살아 있는 것처럼 스스로 움직이며 적을 노리는 사자, 그것이 레오의 기세였다.

다크 레오날은 그 형상을 보고는 약간 놀란 눈을 하고 팔짱을 풀었다.

"기세가 살아 있군. 자신의 의식 공간이라 힘이 강화된 것인가?"

의외였다. 사실 다크 레오날은 레오와 티모라가 하는 짓을 뻔히 보고도 가만히 있었다. 왜냐하면 레오가 마법진에 의해 소환되고 다시 계약의 힘을 빌려 이곳으로 올 때 소모되는 힘이 정말로 크기 때문이다.

영체인 레오는 미처 모르고 있겠지만 현재 레오의 육체는 비축된 힘이 고갈되어 거의 붕괴 직전에 이른 상태이다.

육체가 약해졌으니 영체도 영향을 받아야 한다. 단지 육체의 피로를 느끼는 감각을 막아버렸기 때문에 막상 힘을 쓰기 전에는 그걸 느낄 수 없다.

그런데 레오는 오히려 평소보다 더욱 강력한 힘을 내뿜고 있었다. 기세가 유형화되고, 다시 그것이 살아 움직이는 경지이다.

위잉, 콰콰콰쾅!

생각할 틈도 없이 레오의 몸이 앞으로 튀어나오며 다크 레오날의 머리를 수직으로 베었다. 동시에 그의 몸 뒤에 형성된 사자의 머리가 검 끝에 모이며 앞을 가로막는 다크 레오날의 모든 방어막을 깨물어 부수었다.

크앙!

다크 레오날은 급하게 몸을 옆으로 날리며 포효했다. 그의 주변에 쳐져 있던 공간의 막이 깨지며 안개처럼 뭉쳐 있던 기운이 사방으로 발산되었다.

레오는 본능적으로 그 안개가 위험하다는 것을 알고 몸을 뒤로 날려 피했다. 그러자 사자의 머리가 안개와 맞서 싸우기 시작했다.

안개는 검은색이었기에 어둠의 공간과 거의 구분할 수가 없었다. 그러나 레오의 기감이 느끼는 그것의 정체는 거대한 맹수의 앞발과 같은 형태였다.

다크 레오날은 순간적이나마 레오의 공격에 몸을 움직여 피한 자신이 부끄럽다는 듯 고개를 저었다.

"크르르, 네놈의 기세가 나의 살기를 얼마나 견딜 수 있는지 보자."

슈우우욱.

말이 끝나기도 전에 레오는 검을 수평으로 세운 채 다크 레오날의 목을 찔러갔다. 안개의 발톱 사이에 있는 틈을 노려 직접 본체를 공격한 것이다.

"이놈이!"

더 이상 인간 따위에게 무시당할 수는 없다! 다크 레오날은 자신의 발로 다가오는 레오를 찼다.

레오는 찌르던 검의 속도를 늦추지 않고 몸을 비틀어 다크 레오날의 발을 피했다. 그런데 그 빠르기만 하고 엉성해 보이던 발차기가 레오의 옆을 스쳐 지나가는 순간, 공간이 폭발하는 소리와 함께 레오의 몸을 허공으로 튕겨 버렸다.

쾅!

"크윽!"

"크하하하, 이 정도에 당한다? 내가 널 너무 과대평가했는지도 모르겠다."

"공간을 차서 폭발시킨 것인가?"

레오는 당하고 나서야 다크 레오날이 자신이 아닌 공간의 한 부분을 찼다는 것을 깨달았다. 뭔지는 알 수 없지만 그 발에 담긴 힘이 의식 공간에 존재하는 요소 중 일부를 파괴해서 폭발시킨 것이다.

다시 그의 몸이 허공으로 튕겨 오르자 다크 레오날의 몸에서 강렬한 기세가 일어나며 거대한 맹수의 앞발의 형상을 띠었다.

레오가 만들어낸 사자의 머리와 싸우고 있는 것들과 같은 형태였다. 그리고 그것들은 순간적으로 레오의 바로 앞까지 날아와 그를 공격했다.

카카카캉!

"……!"

레오는 이를 악물고 터져 나오려는 비명을 참았다. 분명히 검으로 받아냈는데 전신에 충격이 전해졌다. 검은 힘을 견디지 못한 듯 산산이 파괴되었고, 레오의 몸은 충격으로 튕겨져 다시 뒤로 날아갔다. 맹수의 앞발은 그를 놓치지 않겠다는 듯 더욱 빠르게 레오를 향해 달려들었다.

'저것은 일종의 오러 블레이드다. 심검과 같은 원리인가?'

아무리 고통이 심해도 전투 중의 레오는 집중력을 잃지 않는다. 그동안 전투를 하면서 한 번도 부상을 당한 적이 없었기 때문에 몰랐는데 지금 보니 그랬다.

다크 레오날이 한 교육 중에는 어떠한 고통 속에서도 전투력이 약해지지 않도록 하는 수련도 있었던 것이다.

위이이잉―

맹수의 앞발은 사나운 기세로 레오의 머리를 노렸다. 날카롭게 돋은 발톱은 거대한 낫과도 같았다.

캉!

"크윽!"

레오는 다시 검을 휘둘러 그것을 막았다. 그러나 허공에서 뒤로 튕겨지는 상태라서 힘이 부족했다. 검은 다시 산산이 부서졌고, 레오는 결국 신음 소리를 흘리고야 말았다.

"죽어랏!"

다크 레오날의 저주와도 같은 기합 소리가 들려왔다. 두 개의 앞발이 양쪽에서 레오를 노리고 있었다.

앞발에 정통으로 맞는다면 결코 무사하지 못하리라! 막는다! 레오는 검을 쥔 손에 꾸욱 힘을 주었다.

그때, 레오는 새로운 사실을 깨달았다. 검은 이미 파괴되었지 않은가? 그것도 두 번이나! 하지만 지금 레오가 들고 있는 검은 멀쩡했다. 레오가 다시 검을 휘둘러 앞발을 막으려 하자 어느새 원래대로 돌아와 있었다.

'심검인가.'

레오는 결국 지금 들고 있는 검이 스스로의 의지로 만들어낸 일종의 심검임을 알았다. 그런데 지금까지 그것을 의식하지 못했다. 너무나도 자연스럽게 손에 쥐고 습관대로 휘둘렀을 뿐이다.

그러고 보니 검에 타격을 받는 순간 전신에 충격이 전해졌다. 그것은 공간이 폭발할 때 받은 고통보다 더한 것이었다.

레오는 생각했다. 본능만으로 싸워서 될 상대가 아니었다. 머리도 써야 했다.

위이이잉—

맹수의 앞발은 절묘한 각도로 날아들었기에 허공에 몸이 떠 있는 상태의 레오는 그것을 피할 수 없었다.

그렇다면 막아낼 수밖에 없는데, 그럼 고통을 받게 된다. 정신이 아득해질 정도의 고통, 하지만 레오는 다시 날아오는 맹수의 앞발을 피하려 하지 않았다. 오히려 두 손에 쥔 검으로 온 힘을 다해 베었다.

"차앗!"

파캉!

"크앙!"

레오의 의지가 통했는지 맹수의 앞발 중 하나가 잘려 나갔다. 그와 동시에 다크 레오날이 뒤로 한 걸음 물러서며 짧은 비명을 질렀다.

그사이 레오는 무사히 바닥에 착지했다. 곧바로 자세를 가다듬어 다크 레오날에게 검을 겨누면서 말했다.

"역시 네놈도 충격을 받는군."

"흥, 이제 알았나? 의지로 만들어낸 모든 것이 바로 손이고 발이다. 육체가 없는 영체의 싸움은 알고 보면 무기 없는 맨몸의 육박전과 같지."

다크 레오날은 레오를 비웃었다. 기본도 안 된 놈이 겨우 그거 하나 깨달았냐는 투였다.

그와 동시에 다크 레오날의 몸이 서서히 변화하기 시작했다.

우우우웅—

주변의 공간이 비명을 지르기 시작했다. 레오 역시 놀랍다는 듯 섣불리 움직이지 못하고 다크 레오날의 변화에 정신을 집중했다.

순식간에 레오의 앞으로 거대한 사자가 나타났다. 드래곤과 비슷할 정도로 거대한 몸집의 사자! 어둠이 뭉쳐서 만들어진 듯 칠흑과 같은 털에 눈동자는 마치 구멍이라도 뚫린 듯 아무런 광택도 없이 더욱 검었다.

크아아아앙!

검은 사자가 포효하자 공간 전체가 울렸다. 그것은 일종의 소닉 브레스와 같은 힘을 가지고 있었다. 그리고 그 안에는 검은 바늘과도 같은 것들이 수없이 휘돌며 걸리는 모든 것을 부쉈다.

레오가 만들어낸 사자 머리의 기세는 포효의 힘에 가루처럼 흩어졌다.

레오 역시 압력을 못 이기고 뒤로 두어 걸음 물러났다. 얼굴 전체가 바늘에 찔린 것 같은 느낌이 들었다.

다행히도 급하게 오러를 모아 눈만큼은 보호할 수 있었다. 하지만 몇 초간은 움직이지 못할 정도로 전신이 마비되었다.

다크 레오날은 그 기회를 놓치지 않겠다는 듯 자신의 앞발을 들어 레오를 후려쳤다.

휘익, 쾅!

"커억!"

아무리 레오라 해도 그 힘을 이길 수는 없었다. 입에서 피를 뿜으며 레오는 공간 한구석까지 날아갔다.

단순한 물리적인 충격이 아니다. 방금 전까지 싸웠던 기세로 만들어진 맹수의 앞발과도 같은 성질의 것이었다. 그러나 힘의 크기는 비교도 할 수 없었다.

"알겠는가? 이게 바로 나의 힘이다! 나는 살육의 신! 모든 생명체를 죽일 수 있는 존재이다!"

휘익, 퍽!

다크 레오날은 크게 도약하여 레오의 바로 앞까지 날아와 착지를 하면서 앞발로 바닥에 눌러 부숴 버리겠다는 듯이 레오를 내려쳤다.

그 순간 레오는 누운 채 검을 두 손으로 잡고 하늘로 내밀었다. 그리고 검끝에 전력을 집중했다.

파파파팍!

"크아아앙!"

길게 늘어난 오러 블레이드의 힘이 다크 레오날의 앞발을 꿰뚫었다. 그리고 레오의 몸은 그 힘에 의해 마치 땅속으로 꺼지듯이 내려앉았다.

의식 공간에는 바닥이 없다. 단지 본인이 바닥을 원했기 때문에 있는 것처럼 느껴졌을 뿐이다. 레오는 그 순간 그걸 기억해 내고는 허공을 생각했다.

순간적으로 다시 천장과 바닥을 거꾸로 바꾸었다.

검은 사자가 서 있는 곳과 레오가 선 곳은 수면의 위와 아래처럼 대칭이 되었다. 레오는 즉시 바닥을 박차고 달렸다. 다크 레오날의 관점에서 보면 지표 밑으로 거꾸로 달리는 셈이다.

다크 레오날은 크게 화가 나서 레오가 달리는 곳을 뒷발로 긁으며 외쳤다.

"이놈! 도망 못 간다!"

팍, 팍!

땅이 파이듯 공간이 패였다. 두 번의 공격이 끝나고 이제는 정확하게 레오가 달리는 지점을 파내려 했다. 그때 레오는 자신이 달리던 지표를 다시 지웠다.

슉—

바닥을 뚫고 아래로 빠져 버린 레오는 그대로 몸을 뒤집어 아래쪽을 향해 검을 던졌다. 다크 레오날의 배가 있는 부분이었다.

팍!

"크아아아앙!"

검은 다크 레오날의 배를 뚫고 들어가 등으로 나왔다. 커다란 비명

소리가 그의 입에서 울려 퍼졌다.

치명상이리라! 레오는 이 기회를 놓치지 않고 끝장을 내려는 듯 다크 레오날의 배를 밟고 목 쪽으로 뛰었다. 그의 손에는 커다란 검이 생성되어 힘을 모으고 있었다.

그런데 그때,

불쑥, 촤아아악!

"크윽!"

다크 레오날의 목 바로 아래쪽이 갈라지며 그 안에서 인간형의 다크 레오날이 튀어나왔다. 그는 나오는 즉시 앞발로 레오의 배를 할퀴었다.

레오는 전신이 다섯 조각으로 길게 갈라지는 듯한 고통을 느끼며 뒤로 튕겨졌다. 하지만 고통은 바로 사라지고 멀쩡한 몸으로 서 있는 자신을 발견할 수 있었다.

슈우우우우우.

이제 의식 공간에는 두 종류의 다크 레오날이 레오를 노리고 있었다. 레오의 감각에는 인간형의 다크 레오날이 진짜로 느껴졌다. 놀랍게도 그 거대한 검은 사자는 그가 만들어낸 기세의 형상이었다.

"으음."

너무나도 거대한 힘이다. 레오는 처음으로 이렇게 상대도 안 되는 존재와 싸워본 경험이 없기에 대응할 방법을 알 수 없었다.

본능적으로 주어진 힘만으로 싸워서는 안 된다고 이미 알고 있기 때문에 그는 나름대로 신중했다.

'저놈은 나보다 강하다. 단순히 강한 것만이 아니라 나의 모든 수법을 알고, 또 의식 공간에서 할 수 있는 것이 무엇인지도 잘 알고 있다.'

상대는 모든 것을 알고 있다. 반면에 레오는 자신이 무엇을 할 수 있는지도 모른다. 이래서야 승산은 없는 것이나 마찬가지였다.

하지만 이 싸움은 비무가 아니라 실전이다. 레오가 졌을 때에는 그의 영혼이 소멸된다. 결코 멈출 수 없는 전투다.

크앙!

검은 사자가 다시 포효를 했다. 레오는 순간적으로 몸을 움직여 퍼져 나오는 음파의 반경에서 벗어나려 했다. 하지만 역시 움직임이 아무리 빨라도 한계는 있다. 다리 한쪽이 그 경계선에 걸려 너덜너덜하게 변했다.

그사이 다크 레오날이 다가와 다시 레오의 몸을 후려쳤다.

쾅!

주먹이 몸에 닿기도 전에 공간에서 폭발이 일어나며 레오의 몸을 부수려 했다. 그러나 레오는 순간적으로 자신의 가슴에 사자의 머리를 형성하여 오히려 다크 레오날을 물어뜯게 했다.

부욱.

다크 레오날은 미처 피하지 못하고 사자의 이빨에 한쪽 팔을 뜯겼다. 폭발이 사자의 형상을 부수고 레오에게도 타격을 입혔지만 이번에는 다크 레오날도 큰 부상을 당했다고 볼 수 있었다.

그런데 그는 더 이상 비명을 지르지 않았다. 오히려 웃었다.

"크하하하하, 전투 감각만큼은 훌륭하구나! 그러나 네놈은 근본적인 것을 잘못 알고 있다."

불쑥.

뜯겨 나간 다크 레오날의 팔이 다시 튀어나왔다. 멀쩡한 모습이었다. 오히려 그의 발톱은 전보다 더욱 날카롭게 세워져 있었다.

레오의 감각으로도 상대의 힘의 손상은 전혀 느껴지지 않았다. 반면에 레오 자신은 처음과는 비교할 수 없을 정도로 약해져 있었다. 이제는 사자의 형상을 만들어낼 수도 없었다.

"후우, 후우."

레오는 호흡을 가다듬었다. 그래도 다크 레오날의 팔을 뜯어내고 그 팔이 다시 자라날 때까지 그가 공격을 멈추었기에 레오에게 약간의 여유가 생겼다.

'무엇이지? 저놈은 어째서 힘의 소모가 없는 것이지?'

상대가 지닌 힘은 무한에 가까웠다. 적어도 레오의 눈에는 그렇게 보였다.

"흐흐흐, 한계에 도달한 것 같군. 이제 끝장을 내주겠다."

다크 레오날은 자신의 생각대로라는 듯 어금니를 드러내며 웃었다. 그러면서 한쪽 팔을 들어올리자 뒤쪽에 있는 거대한 사자의 몸이 둘로 갈라졌다. 그리고 그 둘은 어느새 똑같은 두 마리의 검은 사자가 되었다.

"힘의 크기가 이전과 같군."

레오는 기가 막혀 중얼거렸다. 환영 같은 것은 아니다. 둘 다 완벽한 실체이고, 각각의 힘은 하나일 때와 같았다.

"네놈이 아무리 발악해도 일단 이 사자들에게 잡아먹히면 영혼이 조각조각으로 찢어져 소멸될 것이다. 순순히 동화되었다면 신이 될 수 있는 기회였는데, 멍청한 놈."

"난 별로 신이 되고 싶지 않다. 네놈을 때려죽이고 싶을 뿐이지."

"끝까지 포기하지 않는가? 과연 내 몸이 될 인간답다. 그 성질은 영혼이 소멸되어도 육체가 기억하고 있겠지. 죽어라!"

크아앙!

두 마리의 검은 사자가 동시에 포효하며 레오를 향해 달려들었다.

신기하게도 한 마리는 위로 뛰어올랐고, 다른 한 마리는 아래로 뛰어내려 몸을 뒤집으며 솟구쳐 올라왔다. 모든 공간이 그들에 의해 점유되었다.

피할 곳은 전혀 없었다. 힘의 차이가 너무 나니 막을 수도 없었다.

그러자 레오는 두 손으로 검을 쥐고 집중을 했다. 다가오는 두 개의 힘이 느껴지고 그 뒤로 다시 언제라도 공격할 준비가 되어 있는 본체의 기척도 생생하게 담겼다.

"가라!"

레오가 나직한 목소리로 명하자 그의 망토가 순간적으로 어둠 속에 섞이며 수천 개의 살기의 칼날이 사방으로 날아갔다. 그리고 그 칼날은 모두 살아 있는 듯 검은 사자의 몸을 베고 찔렀다.

그 무엇보다 강할 것 같았던 검은 사자가 조금도 버티지 못하고 순식간에 소멸되어 버렸다.

파파파파팍!

"크훗! 네놈이!"

다크 레오날은 의외라는 듯 검게 물든 눈을 크게 떴다. 그와 동시에 그의 목에 있는 갈기가 사방으로 뻗어 나가 그를 향해 공격해 오는 살기의 칼날을 맞받아쳤다.

다크 레오날의 갈기가 만들어낸 힘은 살기의 칼날과 거의 비슷할 정도로 강했다. 마치 똑같은 성질의 무기처럼 보였다.

그것을 본 레오는 차가운 얼굴로 미소를 지었다.

"이제 알겠다. 나의 갑옷은 바로 너의 몸이지. 네가 강하다면 나도 강하다."

우우우우우웅.

그의 말에 대답이라도 하듯 갑옷과 망토에서 묘한 진동이 생겨났다. 그러면서 지친 레오의 영체를 회복시켰다.

그것은 레오가 의도한 것이 아니었다. 갑옷은 살아 있었다. 그리고 레오가 영체로 의식 공간에 들어왔을 때에도 항상 입은 채였다.

다크 레오날이 레오의 육체를 점거한 것처럼 레오도 다크 레오날의 육체를 얻은 것이다.

갑옷은 곧 다크 레오날, 그리고 레오의 것이었다!

"이놈!"

크아앙!

사람의 말소리와 함께 사자의 포효 소리가 들려왔다. 동시에 그의 모습이 일그러지며 인간과 사자의 형태가 겹쳐졌다.

레오의 눈이 빛났다. 이제야 다크 레오날의 실체가 보이는 것 같았다.

"형태가 없는 거로군. 너는."

"크아앙, 그렇다. 고위 영격체인 나에게 정해진 형태가 있다고 생각했나? 단지 네가 보려고 하는 형상으로 나타날 뿐이다."

"그럼 쥐새끼로 변해라."

"네놈의 그 건방진 영혼을 꼭 소멸시켜 버리겠다."

"그게 될까?"

"너처럼 정해진 영혼의 형체를 가진 자는 결코 나를 이길 수 없다."

"난 변할 수 없지. 하지만 이 갑옷은 변할 수 있겠군."

"크르르르, 그래도 네가 변할 수 없는 것은 마찬가지이다!"

촤아아악.

말이 끝남과 동시에 다크 레오날의 몸속에서 수십 개의 맹수의 앞발이 튀어나와 레오를 공격했다. 하지만 레오는 몸을 회전시켜 망토로 전신을 가렸다.

파파파팍!

"통하지 않는다!"

슈욱.

레오는 차갑게 중얼거리며 그대로 앞으로 뛰어나갔다. 갑옷의 힘으로 적의 공격을 막을 수 있다는 확신이 생긴 이상 자신의 힘을 모두 공격에 쏟아 부을 수 있게 되었다.

당연히 그 위력은 조금 전까지와는 비교도 할 수 없었다.

크아아앙!

콰콰쾅!

다크 레오날은 연속적으로 주먹을 뻗어 세 번이나 공간을 파괴했다.

그러나 레오는 조금도 물러서지 않고 전신을 하나의 검으로 바꾸어 나아갔다. 그 자신의 모든 힘과 갑옷의 힘마저 하나로 모았다. 그리고는 다시 공간 중에 존재하는 모든 힘을 끌어들였다. 심지어는 다크 레오날이 일으킨 공간의 폭발마저도 흡수했다.

파악, 파파파파파파파!

검은 다크 레오날의 몸을 관통했다. 그리고 동시에 수십 개의 작은 폭발이 그의 몸속에서 일어났다.

"커커컥! 공간마저 나를 부인하는가?"

다크 레오날은 끝없이 이어지는 충격 속에 몸을 떨며 억울하다는 듯 중얼거렸다. 놀랍게도 주변의 모든 것이 다크 레오날을 적대시하고 있었다.

가장 편안한 장소였다. 거의 자신의 것이 되었고, 영원히 그렇게 될 것이라고 생각했다. 그런데 막상 레오와 싸우다 보니 그게 아니었다. 레오가 명하자 공간이 반응했다.

"당연하지! 내 의식 속이다."

레오는 살기 띤 웃음을 지으며 말했다.

"크크윽, 네놈이!"

다크 레오날은 억울했다. 이곳이 레오의 의식 공간이라서 공간이 그의 말을 듣는다면 왜 갑옷은 레오의 말을 듣는가? 그것은 바로 자신의 몸이 아닌가?

몸속에 박힌 레오의 오러 블레이드는 끊임없이 힘을 발산하여 다크 레오날의 영체에 충격을 가하고 있었다. 무한에 가깝다고 생각하던 힘이 그 충격에 의해 모래처럼 부서져 내렸다.

피할 수도 없었다. 사방의 공간이 모두 가시 달린 밧줄로 변해 그를 꽁꽁 묶었다. 어떤 형태로 변해도 그 밧줄은 조금도 느슨해지지 않았다. 손가락 하나 움직이기가 힘들었다. 몸속의 파괴도 점점 심해졌다.

"네, 네놈을 죽인다. 살육의 신의 이름으로."

다크 레오날은 힘을 짜내어 다시 절대언령을 사용했다. 듣기만 하면 드래곤이라고 해도 바로 죽는다. 그런데 레오는 끄떡도 하지 않았다.

"개소리! 죽어라, 다크 레오날!"

파파파팍!

"크흑!"

놀랍게도 절대언령의 힘이 레오의 말 한마디에 되돌아와 다크 레오날의 몸속을 파괴하는 데 가담했다. 레오는 오히려 그의 힘을 반사해

버린 것이다.

그때 다크 레오날은 깨달았다. 자신이 힘을 키우는 동안 레오도 같이 강해졌음을!

레오가 곧 다크 레오날이었다. 어째서 레오가 영체로 있을 때에도 갑옷을 입고 있을 수 있는가? 그것은 바로 다크 레오날이 허락했기 때문이다.

절대신성을 지닌 존재는 거짓말을 할 수 없다. 말을 교묘하게 비틀어 속일 수는 있어도 거짓말을 하지는 못하는 것이다.

다크 레오날은 레오를 갑옷의 주인이라고 말했다. 그리고 갑옷은 레오를 보호하고 레오에게 힘을 주기 위한 것이라고 했다.

갑옷은 자신이 한 말을 충실히 이행하고 있었다. 반면에 레오는 한 번도 이곳이 다크 레오날의 공간이라고 인정한 적이 없다. 단지 당연하다고 생각해서 묵인했을 뿐이다.

그것이 지금 치명적인 결과로 나타났다. 이곳에서 그를 편드는 것은 아무것도 없었다.

"네놈은… 끝까지……."

다크 레오날의 영체가 점점 흐리게 변했다. 영격체가 지닌 힘이 바닥나고 그 유지를 위한 최후의 힘까지 소모되고 있는 증거였다. 다크 레오날은 이제 한계임을 알았다. 그는 이를 악물고 허공을 향해 울부짖었다.

"크아아아아앙!"

동시에 순간적으로 그의 몸이 사라졌다. 레오는 급히 감각을 끌어올려 상대의 위치를 찾았다. 그러나 어디에도 없었다.

단지 허공을 울리는 말소리만 들려올 뿐이었다.

〈좋다. 네놈이 그렇게 나온다면 난 기다리겠다. 넌 이미 갑옷의 주인, 절대로 그것으로부터 벗어날 수 없다. 그리고 내가 떠난 이상 넌 순수한 인간이다. 아무리 강하다 해도 언젠가는 육체가 붕괴되고 영혼의 한계가 온다.〉

"어디냐? 나와라!"

레오는 비웃는 듯한 다크 레오날의 목소리에 크게 화가 났다. 하지만 아무리 공간의 힘을 모두 동원해서 찾아도 다크 레오날을 찾을 수 없었다.

그러는 동안에도 다크 레오날의 목소리는 계속해서 들려왔다.

〈시간은 나의 것이다. 네놈은 언젠간 갑옷과 완전히 융합될 것이다. 단 한순간이라도 그걸 원하면 그렇게 될 테니까. 그러면 이곳은 너만의 것이 아니게 되지. 그때에도 날 감당할 수 있을까?〉

"그렇게 되지 않는다. 절대로!"

〈크흐흐흐. 인간에게 절대란 말은 어울리지 않는다. 흔들리는 존재, 혼돈의 존재여! 설혹 네가 정말로 육체가 소멸할 때까지 갑옷과 융합하지 않는다 해도 난 이미 새로운 몸을 얻을 힘이 있다. 네놈이 죽으면 난 새로운 몸을 찾을 것이다. 그리고 그때에는 틀림없이 그것을 얻을 것이다.〉

"으음."

〈그 뒤에는 가장 먼저 네놈이 남긴 모든 것을 파괴할 것이다. 네놈과 관련된 모든 인간을 죽일 것이다!〉

마치 저주와도 같은 다크 레오날의 말은 그대로 불길한 기운이 되어 레오의 몸을 감쌌다. 레오는 기세를 일으켜 그것을 털어버리며 크게 외쳤다.

"네놈을 그대로 놔둘 것 같으냐!"

〈날 찾아온다고? 좋지. 기다리도록 하지. 나의 공간, 다크 레오날의 성에서! 크하하하하하!〉

그때서야 레오는 다크 레오날이 이미 자신의 몸을 떠난 것을 알 수 있었다.

그의 영체는 다른 곳으로 이동하면서 레오에게 의사만을 전달하고 있는 모양이었다. 의식의 끈이 아직 끊어지지 않았기에 그들은 영혼으로 대화가 가능했다.

하지만 이제 그 끈이 거의 약화되어 마지막 다크 레오날의 웃음소리는 거의 들리지 않을 정도로 조그만 했다.

얼마 안 가 웃음소리마저도 완전히 끊기고 정적이 찾아왔다. 레오는 인상을 쓰고 그곳에 홀로 서 있었다.

그토록 격렬하게 싸웠는데 시간은 거의 흐르지 않았다. 의식 세계의 흐름은 현실보다 빠르기 때문에 실제로는 1분 정도가 지났을 뿐이다.

하지만 이제 곧 레오의 몸은 아공간에서 벗어나 물질계로 돌아갈 것이다. 그렇게 되면 레오의 영체는 자동적으로 육체와 일치되어 다시는 의식 세계 속으로 들어올 수 없게 된다.

꿈속에서의 모든 기억을 되찾은 레오는 그것을 느낄 수 있었다.

인간인 이상 의식 세계를 스스로 살피는 것은 좋지 않다. 신으로 진화하려면 그것도 한 방법이기는 한데, 멋모르고 잘못 건드리면 정신이 붕괴되어 버린다.

일단 신이 되고 싶은 생각 자체가 전혀 없는 레오였기에 그냥 육체와 영체가 고정된 삶을 살기로 했다.

급하면 티모라에게 말해 다시 이렇게 아공간으로 들어와서 의식 세계를 살피면 된다. 물질계의 법칙이 전혀 통용되지 않는 공간이 바로 이곳이기 때문이다.

레오는 돌아갈 시간을 기다리며 이를 부드득 갈았다. 다크 레오날이 최후로 남긴 저주가 생각났기 때문이다.

"네놈이 어디 숨어 있든 난 찾아내겠다. 그리고 죽여주지. 나와 두 번 싸워 살아남은 자가 없다는 것을 느끼게 해주마."

레오는 이제 자신이 일생을 걸고 해야 할 일을 찾았다. 일단 목표를 가진 그는 다른 일에는 일체 관심을 가지지 않기로 했다.

그런데 그때였다. 공간 한쪽이 화려하게 빛나며 무엇인가가 형체를 이루기 시작했다.

우우우웅—

갑옷이 격렬하게 진동했다. 그 화려한 황금빛은 점차 사자인간의 모습으로 바뀌었다.

"다크 레오날! 네놈이 또?"

레오는 잘되었다는 듯 검을 쥔 손에 힘을 주며 외쳤다. 그리고는 공간에게 명했다. 저놈을 잡아 묶으라고!

그런데 공간이 움직이지 않았다. 밝은 황금의 빛에 어둠이 두려워 다가가지 못하는 것과 같았다.

뿐만 아니라 그가 입고 있는 갑옷도 레오에게 경고를 하는 것 같았다. 정확하게는 알 수 없지만 절대로 적대해서는 안 되는 존재 같았다.

〈쉬뤼—푸슈카, 그것이 나의 이름이다.〉

빛이 파도치듯 사방으로 흐르며 들려오는 목소리는 인간의 성대로 발하여지는 것이 아니었다. 그리고 그의 몸은 밝게 빛나고는 있어도 반투명했다.

실체는 느껴지지 않았다. 놀랍게도 힘도 느껴지지 않았다. 이토록 강한 빛을 뿜어내는 존재의 힘을 느낄 수 없다니?

레오는 흥분을 가라앉히고 물었다.

"넌 다크 레오날이 아닌가?"

〈그렇기도 하고 아니기도 하다, 레오라는 이름을 가진 인간이여.〉

"난 어렵게 말하는 것을 싫어하니 할 말이 있으면 쉽고 자세하게 설명해라."

〈그러지. 네가 다크 레오날이라고 부르는 존재는 내가 라시아에 갔을 때 만든 몸이다.〉

"뭐? 그럼 네가 바로 그놈의 영체란 말인가?"

〈정확하지 않다. 레오라는 이름을 가진 인간이여, 조금 더 자세히 설명하겠다.〉

황금의 사자인간 쉬뤼—푸슈카는 그렇게 말하고는 천천히 과거에 그가 행했던 일에 대해 말했다. 그것은 인간이 아직 물질계의 주인이 되기 전의 이야기였다.

드래곤과 함께 지금은 사라진 피닉스가 물질계를 관리하던 시절, 인간은 라시아 대륙에 사는 몇 종류의 이성체 중 하나에 불과했다.

쉬뤼—푸슈카는 이계의 신이었다.

"신이라고?"

〈그렇다.〉

레오가 놀라 그가 말을 하는 도중에 물어봐도 쉬뤼—푸슈카는 조금도 화를 내지 않았다.

전신에서 자연스럽게 우러나오는 위엄과 밝은 빛은 과연 그가 신이라는 사실을 증명하는 듯했다.

레오는 처음으로 싸우지도 않았는데 기가 죽는 것을 느꼈다. 그러나 그는 억지로 두 다리에 힘을 주고 당당하게 서서 쉬뤼—푸슈카를 직시했다. 신이라 해도 그가 기죽을 필요는 없다.

단지 적의를 가진 존재가 아니기 때문에 이쪽에서도 적의를 보이지는 않았다.

쉬뤼—푸슈카는 그런 레오를 보며 미소를 지었다.

〈과연 나의 가죽이 택할 만한 정신이다. 그대는 충분한 자격이 있다.〉

"별로 원하지는 않았소. 하던 말을 계속해 주시오."

〈그러지.〉

쉬뤼—푸슈카는 레오의 요청에 순순히 고개를 끄덕이고는 다시 말했다.

이계의 신인 그는 라시아에 흥미를 가지고 그 안을 엿보았다. 그리고 그곳에서 그는 참으로 흥미로운 생명체를 보게 되었다.

〈그들은 정말로 격렬하게 살고 있었다. 단순히 본능에 의해 사는 짐승도 아니고, 어떠한 목적으로 탄생된 것도 아니었다. 그들은 자유로웠다. 다른 어떤 상위 종족과도 달랐다.〉

"그것이 인간이오?"

〈그렇다. 내가 창조한 세계에는 인간과 같은 속성을 가진 자들은 없었다. 모두 뚜렷한 목적을 가지고 태어나 그것을 위해 모든 것을 바쳤다.〉

쉬뤼—푸슈카는 자신의 세계를 창조할 때, 그곳의 주역이 되는 종족으로 사자인간인 레오날을 선택했다.

그들은 태어날 때부터 창조주와 거의 같은 성격을 타고났다. 용맹하고 당당하며, 악을 상대로 목숨을 걸고 싸우는 성기사의 그것이었다.

가장 강력한 힘을 가진 전투 종족이다. 그들의 어금니와 발톱은 그 무엇도 파괴할 정도로 강하고, 힘을 모아 포효를 하면 신성 속성의 소닉 브레스 효과까지 있을 정도이다.

레오날은 세계를 주관할 자격을 신으로부터 인정받아 세상의 균형을 지켰다. 그런 그들에게 있어서 쉬뤼—푸슈카는 빛과 황금의 사자로 표현되었다.

또한 레오날은 모두 쉬뤼—푸슈카의 신관이기도 했다. 그렇기 때문에 쉬뤼—푸슈카가 정한 가장 중요한 규범인 전투와 용맹은 그들에게 있어 목숨과도 같은 것이었다.

라시아 대륙의 종족들도 마찬가지이다. 대부분 존재의 이유가 있다.

피닉스는 다른 종족들의 발전을 도와 물질계 전체의 번영의 의무가 주어졌다.

동시에 드래곤들은 균형과 관리를 맡았다. 천상계나 정령계가 물질계에 어느 정도 이상 관여를 못하게 하고, 불균형에 의해 생성된 마물들의 관리도 그들의 임무 중 하나였다.

반면에 인간의 경우는 무엇 때문에 존재하는 것인지 알 수가 없었다. 그렇기 때문에 더욱 깊은 흥미를 보였다.

그러나 관찰만 해서는 알 수가 없다. 라시아의 법칙은 그가 만든 것이 아니기 때문에 그것에 따른 인간의 행동에 대한 이해는 더욱 힘들어졌다.

결국 쉬리—푸슈카는 시험 삼아 인간에게 자신의 가르침을 베풀기로 했다.

신이 다른 세계의 종족에게 무엇인가를 하는 것은 거의 대부분 세계의 법칙에 어긋나기 때문에 해서는 안 되는 일이다. 그런데 놀랍게도 인간에게는 그것마저 허용되어 있었던 것이다.

마음을 정한 쉬뤼—푸슈카는 물질계에 현신해 처음 만난 인간들에게 전투법을 가르쳤다.

적을 만나 물러서지 않고 모든 힘을 발휘하는 방법, 더 강한 존재를 만났을 때 공포를 극복하는 마음가짐, 한계 이상의 힘을 발휘하는 수련법 등을 아낌없이 가르쳤다.

시간이 흐르자 놀랍게도 그들은 원래 가진 힘에 쉬뤼—푸슈카의 가르침을 섞어 자신들만의 전투법을 만들어냈다.

그로 인해 전과는 비교도 할 수 없이 강해졌다. 수련에 따라 전혀 수련하지 않는 자와는 비교도 할 수 없는 강함을 손에 넣을 수도 있게 되었다.

다른 종족에게는 상상도 할 수 없는 일이다.

그 후로 물질계에서 인간의 세력은 점점 커지기 시작했다.

동시에 그들은 스스로의 힘으로 대륙에 퍼져 있는 마물들과 싸워 물리치며 대륙 곳곳으로 퍼져 갔다.

그 결과, 규율에 얽매어 있는 드워프나 엘프 같은 종족들은 그런 인간들과 접촉하는 것을 꺼리다 결국 자신들만의 영역 속으로 숨어들었다. 그들은 인간이 그곳에 함부로 접근하는 것을 꺼려 피닉스의 도움으로 결계를 치게 되었다.

쉬뤼—푸슈카는 이 결과에 크게 놀랐다. 세계의 균형이 깨어지고 있었다. 자신의 잘못으로! 그리고 동시에 극도로 실망했다.

인간은 그가 가르친 전투법으로 마물과 싸우는 것뿐만이 아니라 자신들끼리도 싸우기 시작했다. 힘이 있는 자는 힘이 없는 자를 정복했다.

그들은 서로를 죽였다. 그리고 죽은 자는 자신을 죽인 자를 저주했다. 같은 인간을 저주했다.

그때에는 이미 대부분의 인간들이 쉬뤼—푸슈카를 살육의 신이라고 부르며 무서워했다. 천신을 받드는 자들은 쉬뤼—푸슈카가 천족에 속하지 않는 존재라는 것을 알고 마신의 하나로 단정지었다.

심지어 그에게 전투법을 배운 자들도 지배자로서 피지배자를 지배할 수 있게 해준 그를 살육과 공포의 신으로 받들어 경외했다.

이해할 수가 없었다.

종족 번식을 위한 정당한 전투 혹은 식량 확보를 위한 영역의 확보는 이성적이지 못한 짐승들 사이에 충분히 벌어질 수 있다. 하지만 일단 이성을 지닌 생명체는 그것을 이성으로 해결한다.

인간은 본능만으로 사는 짐승들의 욕망도 함께 지니고 있었던 것이다!

하지만 한 가지만은 확실했다. 쉬뤼—푸슈카는 다른 세계에 와서 잘못을 저질렀다는 것이다.

그가 창조한 레오날과 인간은 전혀 다른 성격을 가졌다. 인간은 마족과 천족, 그리고 짐승들의 본능까지 모두 지닌 복잡한 존재이다.

이해할 수 없다고 균형을 깨는 것은 정말 큰 잘못이다. 그는 반성했다.

〈결국 나는 내가 가진 호기심을 억제하고 라시아를 떠나기로 결심했다. 망각을 할 수 없는 나에게 있어 그것은 영겁에 가까운 형벌이 되리란 것을 알지만, 내가 저지른 잘못에 대한 벌로는 그것도 가벼운 것이었다. 그렇게 나는 라시아를 떠났다. 다시는 돌아오지 않으리라 맹세를 하면서……〉

"그럼 그 검은 사자는 뭐요?"

묵묵히 황금사자의 말을 듣던 레오는 문득 이상한 점을 발견하고 그에게 물었다.

쉬뤼—푸슈카의 설명에는 다크 레오날이 왜 존재하는지에 대한 것이 없었다.

중요한 것은 그것이다. 황금사자가 인간에게 싸우는 법을 가르쳤든 여자와 사귀는 법을 가르쳤든 지금의 레오에게는 아무런 상관이 없다.

쉬뤼—푸슈카는 그런 레오의 기분을 이해한다는 듯 고개를 끄덕였다. 그리고 말을 계속했다.

〈내가 물질계에 현신을 할 때 만든 육체가 있다. 지금처럼 영체인 상태로는 전투법을 가르치기 힘들었기 때문이다. 그들은 날 사자신이라고 불렀다. 그리고 마침내 내가 모든 것을 포기하고 떠날 때, 나는 원래 왔던 대로 영체인 상태로 라시아를 벗어났다.〉

"그럼 그 육체를 그냥 남겨두었다는 것인가? 신이라는 존재는 그렇게 무책임한 일을 해도 되는 건가?"

레오는 화가 나서 인상을 찡그리며 말했다. 어느새 말도 거칠어져 있었다. 아무리 자신이 대충 사는 몸이라 해도 눈앞의 황금사자처럼 무책임하지는 않다고 생각했다.

하지만 쉬뤼—푸슈카도 그 정도는 아니라는 듯 고개를 저었다.

〈그렇지는 않다. 의지가 없는 육체는 소멸된다. 내가 떠난 이상 그것도 원래의 상태인 마나로 돌아가야 했다.〉

"그럼 왜 이게 존재하지?"

탁탁.

레오는 자신이 입고 있는 갑옷을 두드리며 말했다. 이제 이것이 쉬뤼—푸슈카가 물질계에 남긴 육체라는 것을 알아버린 레오였다.

쉬뤼―푸슈카는 대답했다.

〈나는 떠났지만 내 미련은 몸에 남았다. 그것은 나로서도 예상치 못한 일이었다. 인간들의 저주는 의외로 강력해서 내 영체의 일부를 오염시켰다. 나의 힘과 인간 스스로가 만들어낸 살육의 신은 그렇게 탄생되었다.〉

황금사자의 신이 물질계에 남긴 몸은 서서히 마나로 돌아가던 중이었다. 그런데 가죽에 남은 미련이 완전한 소멸을 막았다. 안쪽에 있던 몸은 사라졌지만 가장 질긴 가죽은 남았다.

몸을 가지지 못하고 의지와 가죽만 남아 있는 존재, 그것은 사라진 육체를 대신할 새로운 것을 원했다.

"그게 다크 레오날이라는 것이군."

〈그렇다.〉

"그럼 어서 그놈을 죽여 버리든지 데려가라."

결론은 났다. 일을 벌인 사람이 뒷수습을 해야 한다. 사람이 아니라 신이라 해도 마찬가지가 아니겠는가?

레오는 딱 잘라 말했다.

그런데 쉬뤼―푸슈카는 다시 고개를 저었다.

〈나는 이미 라시아에서 일어나는 모든 일에 관여할 수 없다. 그렇게 스스로 맹세를 했기 때문이다. 심지어 그곳에 현신하는 것조차 불가능하다.〉

"현신도 불가능하다고?"

레오는 그럼 이곳은 어떻게 나타났느냐는 눈으로 상대를 보았다.

〈그렇다. 이곳은 라시아가 아니라 그대가 만들어낸 아공간 속이다. 어느 세계에도 속하지 않은 공간, 이곳이라면 맹세를 깨지 않는 것이 된다.〉

"음, 그런 것이군."

〈그리고 그는 죽일 수 없는 존재이다.〉

"뭐라고?"

〈그는 이미 절대신성을 얻었다. 말하자면 하급 신이 된 것이지. 신은 죽지 않기 때문에 신이다. 가끔 특별한 이유로 수명이 존재하는 신도 있지만, 그의 경우는 없다. 이 세비가 사라질 때까지 소멸하지 않을 것이다.〉

"그런 거지 같은 일이!"

드디어 레오는 신 앞에서 욕설을 퍼붓기 시작했다.

신은 죽지 않기 때문에 신이라니? 아무리 레오가 평소에 '사자는 태어날 때부터 강하기 때문에 사자다' 라고 말하고 다녔다 해도 이건 너무하지 않은가?

그럼 정말로 다크 레오날이 퍼부은 저주가 실현되는 것을 손가락 빨면서 보고만 있어야 한다는 것인가?

그런데 쉬뤼―푸슈카는 레오가 화를 내는 것을 보면서도 조금도 반응하지 않고 지긋한 눈으로 그의 얼굴만 보았다. 마치 레오의 영체를 자세하게 관찰하는 것 같았다.

그리고는 레오가 어느 정도 진정했을 때 쉬뤼―푸슈카는 말했다.

〈그대라면 죽일 수 있다.〉

"뭐?"

〈그대는 바로 내 미련이 선택한 몸, 다시 말해서 새로운 살육의 신이 될 존재이다.〉

"그런 말은 들었다. 그런데 그게 무슨 상관이지? 내가 어떻게 하면 그놈을 죽일 수 있는 거지?"

〈한 번 탄생한 절대신성은 절대로 소멸되지 않는다. 내가 비록 그를 탄생시킨 장본인이지만 소멸시킬 수는 없다. 하지만 그런 존재라 해도 딱 한 가지 소멸을 하는 경우가 있다. 그건 자살이다.〉

"자살?"

〈스스로 소멸을 원하면 그것이 이루어진다.〉

"그래서?"

〈그대는 내 미련이 선택한 몸이다. 그런 만큼 그대가 그를 죽이면 그것은 자살과도 같다.〉

"으음, 그런 것인가?"

〈그렇다.〉

쉬뤼―푸슈카는 확실하다는 듯 강하게 대답했다. 그의 대답은 의심할 여지도 없는 진실이 되어 레오의 영체 속으로 스며들었다. 다크 레오날과는 비교도 할 수 없는 수준의 언령이었다.

그와 동시에 레오의 몸이 빛나기 시작했다. 쉬뤼―푸슈카의 언령이 그의 영체에 힘을 주고 있었다.

더욱 순수한 힘의 정화가 그의 안에서 생겨나기 시작했다. 갑옷이 부르르 떨 정도의 힘! 그것은 사자신의 힘이었다.

그러나 레오는 그것을 느낀 순간 전신의 힘을 일으켜 그것을 몰아내며 외쳤다.

"내 몸에 손대지 마라!"

파앗!

레오가 힘을 쓰자마자 쉬뤼―푸슈카의 힘은 빛으로 변해 사방으로 퍼졌다. 레오의 몸은 강한 방어막이 쳐진 것처럼 그것을 다시 받아들이지 않았다.

쉬뤼―푸슈카는 의외라는 듯 레오에게 물었다.

〈이번에 싸울 때에는 영체가 아닌 육체를 가진 채 싸워야 한다. 그런데 지금 너의 육체는 완전히 인간화가 되었다. 그래서는 아무리 강해도 체력의 한계가 있고, 갑옷의 힘을 완전히 받아들이기도 힘들다. 내 미련이 빠져나간 공백을 나의 힘의 일부가 메울 것이다. 아무런 해가 없는 순수한 힘으로, 네가 나의 미련과 싸우는 대가이다.〉

"난 인간이다! 인간으로서 그놈과 싸우겠다!"

레오는 외쳤다. 쉬뤼―푸슈카가 말하지 않아도 그가 무엇을 하려는지 정도는 알 수 있다. 그리고 지금 상대가 자신에게 호의를 베풀려는 것도 안다.

하지만 그것을 받아들일 수는 없다. 받아들이는 순간 레오는 영원한 존재, 신이 된다!

"그대는 라시아의 인간에게 더 이상 아무것도 하지 않겠다고 하지 않았는가? 그런데 나에게 무엇을 하겠다는 것인가?"

〈그런가? 나는 그곳에 또 하나의 신을 만들 뻔했군.〉

쉬뤼―푸슈카는 자신의 실수를 인정한다는 듯 한숨을 쉬었다. 그 모습을 본 레오는 이 엄숙하게 생긴 사자신이 의외로 멍청한 구석이 있다고 생각했다.

어쨌거나 상대는 더 이상 레오에게 이상한 짓을 하려 하지 않았다. 그것으로 그는 만족했다.

레오는 당당하게 말했다.

"그놈이 어디 숨었는가를 알 수만 있으면 된다. 나는 내 의지로 다크 레오날과 싸우겠다."

〈알겠다. 그와 싸우는 것은 너의 의지다. 결국 난 라시아에 일으킨 실수

에 대해 아무것도 하지 못한 셈이군.〉

쓸쓸한 목소리였다. 하지만 쉬뤼—푸슈카는 곧 그가 가진 특유의 기세를 되찾았다. 어떤 마음의 상처가 있어도 항상 당당한 그의 눈빛은 그야말로 빛과 황금의 사자에게 어울리는 것이었다.

쉬뤼—푸슈카는 말했다.

〈그대가 찾는 존재는 결국 갑옷과는 떨어질 수 없는 운명이다. 어느 곳에 숨더라도 갑옷과는 연결되지. 기적이 허락되는 밤, 갑옷에게 명해라. 최후의 주인을 결정하라고. 그것으로 너는 원하는 것을 찾게 될 것이다.〉

"기적이 허락되는 밤? 무슨 얘긴지 모르겠군."

〈너희 인간들이 그렇게 부르는 밤이 있다.〉

"그건 그대가 라시아에 있을 때의 일이겠지?"

〈그렇다.〉

"미치겠군."

레오는 기가 막힌 표정을 지으며 중얼거렸다. 태곳적에 '기적이 허락되는 밤'이라는 것이 있었단다. 그런데 그걸 지금 어떻게 알 수 있을까?

하지만 쉬뤼—푸슈카는 그 이상은 자신도 설명할 방법이 없다는 듯 서서히 고개를 저었다.

결국 레오는 한숨을 쉬며 고개를 끄덕이며 말했다.

"드래곤에게 물으면 알지도 모르겠군. 알았다. 그럼 이제 난 가서 그놈하고 싸울 준비를 할 테니, 그대는 그대의 세계로 돌아가라."

볼일이 끝났으니 각자 할 일을 하자는 소리였다. 신에게 대놓고 할 말은 아니지만, 레오는 쉬뤼—푸슈카가 별로 마음에 들지 않았기에 자신도 모르게 퉁명스러워졌다.

　말이 끝남과 동시에 레오는 눈을 감고 의식 세계로부터 나가기 위해 생각했다. 일단 이곳으로 들어와 보니 나가는 방법은 자연스럽게 알 수 있었다. 꿈속의 레오가 알고 있었기 때문이다.

　단지 들어오는 방법은 모른다.

　이번에 나가면 다시 들어올 수 있을지 보장할 수는 없다. 아마 두 번 다시 들어올 수 없을 것 같았다.

　영체가 임의대로 의식 세계 안으로 들어오는 것은 필멸자에게는 허락되지 않는 것이기 때문이다. 그것을 위해서라면 절대신성의 힘이 필요한데, 레오는 그것을 스스로 거부했다.

　스스스슥—

　일단 그렇게 마음을 먹자 레오의 몸이 흐려지기 시작했다. 본인은 느끼지 못하지만 영체가 다시 육체와 동화되려는 순간이었다.

　그런데 그때, 흐려져 가는 의식 속으로 쉬뤼—푸슈카의 말소리가 들려왔다.

　〈무기를 주겠다. 그대의 의지에 대한 선물이자 인간에 대한 사과의 표시이다. 나의 어금니 하나를 받아라.〉

　팍!

　그 말과 함께 무엇인가가 레오의 몸에 다가와 허리에 붙었다. 레오는 그것마저 거절하려고 했지만 이미 의식이 흐려져 대답을 할 수가 없었다.

　'뭐, 어차피 도구니까.'

　도구는 아무리 강해도 쓰는 사람의 의지에 따라 움직인다. 레오는 그렇게 생각하며 손으로 허리에 걸려 있는 검을 잡았다.

사실 아버지가 준 수련용 바스타드 소드를 들고 다크 레오날과 싸울 마음은 없었기 때문에 새로운 무기가 필요하기는 했다.

 그 순간 레오의 의식은 완전히 육체와 동화되었다. 두 번 다시 들어올 수 없는 의식 세계는 이제 영원히 빈 공간으로 남게 될 것이다.

❖ Chap 8 ❖
황금사자.의 어금니

황금사자의 어금니

마법진이 가동되어 소환된 레오의 영체가 사라진 지 3분 정도의 시간이 흘렀다. 티모라는 평소의 그녀답지 않게 초조한 얼굴로 레오가 나타나기를 기다렸다.

아공간의 안쪽은 그녀도 탐지할 수 없다. 그곳에 들어가 본 적도 없다. 비록 티모라가 그와 비슷한 효과를 내는 결계 마법을 쓴다고는 해도 그것은 소규모 공간 왜곡에 의한 결계일 뿐, 완전한 아공간은 아니다.

유일하게 쓸 수 있는 아공간 주머니에는 생명체를 집어넣지 못한다. 혹시라도 잘못 들어가면 그 순간 죽어 생명이 없는 존재가 되어버린다.

"어떻게 되어가고 있는 거지?"

그녀는 스스로에게 묻듯 중얼거렸다. 아직도 은은하게 빛나는 바닥의 마법진이 계약의 실행이 끝나지 않았음을 알리고 있었다. 그렇다면 아직 싸우고 있는 것일지도 모른다. 하지만 확신할 수는 없다. 어쩌면 의식 세계 안으로 들어가는 것조차 불가능했는지도 모른다.

"만약 그가 진다면……?"

그녀가 한 말이 그녀의 귀를 통해 머릿속에 전달되었다. 그와 동시에 티모라의 안색이 변했다. 그러고 보니 레오가 하는 일을 의식 세계의 존재가 모를 리 없다.

그런데 아무런 방해도 하지 않는다는 것은? 방해를 할 수 없다고 생각되어지지는 않는다. 전후 사정을 보건대 그 정도의 힘은 충분히 있을 것이다.

'그자도 원한 것인가?'

순간적으로 티모라는 깨달았다. 어쩌면 그녀는 절망의 순간을 앞당긴 것인지도 모른다. 그동안 시험했던 마법의 의식도, 지금 사용한 소환진도 절반쯤은 레오의 힘을 이용한 것이다.

지금까지는 의식 세계에 들어가기만 하면 된다고 생각했는데, 싸우고 있다는 생각을 하고 나니 들어가는 것만으로는 안 된다는 생각이 들었다.

지면 끝이다! 레오의 영혼이 봉인되거나 파괴되고, 의식 세계에 존재하는 자가 레오의 몸을 가질 것이다.

"이러고 있을 수는 없어!"

티모라는 즉시 아공간 주머니를 열고 그 안에서 몇 가지 물건을 꺼냈다. 하나같이 가장 급할 때 사용하는 비상용 물건들이었다.

파곽, 곽!

먼저 세 개의 구슬이 허공에 떠서 기묘한 빛을 발하기 시작했다. 구슬에는 눈으로 보기 힘들 정도의 작은 룬어가 빽빽하게 새겨져 있었는데, 이 구슬이야말로 세상에서 가장 작은 마법진일 것이다. 효능은 경계, 그리고 방어!

그 다음에는 연속적으로 주문을 외우면서 스크롤을 찢었다. 동시에 바닥에서 솟아난 땅의 정령들은 그녀가 펼친 마법의 영향으로 더욱 커져서 레오가 사라진 곳 주변에 버티고 섰다. 그들은 티모라가 명령하는 순간 레오를 붙잡고 늘어질 것이다.

시간이 없었다. 그녀가 듣기로 레오가 아공간 속에서 버틸 수 있는 시간은 약 5분 정도라고 했다. 그녀는 입술을 잘근잘근 깨물며 망설이다가 결국 목에 걸고 있던 목걸이를 꺼내 손에 감아쥐었다.

"파로토스!"

창.

특유의 주문을 외우자 목걸이의 중앙에 있는 보석이 깨지며 그 안에서 하얀 영체가 튀어나왔다.

수호의 영혼이라는 최고의 가디언이다. 드래곤 로드의 선물로 단 한 번만 사용할 수 있는 것이지만 그만큼 강하다.

[불렀나요?]

수호의 영혼은 상냥한 목소리로 말했다. 하지만 티모라는 수호의 영혼은 감정이 없다는 것을 알고 있었기에 그대로 자신이 원하는 것을 말했다.

"그래요. 공간을 열고 나오는 자의 영혼이 어떤지를 알려줘요. 아니, 그게 만약 레오 본연의 영혼이 아니라면 즉시 공격해요!"

[그렇게 할게요.]

수호의 영혼은 알기 쉬운 명령에 웃으면서 대답했다. 티모라는 다시 그녀가 공격을 가하면 다른 모든 것도 움직이도록 명했다.

이것으로 최소한의 준비는 끝낸 셈이다. 수호의 영혼이라면 영혼이 뒤바뀐 것을 바로 알아차릴 수 있다.

그리고 레오의 속도에도 충분히 반응할 수 있다. 그렇다면 티모라가 앗, 하는 사이 목숨을 잃는 경우는 없을 것이다.

마스터 급의 기사가 공격해도 피할 수 있는 티모라였지만 레오의 속도에는 자신이 없었다. 그래서 이 귀중한 것을 사용해 버렸다.

무엇보다 수호의 영혼이 깨지는 순간 거리에 관계없이 드래곤 로드가 그것을 알게 된다. 그는 아마 모든 일에 우선해서 티모라를 찾을 것이다.

"하아, 이게 웬 손해람."

티모라는 정말 괴로움을 견디기 어려운 듯 땅이 꺼져라 한숨을 쉬었다. 하지만 아무리 귀한 물건이라고 해도 필요할 때에는 써야 한다. 그 정도는 알고 있기에 조금의 망설임도 없었다. 단지 속이 쓰릴 뿐이다.

그때였다. 부우, 하는 기묘한 소리와 함께 공간이 열리며 레오를 토해냈다.

"레오! 아!"

휘익, 척.

티모라는 레오를 보자 자신도 모르게 한 걸음 다가섰다. 그러다가 화들짝 놀라며 멈췄다.

만약 레오가 바뀌었다면 한 걸음이 아니라 반 걸음도 아쉬운 상황이 벌어질 수 있다. 그녀는 마법사답지 않게 순간적으로 흥분한 자신을 반성했다.

그러는 동안 레오는 허공에서 흐트러진 몸의 균형을 잡고 바닥에 내려섰다. 그리고는 자신의 주변에 둥둥 떠 있는 세 개의 구슬과 당장이라도 발목과 어깨를 잡으려는 듯 가까이 다가와 두 손을 반쯤 내민 채 대기하고 있는 흙 인형들을 보았다.

또한 머리 위에는 유령과도 같은 이상한 것이 하늘하늘거리며 레오를 노려보고 있었다.

"뭐지? 이것들은?"

"아, 그게요."

티모라는 대답을 하며 수호의 영혼을 슬쩍 보았다. 일단 공격을 가하지 않는 것으로 보아 영혼이 바뀐 것은 아닌 것 같았다.

하지만 안심할 수는 없었다. 영혼이 그대로라면 수호의 영혼이 말을 해주어야 한다. 그런데 수호의 영혼은 이상한 표정을 지으며 그대로 서 있었다.

레오는 대답을 하려다 마는 티모라를 보며 살짝 얼굴을 구기며 다시 말했다.

"별거 아니면 치워라."

"그러니까……."

[일단은 괜찮은 것 같아요.]

수호의 영혼이 정말 자신없는 목소리로 말했다. 티모라는 정말 괜찮을까 하는 생각을 하면서도 얼른 그것들을 거두었다. 확실해질 때까지 그대로 놔두고 싶었지만 레오가 말한 이상 그럴 수는 없었다. 이 남자는 성질이 더럽다.

수호의 영혼은 다시 몸을 날려 레오의 주변을 한 바퀴 돌았다. 그리고는 티모라에게 와서 말했다.

[영혼은 그대로인데, 조금 달라요. 크기가 그전의 몇 배네요.]

"크기?"

[힘이나 정신력, 혹은 영격체의 수준이라고 할 수 있어요. 정말 드래곤 수준의 영격체예요!]

"그럼, 어쩌면?"

티모라는 다시 의심스러운 눈으로 레오를 보았다. 상대의 실체는 아무도 모른다. 그런 만큼 정말로 수호의 영혼까지 속일 수 있을 가능성도 있다. 무엇보다 영혼의 수준이 올라가다니? 그게 가능하단 말인가?

그때 레오가 다시 말했다.

"그 하얀 놈은 안 치우나?"

티모라는 한숨을 쉬며 대답했다.

"솔직히 말할게요. 레오, 당신이 원래대로의 레오인지 확신을 못해서 만약을 대비했어요."

"그렇군."

의외로 쉽게 납득을 하는 레오의 모습은 평소와는 조금 달랐다. 마치 어린애가 어른이 된 것처럼 여유가 있어 보였다.

사람의 성격은 쉽게 바뀔 수 없다. 그런데 지금의 레오는 뭔가 변해도 확실히 변했다. 같아 보여도 다르다.

티모라는 고개를 갸웃하며 물었다.

"어떻게 된 거지요?"

"그놈은 내쫓았다. 하지만 죽이지는 못했지."

"잘됐군요!"

티모라는 기뻐했다. 레오가 지금 하는 말의 신뢰성은 어차피 50%에 불과하지만 일단 스스로가 성공했다고 말하니 좋았다.

'가짜면 거짓말을 하는 거고, 진짜면 확실히 이긴 거니까.'

티모라는 속으로 그렇게 중얼거리며 이걸 어떻게 확인해야 하나 고민하기 시작했다.

　레오 역시 그걸 어떻게 증명하는 게 좋을까 하고 생각했다. 꿈속의 기억까지 모두 찾은 지금, 그는 확실히 사려가 조금은 깊어졌다. 티모라가 자신이 바뀌었는지 아닌지 알 수 없다는 것도 이해했다.

　"그렇군!"

　"좋은 방법이 있나요?"

　"그놈은 거짓말은 안 한다더군. 말을 돌려서 속일 수는 있어도 말이야."

　티모라의 눈이 빛났다. 정말로 의외였다. 자신이 미처 생각하지 못한 것을 레오가 먼저 떠올리다니?

　"과연! 그건 거의 확실해요. 절대신성을 가진 존재는 거짓을 말할 수 없지요."

　"그럼 말하지. 난 레오의 몸속에 숨어 있던 존재가 아니라 원래의 레오다."

　"좋아요. 확실하군요."

　티모라는 웃었다. 이 남자가 이렇게 머리가 좋아지다니?

　'정말 연구 대상이란 말이야.'

　속으로 그렇게 생각하면서 레오를 다시 바라보니 확실히 눈에 총명한 기운이 흐르는 것이 똑똑해진 것도 같았다.

　"그곳에서 무슨 일이 있었죠? 혹시 당신이 왜 강해졌는지 알아냈나요?"

　가장 궁금해하던 것 중 하나다. 티모라는 긴장을 하며 물었다.

　"내가 잠들면 꿈속에서 그자가 나에게 전투법을 가르쳤다. 그리고 기본적으로 몇 가지 육체를 강화시킨 것도 있고."

짝!

"그렇군요! 그래서 당신은 하루 12시간씩 꼬박꼬박 잠을 자야 했던 거군요."

드디어 비밀을 알았다. 티모라는 참으로 속이 시원해짐을 느꼈다. 하지만 곧 웃음을 멈추고 실망한 표정을 지었다.

꿈속에서 전투법을 가르친다! 그것은 그녀에게는 불가능한 방법이다. 만약 가능하다고 해도 배우는 쪽도 가르치는 쪽도 그만큼 시간을 할애해야 한다. 그냥 현실에서 가르치는 것과 무엇이 다르겠는가?

실전 훈련도 그렇다. 티모라의 경우, 제자가 실전이 필요하다고 판단되면 즉시 현실을 방불케 하는 환상을 불러낼 수 있다.

'칫, 쓸모없는 거였군.'

티모라는 시간 낭비했다고 속으로 투덜댔다. 하지만 그래도 연구하던 것 중 하나를 알게 된 것은 의심할 여지없는 성과였다.

'그럼 이제 갑옷의 비밀만 알면 되는 건가?'

티모라는 그렇게 생각하며 다시 레오를 보았다. 이제 곧 그녀가 알기를 원했던 모든 것을 알게 된다. 정말 수많은 방법을 써봤지만 결국 알 수 없었던 갑옷의 정체!

그녀는 목구멍에 심한 갈증을 느꼈다. 자신도 모르게 침을 꿀꺽 하고 삼키니 마음이 안정되는 것을 느꼈다.

"그럼 그 갑……."

"물어볼 게 있다."

"뭐지요?"

레오가 질문을 하니 반사적으로 대답이 나왔다. 레오는 바로 자신이 알고 싶은 것을 물었다.

"혹시 기적이 일어나는 밤이 언제를 뜻하는지 아는가?"

"기적이 일어나는 밤?"

"태곳적에 인간들이 그렇게 불렀다고 하더군."

"태곳적에 그렇게 불렀는지는 모르겠고, 지금도 그렇게 불러요."

"응? 그런 날이 있다고?"

그런데 나는 어째서 그걸 몰랐지? 레오는 그렇게 묻는 표정으로 티모라를 보았다.

하지만 티모라는 별것 아니라는 듯 손가락을 좌우로 까닥였다.

"마법사들이 쓰는 표현이죠. 두 개의 달이 만월이 되는 밤, 라시아의 마나가 평소보다 열 배는 심하게 요동을 치거든요. 그야말로 기적과도 같은 마법을 펼칠 수 있지요."

"그런가? 트윈 풀 문을 뜻하는 거였군."

레오는 괜히 고민했다는 듯 고개를 저으며 말했다. 태곳적이라고 해서 얼마나 걱정을 했던가? 확실히 트윈 풀 문이라면 기적이 일어나는 밤이라고 할 만했다.

그사이 티모라는 계산을 해보고는 다시 말했다.

"가깝네요. 이제 4일 남았군요."

"4일 뒤가 트윈 풀 문인가?"

두 개의 달이 만월이 되는 날은 정확하게 정해진 것이 아니다. 일 년 중에 하루라고는 하지만 때에 따라서는 봄일 수도 있고, 반대로 겨울일 수도 있다.

매달 두 개의 달은 만월이 되고, 그것이 겹치는 시기는 일 년 중 네 번 정도가 있는데, 대부분 미묘하게 어긋나는 것이다.

그중 단 하루만 완벽하게 만월이 된 두 개의 달이 겹쳐진다. 그것도 하룻밤 내내 마나가 요동을 치는 게 아니라 약 두 시간 정도에 불과한 시간에 변화가 있을 뿐이다.

하지만 티모라는 자신있다는 듯 미소를 지었다.

"그날은 마법사들에게 있어서 가장 중요한 날이에요. 틀릴 리가 없지요."

그러면서 그녀는 자세한 설명을 했다. 사실 마법사라고 해서 그날을 정확하게 알 수는 없다.

하지만 정말로 그날을 효율적으로 이용하려면 트윈 풀 문이 시작되기 바로 전에 마법진을 준비해야 한다.

그녀가 그날에 만드는 것은 바로 9서클의 마법 스크롤이다. 천문학적인 자금을 들여 구한 재료가 그 몇 시간 동안에 사용된다. 1년에 한 장, 티모라는 9서클 스크롤을 만들어 착착 쟁이고 있었다.

그것은 모두 티모라가 엘프와 인간 마법사의 자질을 모두 이용해 트윈 풀 문의 날을 정확하게 알 수 있었기 때문이다.

"저 말고는 드래곤들이 있어요. 그들도 트윈 풀 문의 날을 정확하게 알 수 있지요."

티모라는 그렇게 설명을 끝냈다.

"그럼 정확하겠군. 난 그날까지 아무도 만나지 않고 명상에 잠기겠다."

"예? 어째서?"

"그날 그놈을 만나 결판을 내야 한다."

"아!"

"그리고 하이번에게 말해서 내가 황위를 로엔에게 넘긴다고 전해. 난 바쁘니 알아서 처리하도록 하는 것이 좋겠군."

"그렇게 하지요. 뭐, 어차피 그대가 원한 것은 황위가 아니니까요."

"그럼."

레오는 자신이 할 말을 다 하고는 그대로 몸을 돌려 문 쪽으로 걸음을 옮겼다.

문을 열고 나가는 레오의 등에서 은은하게 느껴지는 비장한 기세가 느껴졌다.

티모라는 그것에 압도되어 아무 말도 못하고 문이 닫힐 때까지 그의 뒷모습을 보았다. 레오가 자신의 몸속에 숨어 있던 존재와 최후의 결전을 펼친다는 말에 그녀는 더 이상 레오를 귀찮게 하지 않는 것이 좋다고 생각했다.

전투 전에 몸과 마음이 모두 최적의 상태가 되지 않으면 안 된다. 어쩌면 이번 대결에 물질계의 평화가 걸려 있는지도 모르기 때문이다.

순간 이상하게 마음에 걸리는 것이 있었다.

"그런데 내가 무슨 말을 하려다가 말았지? 앗!"

생각이 났다.

"레오!"

티모라는 방금 전까지의 생각을 모두 잊고 레오를 불렀다. 그러나 이미 레오는 자신의 방으로 들어가 버린 후였다.

*   *   *

꿈속의 기억을 모두 가지게 된 지금, 레오는 거의 두 개의 영혼이 합쳐진 것과 비슷한 기분이었다. 마치 어제의 자신은 오늘의 자신과 전혀 다른 사람 같았다.

단순히 지식의 양이 늘어난 것만은 아니었다. 그는 쉬지 않고 수련했던 꿈속의 자신을 알아버린 것이다. 노력하지 않고 얻는 것은 없다.

'나는 끊임없이 수련을 해서 이렇게 강해진 것이다!'

레오는 속으로 그렇게 외쳤다. 자신의 힘에 대해 긍지를 가질 수 있게 된 사자의 외침이었다.

그것만으로도 레오는 삶을 살아갈 새로운 힘을 얻었다. 더욱 강해질 수 있다는 신념이 생겼다. 만약 티모라가 이런 레오의 생각을 읽을 수 있었다면 기가 막혀 소리쳤을 것이다. '거기서 더 강해져서 어쩌자는 거예요!' 이런 식으로 말이다.

하지만 레오는 자신의 방에서 명상에 잠겼다. 근위기사들에게는 아무도 자신을 방해하지 못하도록 말해놓았다. 방해하는 자는 적이다! 라고 강하게 선언한 이상, 로엔도 티모라도 들어올 수 없을 것이다.

육체의 단련보다는 정신의 안정이 먼저였다. 레오는 그대로 명상에 빠져들었다. 두 개의 갈라진 자신을 완벽하게 하나로 합쳐야 했다. 모든 기억을 가지고는 있어도 현실에서의 감각이 없었던 그와 반쪽의 기억만을 가진 그! 그걸 잘 섞어서 바람직한 결과물인 '모든 기억과 현실의 감각을 가진 레오'를 만들어내야 했다.

그리고 그것은 레오가 명상에 빠진 4일 동안 서서히 이루어졌다.

*   *   *

잠을 자는 것도 아니고 깨어 있는 것도 아닌 상태였다. 밀폐된 공간에서 시간의 흐름도 잊었다. 식사 한 번 하지 않았는데도 배가 고프지 않은 것을 보니 정말로 시간이 멈춰 있었는지도 모른다.

하지만 때가 되었을 때, 레오는 눈을 떴다. 그리고는 천천히 일어나 방문을 열고 밖으로 나갔다. 그의 감각에는 평소보다 몇 배나 강한 파동을 발하고 있는 마나가 생생하게 느껴졌다.

"폐하!"

"레오!"

가장 먼저 들려온 목소리는 하이번과 티모라의 것이었다. 레오는 서늘한 눈으로 그들을 보며 말했다.

"트윈 풀 문은?"

"방금 떴어요."

티모라가 대답했다. 레오는 역시 하고 생각하며 바깥쪽으로 걸음을 옮겼다. 두 눈으로 확인을 해야 했다.

"폐하, 로엔 황태자님에 대해서는……."

"황위 계승은 끝났나?"

"그렇게 하루아침에 되는 일이 아닙니다. 격식이라는 것이 있으니까요."

"맡기겠다."

"……."

무조건 맡긴다는데 더 이상 할 말이 있을 리 없다. 하이번은 레오의 뒤쪽에서 소리없이 고개를 절레절레 저었다.

그러는 사이 정원으로 나왔다. 과연 하늘에는 황금의 달이 완벽한 원을 형성한 채 밤하늘을 밝히고 있었다. 그리고 그 뒤쪽으로 거의 보일 듯 말 듯한 파란 달이 마찬가지로 원형의 상태로 존재했다.

"확실하군. 정말 기적이 일어나도 이상하지 않을 정도의 힘이야."

레오는 새삼스럽게 감탄하며 중얼거렸다. 이제는 눈으로 보일 정도이다. 두 개의 달에서 뿜어져 나오는 마나의 힘은 정말로 자연의 조화라고밖에 말할 수 없는 대단한 것이었다. 마법사들이 왜 이날이 되면 미친 듯이 좋아하는지 알 것 같았다.

"삼촌!"

"로엔이냐?"

뒤쪽에서 누군가가 뛰어나오며 외치는 소리에 레오는 고개를 돌려 그를 보았다. 이제는 약간은 어른 티도 나는 로엔이었다.

"어째서 저에게 황위를 넘기려는 건가요? 삼촌은 아직 젊으시고 저는 어려요!"

"로엔, 난 말이다."

"저는 받을 수 없어요. 수십 년 후라면 몰라도, 지금은 안 돼요!"

로엔은 레오의 말을 듣지 않으려는 듯 고개를 저으며 말했다. 그의 본능이 레오가 떠나려 한다는 것을 알려주고 있었다. 황위라니? 그게 무슨 소용인가? 지금 로엔의 유일한 혈육은 레오뿐이었다.

"삼촌이 떠나시겠다면 저도 데려가요. 황위 따위는 아무나 해도 되잖아요."

"후후후."

레오는 웃었다. 황위 따위라니? 뒤쪽에서 하이번이 한숨을 쉬는 것이 느껴졌다.

"로엔, 잘 들어라. 나는 지금부터 살육의 신과 싸우러 간다."

레오는 손으로 로엔의 머리를 쓰다듬으며 말했다. 마치 옆 마을의 축제를 보고 오겠다는 태연한 말투였다. 하지만 그의 말에 모든 사람의 눈이 휘둥그레졌다.

"살육의 신이라고요?"

"그래, 그게 내가 태어난 이유일지도 모르겠구나. 그러니 널 데려갈 수는 없단다."

"그런……."

"뭐, 염려 마라. 그놈만 때려잡으면 다시 오마. 그동안 훌륭한 황제가 되어야 한다."

"돌아오시면 삼촌이 다시 황제를 하세요."

"한번 준건데 그럴 수야 없지. 난 조용히 수련이나 할 거다. 넌 일해라."

"으윽, 저도 정무 보는 것을 별로 좋아하진 않는다고요."

"난 아예 못 보니 그래도 네가 낫다."

"……."

레오는 그렇게 말하고는 다시 한 번 로엔의 머리를 쓰다듬었다.

그리고는 몸을 돌려 정원의 한가운데로 걸어나갔다. 떠나야 할 시간이었다.

그런데 아직 용건이 남아 있는 사람이 있었다. 티모라가 얼른 다가오며 레오의 한쪽 소맷자락을 잡았다.

"잠깐, 갑옷의 정체를 말해주고 가요!"

그녀의 눈은 이글이글 불타고 있었다. 말을 해주지 않으면 절대로 놓지 않겠다는 결심이 온몸으로 느껴졌다.

레오는 피식하고 웃으며 대답했다.

"어딘가의 사자신이 물질계에 남긴 가죽이라더군."

"사자신이요?"

"응. 신이야. 그래서 이것저것 힘을 발휘하는 모양인데, 그래 봤자 갑옷이지."

레오의 결론은 '별것 아니다'였다. 하지만 티모라가 듣기에는 충분히 별거였다. 신의 가죽이라면 당연히 드래곤의 가죽보다 좋을 것이다. 기본적으로 신은 모든 일반적인 마법이나 공격은 전혀 통하지 않는다.

"사기야! 그런 걸 입고 다니면 다른 사람은 어쩌라고!"

"그럼 이거 입고 나 대신 살육의 신과 싸우는 게 어때?"

"에?"

"훗, 그럼 난 가겠다."

레오는 마지막으로 농담을 던지고는 놀라는 티모라에게 작별의 인사를 했다. 그리고는 두 개의 달을 보며 갑옷에게 강하게 명했다.

"그놈에게 가겠다!"

파앗!

검은빛이 있다면 이런 것일까? 갑옷이 순간적으로 빛나며 부풀어오르기 시작했다. 곧 그것은 원래의 형태가 사라지며 마치 안개와도 같은 성질의 구를 형성했다. 레오는 그 안에 있었다. 아늑한 느낌, 갑옷 속에서 망토를 머리까지 둘둘 말고 잠들 때의 느낌이었다.

위이이잉!

검은 구체는 레오를 완전히 집어삼키고는 허공에 떠올랐다. 그리고는 맹렬하게 회전하기 시작했다. 그 어떠한 것도 다가오는 것을 용납하지 않겠다는 기세였다.

그 다음 순간, 검은 구체는 팍! 하고 꺼져 버렸다. 원래부터 그곳에 존재하지 않았던 것처럼 아무런 흔적도 남지 않았다.

로엔은 약간 울먹이는 목소리로 티모라에게 물었다.

"삼촌은 가신 건가요?"

"그런 거 같군요. 이제는 기다릴 수밖에 없어요. 그가 돌아오기만을……."

티모라도 허전한 기분이 드는지 조그만 목소리로 대답했다. 그러면서 한쪽 팔을 들어 손목에 새겨진 마법 문신을 보았다.

'살아 있는지 죽었는지도 알 수 없다니.'

레오가 죽었다면 문신의 자극으로 바로 알게 된다. 살아 있으면 또 다른 자극이 있다. 하지만 지금 그녀의 손목에 있는 마법 문신은 아예 반응을 하지 않고 있었다. 완벽한 결계 안에 레오가 있거나, 그때처럼 아공간 속으로 들어간 모양이다.

'돌아오겠지.'

티모라는 그렇게 중얼거리며 로엔에게 말했다.

"염려 말아요. 그러면 살육의 신이고 뭐고 무조건 이기니까요."

"그거야 당연하죠!"

로엔은 티모라의 말에 약간은 기운이 난 듯 웃었다. 돌아온다고 했다. 그럼 기다려야지. 그는 그렇게 결심하고는 티모라와 함께 안으로 걸어 들어갔다.

한편 구석에서 이들의 대화를 모두 들은 하이번은 열심히 속으로 문장을 가다듬고 있었다.

'…그렇게 위대한 전신 레오는 그의 숙적인 살육의 신과 최후의 전투를 벌이러 떠났다. 인간의 재앙이라는 살육의 신이 살아 있는 한, 세상은 결코 평화로워질 수 없기 때문이다……. 으윽, 살육의 신의 이름이 뭐지? 내가 왜 폐하한테 그걸 안 물어봤을까?'

그는 레오의 신성을 알릴 마지막 순간에 자신이 실수를 했다는 것을 깨달았다. 최대의 적에게는 그에 걸맞는 이름이 필요한데, 그걸 묻지 않았던 것이다. 그러나 곧 하이번은 웃으며 생각을 바꿨다.

'살육의 신도 명색이 신인데 이름이 평범하진 않겠지. 차라리 잘됐다. 작명가들을 동원해서 최고로 흉악해 보이면서도 멋있는 이름을 하나 만들어야겠군. 보통 사람은 듣기만 해도 몸이 떨려올 정도의 이름이어야 해. 정말로 그런 존재가 살아 있다면 세상에 위기가 온다고 믿을 정도로 말이야. 좋아!'

계산이 끝난 하이번은 급히 황궁 밖으로 걸음을 옮겼다. 레오는 떠났지만 그의 계략은 아직 끝나지 않았다. 앞으로 수십 년에 걸쳐 레오를 영원한 제국의 수호신으로 만들기 위해 그는 여전히 바빴다.

*　　　*　　　*

"그렇군. 이곳은 갑옷 속인가?"

레오는 갑옷에 싸여 어디론가 이동하면서 깨달았다. 자신의 의식 세계와 같이 갑옷 속에도 공간이 있었던 모양이다. 다크 레오날은 원래 자신이 있었던 곳으로 가버린 것이다.

'멀리 사라진 줄 알았더니 몸에 붙어 있었단 말이지?'

레오는 그렇게 생각하며 웃었다. 그러면서 마음을 안정시키고 자신의 상태를 살폈다.

의식 세계와는 달리 영체가 아닌 육신을 그대로 지니고 있었다. 또한 이해할 수는 없지만 여전히 갑옷도 입고 있었다.

레오는 다시 주변을 돌아보았다. 땅도 존재하고 태양이나 별, 혹은 달 같은 것은 없어도 하늘은 있었다.

'하나의 세계인가?'

신기하게도 그런 느낌이 들었다. 몸이 약간 무겁고 호흡이 답답한 것을 빼고는 라시아와 거의 비슷했다.

레오는 일단 활동하는 데 전혀 지장이 없다는 것을 알고는 크게 심호흡을 했다. 그리고 외쳤다.

"다크 레오날! 내가 왔다!"

왔다, 왔다, 왔다……

허허벌판인데도 메아리가 울려 퍼졌다. 확실히 라시아의 물질계와 다른 점이 있기는 있는 것 같았다. 단지 레오 자신이 그걸 발견해 내지 못하고 있을 뿐이다.

'안 좋군.'

레오는 생각했다. 다른 점이 있다면 빨리 아는 것이 좋다. 그러지 않다가 결정적인 순간에 그로 인해 크게 낭패를 볼 수도 있다.

그는 즉시 전신에서 기의 실을 뽑아 사방으로 날려 보냈다. 그리고는 감각을 극대화하고는 모든 것을 세밀하게 살폈다.

그런 레오의 의지에 반응하여 갑옷의 망토가 펄럭이며 주변의 공간을 자극했다. 갑옷 또한 기묘한 울림을 흘리며 검은 기운을 발했다.

"크르르, 과연 만만치 않군. 갑옷의 힘을 모두 깨달은 것인가?"

"왔는가?"

레오는 눈을 돌려 옆쪽을 보았다. 크기가 레오의 두 배 정도 되는 검은 사자인간이 그곳에 서 있었다.

방금 전까지는 없었다. 기의 실이 전혀 감지를 하지 못했다. 그런데 갑자기 나타났다. 레오는 상대가 자신이 모르는 수법을 쓸 수 있다는 것을 깨닫고 즉시 그에게 감각을 집중했다.

그러나 다크 레오날은 우습다는 듯 팍! 하고 꺼졌다. 그리고는 반대편에 나타나며 말했다.

"놀랄 것 없다. 난 이곳에서라면 자유자재로 공간을 조종할 수 있으니까. 순간적으로 이동을 하는 것 정도는 아무것도 아니다."

"음, 공간을 조종한다라……."

"네놈의 의식 공간에서는 네놈 마음대로였지 않나? 이곳은 내 몸속이니 당연히 내가 주인이다."

"그런가? 알았다."

레오는 그 정도는 이미 각오를 했기에 태연하게 말을 받았다. 그러면서 팔을 들어 손바닥을 다크 레오날 쪽으로 내밀었다.

스스스스.

레오의 손바닥 가운데서 무엇인가가 나왔다. 황금색의 칼날이었다. 그것은 스스로 화려한 빛을 뿜으며 점점 모습을 드러냈다. 손가락 세 개를 겹친 정도의 너비가 화려한 문양으로 장식되어 있었다.

이윽고 칼날은 완전히 모습을 드러냈다. 동시에 레오의 손은 자연스럽게 마지막으로 나온 손잡이 부분을 잡았다. 아름다운 칼날의 선을 자랑하는 롱 소드의 모습이었다.

그것을 본 다크 레오날의 안색이 변했다. 조금 전까지 자신만만하던 표정이 사라지고 긴장을 했는지 순간적으로 손에서 손톱이 튀어나왔다.

"쉬뤼―푸슈카의 어금니! 그가 네놈을 만났다니!"

"이걸로 베면 네놈이 죽는다더군."

"크르르르, 나를 버리고 간 자! 오만한 황금사자!"

다크 레오날은 자신의 탄생의 근원을 크게 싫어하는지 연신 소리를 질렀다. 그러면서도 레오의 손에 들린 검을 경계하는지 쉽게 움직이지는 못했다.

하지만 곧 그는 이성을 되찾고 차가운 얼굴로 레오에게 말했다.

"확실히 그게 있으면 나를 죽일 가능성이 1% 정도 생기지. 하지만 말이야……."

"1%?"

"이 공간 안에서라면 그것도 없다!"

크앙!

다크 레오날은 말을 끝내기가 무섭게 레오를 향해 달려들었다. 사자의 포효를 지르며 날카롭게 세워진 양손의 손톱으로 레오의 머리를 노렸다.

그러자 레오도 기다렸다는 듯 검을 머리 위로 치켜들며 다크 레오날을 향해 몸을 날렸다.

급속도로 가까워진 두 사람은 공격이 가능해진 경계선에 다다르자마자 그대로 서로를 향해 공격을 가했다.

카캉!

손톱과 검이 부딪쳤다. 확실히 황금사자의 검의 힘이 강한 듯 다크 레오날의 손톱 중 세 개가 충격을 견디지 못하고 잘려 나갔다. 그러나 인간의 손은 두 개다. 다크 레오날도 마찬가지이다.

팍!

다크 레오날의 또 다른 손톱이 레오의 팔목을 끊어내려 했다. 레오는 즉시 팔을 들어 피했지만 갑옷 아래쪽이 손톱에 스쳤다. 그런데 놀랍게도 갑옷에 흠집이 생기는 것이 아닌가?

"크앙, 죽어랏!"

위잉, 캉, 카카카카카!

다크 레오날이 재차 공격을 가했다. 레오도 지지 않겠다는 듯 버티고 서서 검을 휘둘렀다. 둘은 서로를 바로 앞에 두고 버티고 선 채 쉬지 않고 공격했다.

오러를 이용한 상급 검법 같은 것은 이미 아무런 의미가 없었다. 모르는 사람이 봤다면 싸구려 용병들의 자존심을 건 한판 승부라고 평가했을지도 모른다.

하지만 지금 레오와 그의 상대가 휘두르는 검과 손톱의 위력은 놀라운 것이었다. 그것을 증명이라도 하듯 두 무기가 부딪칠 때마다 주변의 마나가 터져 나가며 강렬한 회오리바람을 만들었다.

다크 레오날은 싸우면 싸울수록 즐겁다는 듯 크게 웃었다. 계속해서 그의 손톱이 잘려 나갔지만 순식간에 다시 자랐다. 그리고 레오의 갑옷도 상당한 흠집이 생겼지만 곧 멀쩡하게 회복되었다.

다크 레오날은 감탄했다는 듯 외쳤다.

"대단하군. 네놈은 이미 인간이라고 할 수 없다!"

그에 레오는 가소롭다는 듯 대답했다.

"이제 와서 그런 식으로 날 함정에 빠뜨릴 수 있다고 생각하나?"

레오가 만약 다크 레오날의 말에 조금이라도 마음이 움직였다면 그는 강제 융합을 시도했을 것이다. 인간이 아니게 되는 것은 융합을 하는 것을 의미하기 때문이다. 그런데 통하지 않는다. 다크 레오날은 입을 크게 벌려 그의 날카로운 어금니를 드러내며 말했다.

"크르르르, 과연 이제는 소멸시킬 수밖에 없는 것 같군!"

"처음부터 그랬다!"

쾅!

이번에는 둘 다 크게 힘을 실었다. 순식간에 땅이 깊게 파이며 둘은 그 충격으로 허공으로 튕겼다. 그런데 그 순간 다크 레오날의 갈기가 넓게 퍼져 공간 속에 녹아들었다. 동시에 수천 개의 검은 칼날이 레오의 몸 구석구석을 노리고 찔러 들어왔다.

"차아!"

파파파파!

레오가 크게 기합을 지르자 검은 칼날들은 모두 벽에 막힌 듯 멈췄다. 갑옷에서 흘러나오는 기운이 더욱 강해져 레오의 몸을 완전히 감싸고 있었다.

레오는 다크 레오날에게 외쳤다.

"잔머리 굴리지 말고 와라! 넌 그래도 사자가 아니냐?"

다크 레오날은 그 말을 듣고 두 팔을 넓게 벌리며 대답했다.

"좋다! 네놈을 내 손으로 찢어 죽이겠다!"

파파팍!

그 말이 끝남과 동시에 벌린 팔의 위와 아래에서 새로운 팔이 튀어나왔다. 다크 레오날은 그렇게 불어난 여섯 개의 팔로 인간은 취할 수 없는 특이한 자세를 취하며 레오에게 달려들었다.

우우우웅—

여섯 개의 팔 끝에 달린 손톱은 피처럼 붉었지만 투명했다. 그리고 그것들 중 몇 개는 거대한 낫처럼 중간에서 앞으로 꺾여져 있다. 이런 형태라면 검으로 막아도 육체를 베어낼 수 있을 것이다.

레오는 그걸 본 순간 두 손으로 검을 잡고 그대로 앞으로 돌진했다. 여섯 개의 팔과 피로 물든 낫과 같은 손톱은 전혀 보고 있지 않았다.

하나로 여섯 개를 막으면 결국 밀린다. 하지만 일단 적의 급소를 찌르면 하나든 여섯이든 같다.

"이놈이!"

카카캉!

다크 레오날은 레오의 기세를 읽고는 급히 네 개의 팔을 모아 손톱으로 레오의 검을 후려쳤다. 그러나 레오의 혼심의 힘이 들어간 찌르기는 조금도 방향을 바꾸지 않았다.

팍!

검은 다크 레오날의 가슴 한가운데를 뚫고 들어가 반대편으로 나왔다. 아니, 나온 그 순간 다크 레오날의 몸이 슉— 사라졌다. 그리고 레오의 발 아래쪽에 나타났다.

"찻!"

휘릭.

레오는 몸의 중심을 완전히 앞으로 내밀어 던지듯 찌른 자세에서 그대로 웅크리며 검으로 크게 원을 그렸다. 방금 것이 자신의 힘에 체중을 실은 일격이었다면, 이번 것은 원심력을 이용해 힘을 증폭시켰다. 움직임 또한 번개처럼 빨랐다.

팍!

다크 레오날의 머리가 둘로 쪼개졌다. 그러나 레오는 이미 그것에 대해 관심이 없는 듯 반대쪽 공간으로 몸을 움직여 검을 옆으로 그었다.

슈각!

아무것도 없는 허공에서 무엇인가 베이는 소리가 들리며 갑자기 허리가 잘려 둘로 나뉜 다크 레오날이 쓰러졌다.

레오는 연속적으로 세 명의 다크 레오날을 벤 것이다.

그러나 레오는 조금도 긴장을 풀지 않았다.

"모두 기세로 만든 것들뿐인가? 나와라! 이런 허깨비들로 나를 이길 것 같으냐?"

그러자 어디선가 크게 웃음소리가 들려왔다. 그와 동시에 땅이 들썩들썩하더니 수십 개의 다크 레오날이 나타났다.

〈허깨비들은 아니다. 모두가 나 자신이고, 힘도 같다. 단지 검으로 베이면 소멸할 뿐이다.〉

"그게 허깨비와 뭐가 다르지?"

레오는 그렇게 말하며 정신을 집중했다. 그러자 그의 망토가 수천 개의 검으로 바뀌어 레오를 향해 달려드는 모든 다크 레오날을 베었다.

크아아앙!

일단 레오가 상대를 허깨비라고 부르자 정말로 그들은 모두 힘이 없는 존재처럼 변했다. 순식간에 모든 다크 레오날들이 산산조각으로 갈라지며 죽었다.

일종의 환상과도 같은, 절대로 알아차릴 수 없는 것이지만 레오는 그냥 알았다. 이제는 다크 레오날의 성격과 수법이 손에 잡힐 듯 이해가 되었다. 비뚤어진 승부욕, 살육의 기쁨, 그것이 바로 다크 레오날의 모든 것이었다.

〈크하하하하하, 그 정도로는 어림도 없는가? 확실히 내가 허깨비라고 말한다면 그놈들은 허깨비가 맞다.〉

하지만 허공에서 들려오는 목소리는 조금도 기가 죽지 않은 듯 유쾌하게 웃었다. 그러나 어디서 들려오는 말소리인지는 알 수가 없었다.

레오는 다시 정신을 집중하고 감각을 극대화시켰다. 다크 레오날의 본체가 어디 있는지 찾아야 했다.

그러나 어디에도 없었다. 기의 실은 끊임없이 뻗어 나갔지만 다크 레오날은커녕 조그만 생명체 하나도 발견할 수 없었다.

휘류류류류―

사방에서 수십 개의 회오리바람이 더욱 그 세력을 크게 형성하고 있었다. 이 모두 레오와 다크 레오날이 싸운 여파로 생긴 것이다.

그것 이외에는 아무것도 없었다. 레오는 처음의 그 회오리바람을 의심했다. 그러나 곧 그는 그게 아니라는 것을 알았다.

회오리바람은 레오로부터 상당히 먼 곳에 있었다. 그런데 레오의 감각이 느끼는 위기감은 칼날을 목에 댄 것과도 같이 강하고 절박했다.

레오는 하늘을 보았다. 그리고 땅을 보았다.

"다크 레오날!"

콰콰콰콰콰!

전신에서 해일과도 같은 힘이 일어나 사방의 모든 것을 파괴했다. 무차별적인 파괴였다.

레오는 다시 검을 들어 허공 한가운데를 찔렀다.

파악, 촤아아아아!

검끝에서 황금의 빛이 줄기줄기 뻗어 나가 허공을 수십 조각으로 찢었다.

〈이놈! 레오!〉

상당히 화가 난 다크 레오날의 고함 소리가 들려왔다. 그러자 레오가 미소를 지으며 말했다.

"역시 이 공간 자체와 동화되어 있었나? 형체가 없는 자. 무엇으로든 변할 수 있다고 했지?"

〈네놈이 그걸 알아차리다니.〉

"모든 것을 파괴하면 되겠지. 이곳 자체를 말이야."

〈흥, 그게 가능할 것 같으냐? 이 공간은 바로 갑옷의 안쪽과 같다.〉

"그래서 사자신이 이 검을 준 거였군. 갑옷 스스로가 자신을 파괴할 리는 없으니까 말이야."

〈레오!〉

콰콰콰콰콰!

레오가 너무나도 빠르게 모든 것을 이해해 버리자 다크 레오날은 크게 분노했다. 그의 말은 정말 하나도 틀리지 않았다.

다크 레오날은 이대로 있을 수는 없다고 생각하며 즉시 전력을 다해 자신의 무기를 휘둘렀다. 그것은 바로 수십 개에 달하는 회오리바람이었다. 그리고 그들이 빨아올린 땅의 흙이었다.

레오는 차갑게 웃으며 그것들을 향해 다시 검을 휘둘렀다. 단번에 회오리의 중심을 끊어 모든 것을 파괴할 생각이었다.

하지만 거기서 레오의 예상과는 다른 일이 벌어졌다.

"크윽!"

레오의 몸이 멈췄다. 마치 돌처럼 굳어져 손가락 하나 움직일 수 없었다. 갑옷에서 일어나는 검은 기운이 더욱 강해졌지만 레오의 굳어진 몸을 움직이게 할 수는 없었다.

〈크흐흐흐, 눈에 보이는 모든 것이 함정이지. 어떠냐? 라시아보다 1,000배는 진한 공기의 힘이!〉

'공기라고?'

레오는 말을 할 수조차 없었다. 입을 벌리는 것도 불가능했다. 지금이라도 전신이 찌그러질 것 같은 압력이 사방에서 느껴졌다. 신기하게도 그것들은 단순히 누르는 것뿐만 아니라 레오의 몸을 칭칭 감아 당겼다.

〈움직일 수 없겠지. 알겠냐? 공간이 거부한다는 것은 이런 것이다. 네 놈의 의식 세계에서 내가 당했던 것처럼, 이번에는 네가 당할 차례다!〉

픽!

갑자기 허공에서 끝이 날카로운 쇠기둥이 튀어나와 레오의 복부를 찔렀다. 다행히도 갑옷을 뚫지는 못했지만 강한 충격에 레오의 몸이 앞으로 기울었다.

그러자 또다시 다른 곳에서 쇠기둥이 튀어나왔다. 이번에 노리는 곳은 레오의 뒤통수였다.

그때, 레오는 기합과 함께 전신의 힘을 개방했다.

"차핫!"

콰드드드드!

다시 모든 것이 날아갔다. 레오를 얽매어 누르고 있던 것도 예외는 아니었다. 그러나 다음 순간 레오는 자신의 몸이 다시 움직이지 않는다는 것을 알았다.

〈소용없다. 아무리 발버둥을 쳐도 이곳을 벗어날 수는 없지.〉

다크 레오날이 조롱하듯 말했다.

"크으으!"

레오의 입에서 신음 소리가 흘렀다. 일시적으로 물리쳐도 소용이 없다는 것을 안 이상 다른 방법이 없었다.

피하는 것도, 막는 것도 불가능하다. 어떻게 해야 할까?

레오는 고민했다. 그러는 사이 다시 쇠기둥이 나타나 레오를 공격하기 시작했다. 하지만 레오는 갑옷의 힘으로 그것을 막을 뿐, 별다른 반항을 하지 않았다.

'공간에 존재하는 것만으로도 피할 수 없는 공격을 당한다.'

레오는 냉정하게 상황을 분석했다. 그리고는 움직임을 멈췄다. 움직일 수 없게 되었으니 아예 이쪽에서 자발적으로 멈춘 것이다.

동시에 레오는 전신의 기를 몸 안으로 가두었다. 갑옷의 힘도 마찬가지였다. 심장의 박동과 호흡의 소리도 감추었다. 눈에 보이지 않는다면 아무도 레오가 그곳에 있다는 것을 모를 정도로 스스로의 기척을 죽였다.

그러자 재미있는 일이 벌어졌다. 그토록 레오를 집요하게 노리던 쇠기둥들이 사라져 버린 것이다.

〈이놈! 어디로 숨었지? 나와라!〉

허공중에서 외치는 소리가 들려왔다. 그러나 레오는 무시했다.

'확실히 완전히 기척을 죽이면 저놈이 나의 위치를 알 수 없게 되는 것이군.'

레오는 일단은 안전해졌다는 것을 깨달았다. 이곳은 하나의 세계라고 할 만큼 넓은 공간이다.

그런데 왜 다른 생명체가 없겠는가? 유일한 생명체인 레오를 느끼기 위해서이다.

그렇다면 레오가 기척을 감추면, 다크 레오날은 세계를 뒤져 한 사람을 찾아야 하는 상황이 되어버린다.

레오는 의식을 자신의 손에 들고 있는 검으로 보냈다. 어쩐지 이런 어려운 상황을 자연스럽게 이해하게 된 것은 황금사자의 검 덕분인 듯한 느낌이 들었다.

검의 힘에 대해서는 아직 다 모르고 있지만 이상하게 이 검을 쥐고 있으면 다크 레오날이 하는 수작을 쉽게 알았다.

'가르쳐 줄 것이 있으면 내가 아는 방법으로 가르쳐라. 의식 속으로 그냥 넣지 말고!'

레오는 속으로 협박이라도 하듯 엄한 목소리로 검에게 말했다. 그러자 머릿속으로 미약하게 말소리가 들려왔다.

[말로 하면 늦는 경우가 있다.]

'그래도 해.'

[알았다.]

이것으로 주범은 누군지 확실해졌다. 어쨌든 쓸 만한 검이라고 생각하면서 레오는 다시 물었다.

'공격 방법은?'

[없다.]

'너, 검 맞냐?'

무슨 검이 피하는 방법만 알고 이기는 방법은 모른단 말인가? 레오는 그 점을 찔렀다. 그러나 검은 조금도 동요하지 않았다.

[난 검이다. 아는 것은 알고 모르는 것은 모른다. 적어도 이 공간은 상대에게 장악되어 있다. 이곳의 밖으로 나갈 것을 권한다.]

'그런가? 그렇지만 나갈 수는 없다.'

[어째서지? 일단 몸을 피하면 차분히 시간을 두고 다른 방법을 생각할 수 있다. 외부에서 갑옷을 파괴하거나 영원히 봉인하는 것도 가능하다.]

'난 한 번도 져본 적이 없어서 패하고 도망가는 법은 배우지 못했다. 그러니 너도 검답게 어떻게 적을 죽일까를 고민해라.'

[그런가? 이상한 자로군. 하지만 적어도 나를 사용할 자격은 있다.]

파앗.

황금사자의 검은 그렇게 말하고는 순간적으로 빛을 발하다가 멈췄다. 그리고는 다시 레오의 머릿속으로 말소리가 들려왔다.

[나의 모든 힘을 하나로 모았다. 만약 일정 이상의 비중을 가진 존재가 온다면 전체를 죽일 수 있다.]

'일정 이상의 비중?'

[아마 상대는 너의 존재를 찾기 위해 직접 이 공간을 돌아다닐 가능성이 크다. 어중간한 분신으로는 볼 수 없도록 해놨다.]

'그럼 그놈이 나타난 순간 공격해야겠군?'

[그렇다. 단지 그가 도망가지 못하게 단번에 숨통을 끊어야 한다.]

'좋아. 그건 확실하지.'

레오는 결심을 굳힌 듯 전신에 힘을 빼고 완전한 허무의 상태를 유지했다. 그것은 일종의 명상과도 같아서 레오의 영혼을 더욱 맑게 했다. 상대가 언제 올지 모른다는 초조감은 애초부터 없었다. 단지 다크 레오날이 올 때까지 이 상태로 버티기만 하면 되는 것이다.

[나를 쥐고 있는 이상, 자거나 먹지 않아도 버틸 수 있다. 단지 네 참을성이 견뎌낼 수 있다면.]

'그런가? 나쁘지 않군.'

레오는 담담한 얼굴로 대답하고는 다시 명상에 잠겼다. 그렇게 시간은 흘러갔다.

얼마나 지났을까? 아무리 기다려도 다크 레오날은 나타나지 않았다. 어쩌면 영원히 나타나지 않을지도 모른다는 생각이 들었다.

왜냐하면 레오는 유한한 수명을 가지고 있는 반면에 다크 레오날은 그야말로 영원히 살 수 있기 때문이다.

하지만 레오는 포기하지 않았다. 이것은 또 다른 형태의 대결이었다. 레오는 언제라도 이곳에서 벗어나 갑옷 밖으로 나갈 수 있다. 하지만 그럴 경우 다시는 들어올 수 없다.

트윈 풀 문에 이곳으로 들어올 수 있는 것은 단 한 번뿐이다. 앞으로는 다크 레오날이 방해를 할 것이다. 이런 식으로 공간 자체를 점유한 자를 상대로는 매번 다른 방법을 찾아야 하는 것이다.

물론 다른 방법을 찾을 수도 있다. 그러나 레오 자신이 그럴 마음이 전혀 없었다.

반대로 다크 레오날은 레오가 공간 밖으로 나간 것인지, 아니면 여전히 이곳에 남아 있는지를 모르게 되었다고 황금사자의 검이 알려주었다. 그것에 레오는 승기가 있다고 판단했다.

실제로 가끔씩 다크 레오날의 분신이 지나간다. 세계 곳곳을 돌아다니고 있는 모양이다. 그러나 본체가 아니면 절대로 들키지 않는다고 황금사자의 검은 호언장담했다.

본체다! 본체만 이곳에 오면 단번에 끝을 낸다! 레오는 이미 수만 번에 걸쳐 그렇게 결심했다. 그 결심이 흔들리지 않는 한, 레오와 살육의 신과의 대결은 계속되는 것이라 할 수 있었다.

얼마의 시간이 흘렀을까? 레오는 이미 시간을 잊었다. 단지 시간이 나는 대로 명상에 잠겨 자신이 평생 꿈속에서 수련한 것과 실전에서 경험한 것을 하나로 녹여낼 뿐이었다. 시간이 흐를수록 그는 강해졌다.

이제 레오는 조금도 조급해하지 않게 되었다. 오히려 다크 레오날이 나타나지 않기를 바라기까지 했다. 이곳은 완벽한 수련 장소였다. 그동안 마음속 깊이 원했던 수련을 마음껏 할 수 있고, 그만큼 강해졌다.

하지만 결국 모든 일에는 끝이 있는 법. 레오는 드디어 그가 다가오고 있다는 것을 깨달았다.

[한 번에 끝내는 게 좋아. 그놈이 눈치를 채면 다시 공간 속으로 돌아가 버릴 거야. 그러니 그놈이 완전히 다가와서 눈으로 우릴 보기 전에 일을 끝내야 하는데, 어떻게 일순간에 접근을 하지?]

황금사자의 검이 말했다. 이제는 완전히 친구와 같이 되어버린 상태였다.

레오는 별것 아니라는 듯 몸 안쪽에 잠들어 있던 힘을 집중시키며 속으로 중얼거렸다.

'그건 이미 오래전에 생각해 두었지.'

[그럼 믿어도 되겠군.]

황금사자의 검도 그 말을 끝으로 전투 준비를 하기 시작했다. 그렇게 얼마간의 시간이 흐르자, 드디어 다크 레오날의 존재가 레오의 감각에 확실하게 잡혔다.

순간 레오의 몸이 슉, 하고 사라졌다. 마치 다크 레오날이 공간을 이동하듯 꺼져 버린 것이다.

단지 레오가 있었던 것을 증명이라도 하듯 미세한 공간의 진동이 그 주변에 일어나고 있었다. 그리고 그 진동은 마나의 흐름을 교묘하게 바꾸어 틈을 만들었다.

공간의 틈! 레오는 그 속으로 들어갔다.

그곳은 하나의 통로와도 같았다. 레오는 빠르게 몸을 움직여 다크 레오날이 있는 곳으로 나아갔다. 그와 동시에 검을 쥔 손에 모든 힘을 모았다.

더 이상 숨길 필요도 없기에 완전히 그것을 개방하고 있었다. 공간의 틈으로 들어온 이상 상대는 절대로 레오의 힘을 느낄 수 없다.

원래대로라면 레오는 이곳으로 들어선 순간 움직일 수 없게 되는데, 지금은 사정이 달랐다.

이곳은 라시아와는 전혀 다른 독립된 세계와 같았고, 레오는 지난 세월 동안 이 세계의 마나의 흐름을 느꼈다. 그리고 공간의 틈에 들어가도 움직일 수 있다는 확신을 얻었다.

슘족의 시조가 그러했던 것처럼! 레오도 이곳에서는 이계인이었다.

파악!

공간이 찢어지며 황금사자의 검이 튀어나왔다. 그리고 그것은 다크 레오날이 서 있는 공간의 뒤쪽을 사정없이 찔렀다. 허공이었다. 그런데 다크 레오날은 크게 비명을 질렀다.

크아아아앙!

동시에 지금까지 있었던 다크 레오날이 사라지며 아무것도 없는 허공에 그의 모습이 나타났다. 바람의 정령처럼 상반신만 있고 하반신은 공간 중에 녹아 있는 모습이었다. 그리고 그의 가슴에는 황금사자의 검이 관통해 있었다.

"네놈이!"

다크 레오날은 극도로 화가 난 표정으로 레오를 보았다. 그의 팔과 몸이 연기처럼 공간 중에 녹아 사라지려 하고 있었다.

그러나 황금사자의 검의 끝에서 화려한 빛이 뿜어져 나오자 오히려 공간 중에 퍼져 있던 부분까지 불러들여 몸을 재구성했다. 서서히 하반신 부분이 생겨나더니 결국 발까지 완성되었다.

이렇게 되자 다크 레오날은 오히려 차분한 눈빛을 하고 레오에게 말했다.

"나를 죽이면 이곳은 파괴된다. 다시 말해서 갑옷도 사라지지. 그래도 좋은가?"

"좋은 갑옷이었다. 최고로 편했지."

레오는 솔직하게 자신의 감정을 말했다. 그러자 다크 레오날은 복잡한 눈으로 레오를 바라보다 한숨을 쉬며 말했다.

"결국 난 껍질만 남은 반쪽짜리 신에 불과했던가? 그리고 그 반쪽마저도 지금 사라지는군."

파악, 사르르르르.

말이 끝남과 동시에 다크 레오날의 전신이 모래알처럼 흩어져 버렸다. 그와 동시에 레오가 입고 있던 갑옷도 먼지가 되어 사방으로 흩어졌다.

레오는 무심한 눈으로 그것을 보았다. 그때, 황금사자의 검이 말했다.

[끝났다. 더 이상 이곳에 있어도 의미가 없으니 떠나자.]

"그러도록 하지."

레오는 약간 허무한 기분이 드는 듯 조용히 대답했다. 그리고 그는 다크 레오날의 공간을 벗어났다.

슈욱.

레오가 나타난 곳은 숲 속이었다. 그는 주변을 두리번거리며 중얼거렸다.

"황궁이 아니군. 나온 곳과 들어온 곳은 전혀 다르게 되는 건가?"

[그렇다. 두 개의 달의 위치에 따라 다르지.]

"이곳은 어디지?"

[난 이 세계를 모르니 알 수가 없다.]

"그렇군. 그나저나 이제 어떻게 한다?"

레오는 고민하기 시작했다. 얼마나 시간이 흘렀는지 알 수가 없었다. 그래도 돌아간다고 했으니 가기는 가야 한다.

"그럼 일단 이곳을 벗어나야겠군. 사람을 찾아서 내가 얼마나 그곳에서 있었는지를 알아야겠어."

[그게 좋겠다.]

황금사자의 검이 동의하자 레오는 검을 자신의 몸속에 넣고 뛰기 시작했다. 상당히 넓은 숲으로, 생각해 보니 이 정도로 넓은 곳은 대륙에서 두 군데밖에 없었다. 양대 밀림 지역인 슈앙 밀림과 호쿠쿠 밀림.

'어느 쪽이지?'

슈앙 밀림이라면 동쪽으로 가야 하고, 호쿠쿠라면 서쪽이 정답이다. 레오는 잠시 고민하다 남쪽으로 향했다. 꼭 제국으로 갈 필요는 없다. 일단 확실하게 사람을 만나면 된다. 원주민이라도 만나면 상황을 알게 될 것이다.

그렇게 한참을 달리는데 갑자기 하늘에서 이상한 기척이 느껴졌다. 순간 레오는 걸음을 멈추고 그곳을 보았다. 과연 하늘 끝 쪽에서 검은 점이 나타나 점점 레오를 향해 다가왔다.

"훗, 어떻게 알았지?"

레오는 그렇게 중얼거리며 웃었다. 점점 가까워지는 그것은 바로 티모라였다.

잠시 후, 티모라는 레오의 바로 앞에 착지했다. 그리고는 말했다.

"돌아왔군요. 10년 만이에요."

"내가 이곳에 있다는 것을 용케 알았군?"

"아직 모르고 있었나 보네요? 그대의 양쪽 발바닥에는 마법진이 새겨져 있어요. 하나는 생사를 확인하는 것이고, 다른 하나는 위치를 추적하는 거예요."

"뭐라고? 그걸 왜 나는 모르고 있었지?"

"그거야 당신은 잠든 사이에는 절대로 안 일어나니까요. 몸에 위해만 가하지 않으면 말이에요."

"으음."

"눈에 보이는 마법진은 아니니 너무 염려하지 말아요."

티모라는 생글생글 웃으며 레오에게 말했다. 그러던 중 그녀는 레오의 몸을 보고 놀라 물었다.

"갑옷은요?"

"사라졌다. 그놈이 바로 갑옷의 영혼과도 같은 거라서 저절로 소멸하더군."

"아! 그런 아까운 일이!"

티모라는 두 눈에 눈물을 글썽이며 외쳤다. 그게 사라지다니? 세상에 두 번 다시 나타날 수 없는 아티팩트가! 마법사로서, 연금술사로서 도저히 견딜 수 없는 안타까움이 그녀의 가슴속을 파헤치듯 괴롭혔다.

하지만 레오는 그게 뭐 대수냐는 듯 퉁명스럽게 말했다.

"어차피 사라질 거였지. 그대도 말했지 않은가? 그걸 입고 다니면 절대로 강해질 수 없지. 어떤 공격도 위협이 되지 못하니까."

"그게 말이 되요? 입으면 무적이잖아요!"

"갑옷에 의존해서 얻은 무적은 의미가 없다. 그대는 그런 것을 원하는가?"

약간은 화가 난 레오의 말에 티모라는 움찔하고 놀라 입을 다물었다. 확실히 레오의 말은 옳았다. 하지만 티모라가 안타까워하는 것은 그것 때문만은 아니었기에 그녀는 억울했다.

복수를 해야지! 티모라는 속으로 그렇게 중얼거렸다. 그리고는 곧 부드럽게 웃으며 레오에게 말했다.

"그거 알아요? 갑옷이 없어진 이상 어쩌면 내가 당신보다 강할지도 몰라요, 호호호."

이 말이 바로 티모라가 할 수 있는 최대한의 복수였다.

레오는 과연 차가운 표정이 되어 티모라를 보았다. 그런데 막상 티모라를 제대로 보게 되니 지금까지와는 다른 감정이 가슴속에서 흘러나왔다.

그녀의 키만큼 긴 녹색의 머리카락에는 여전히 리본이 매어져 있었고, 몸에 착 달라붙는 검은 드레스인지 로브인지 알 수 없는 옷은 그녀의 분위기를 더욱 신비롭게 만들었다.

하프 엘프 특유의 부드러운 얼굴 윤곽과 하얀 피부는 어떠한 미인보다도 더욱 아름다웠다. 그리고 웃고 있는 그녀의 붉은 입술 사이로 보이는 상아와도 같은 치아가 상큼한 느낌을 주었다.

과연 티모라는 마녀였다. 인간이라고 생각하기 어려울 정도의 미모를 지닌 존재, 그것이 바로 마녀가 아닌가?

레오는 자신의 가슴속에서 분출되는 감정이 무엇인지를 알았다. 그것은 욕망이었다. 다크 레오날이 사라진 후, 그는 막혀 있었던 인간의 감정을 모두 되찾았다.

지금 티모라를 보는 순간 그동안 잠들어 있던 그것들이 한꺼번에 폭발하듯 일어났다. 그만큼 그녀는 사랑스러웠다.

하지만 레오는 그것을 표현하는 방법을 알지 못했다. 입으로 뭐라고 말을 하고는 싶었지만 할 수가 없었다.

어떠한 대적과 만나 싸웠을 때보다 더욱 긴장이 되었고, 이것에 대한 대응 방법조차 도무지 모르겠다.

레오는 태어나서 처음으로 여자 앞에서 굳었다. 마치 첫사랑을 시작한 사춘기의 아이와 같았다.

한편 티모라는 한바탕 웃고 나서는 오히려 어색해진 분위기에 결국 입을 다물었다. 뭐라고 말을 하고 싶었는데, 더 이상 할 말이 없었다.

'내가 이 남자를 왜 찾았지? 맞아, 갑옷 때문이야. 그런데 갑옷이 사라져 버렸으니 이제는……?'

그녀가 그동안 살아오면서 지켜온 행동 방식으로 보면 볼일이 끝난 이상 레오를 떠나 원래 살던 곳으로 돌아가야 했다.

하지만 어느새 그녀는 자신도 모르게 레오와 함께 있을 수 있는 새로운 구실을 찾기 시작했다.

그러나 없었다. 그리고 레오는 여전히 그녀를 노려보고 있었는데, 입을 꽉 다문 채 아무런 말도 하지 않았다.

'바보, 뭐라고 말이라도 좀 하던가.'

차라리 레오가 결투를 신청했다면 좋았을지도 모른다. 누가 패하든 다시 싸울 수 있으니까. 아니지, 이자는 두 번째 싸우면 무조건 죽인다고 했던가?

'무슨 남자가 이렇지?'

티모라는 화가 났다. 그러면서도 왠지 모르게 한숨이 나왔다.

'마음을 비우자. 난 마녀 티모라야.'

결국 티모라는 스스로 그렇게 결론을 내리고 미련을 끊어버리기 위해 입을 열었다.

"갑옷이 없으니 이제 전……."

'떠나겠어요' 라고 말하려고 했다. 그 순간 레오가 자신의 손을 들어 올려 손바닥을 폈다. 그러자 그 가운데에서 황금색의 빛을 내뿜는 검이 서서히 모습을 드러냈다.

티모라의 눈이 반짝하고 빛났다. 아티팩트다! 자세히 볼 것도 없이 그야말로 강렬하게 주장하는 검의 모습은 티모라에겐 더할 나위 없이 아름다운 것이었다.

"그것은?"

그녀는 떨리는 목소리로 물었다. 방금 전까지 고민하던 것은 이미 흔적도 없이 사라졌다.

레오는 자신만만한 미소를 지으며 말했다.

"황금사자신의 어금니로 만든 검이지."

"신의 어금니?"

티모라는 두 손을 기도하듯 움켜잡고 감동 어린 목소리로 말했다.

『흑사자』 8권 완결

❖ 외전 ❖

*카*렌의 후예

"5년 만인가?"

꽤나 번화한 도시의 변두리, 작은 가게 앞에 선 남자는 낮은 목소리로 중얼거렸다.

남자가 서 있는 이곳은 가이안 제국의 수도 스틸문이다. 한데, 남자는 지금 5년이라고 했다. 5년, 그것은 가이안 제국에서도 큰 의미를 가지는 기간이다.

5년 전까지 대륙에는 제국이라고 선포한 나라가 둘 있었다. 하나는 지금 이곳 가이안이고, 다른 하나는 미노이다. 가이안의 유일한 맞수로 일컬어지던 미노가 무릎을 꿇게 만든 사건이 일어난 것이 바로 5년 전의 일이다.

남자가 말한 5년이 바로 그것을 말한 것인지 아는 이는 아무도 없었다.

"어서 오세요. 아!"

작은 음식점의 여주인은 상냥하게 인사를 건네다 상대의 얼굴을 보고는 잠시 놀란 표정을 지었다. 그것도 잠시, 그녀는 곧 정중하게 허리를 굽혀 다시 한 번 인사를 했다.

"오랜만에 뵙습니다."

젊어서는 꽤 아름다웠을 것 같은 여인은 나이보다 상당히 겉늙어 보이는 모습이었다. 거친 손마디와 피부의 주름살들이 그녀의 삶이 평탄치 않았음을 뚜렷이 보여주고 있다.

반면 여인의 인사를 받은 남자는 청년에 가까운 모습, 그것도 상당히 독특한 외모의 청년이다. 푸른 머리카락을 허리 아래까지 늘어뜨린 미청년.

여인의 권유에 따라 세 개밖에 안 되는 탁자 중 하나에 자리를 잡은 남자가 약간 흥미롭다는 어조로 처음으로 입을 열었다.

"생각보다 놀라지 않는군?"

작은 식당의 주인이 된 그녀, 파들로 부인은 조용히 차를 준비해 네미니스의 앞에 놓으며 미소를 지었다.

"바람의 정령이 사라졌으니까요."

"후후, 그렇군."

네미니스는 약간은 가식적으로 웃었다. 현명한 여인이다. 적어도 몇 년간이나 바람의 최상급 정령으로 보호한 것이 아깝지 않을 정도로.

"아이는 잘 자라고 있나?"

"덕분에 잘 있습니다. 올해로 다섯 살이 됩니다."

아이의 이야기가 나오자 파들로 부인은 미소를 지으며 대답했다.

아마 지난 세월 동안 아이가 이 여자의 삶의 가장 큰 힘이 되었는지
도 모르겠다. 가능하면 이대로 계속해서 도와줘도 좋을 것 같았다. 하
지만 이제 그럴 수 없게 되었다.

네미니스는 웃음을 멈추고 파들로 부인에게 말했다.

"내가 온 이유를 말하지."

"예."

"지난번 소동으로 인해 나는 레어에 봉인을 당하게 되었다. 외부에
어떤 힘도 쓸 수 없게 되었지. 그래서 이제는 바람의 최상급 정령을 거
두어야 한다."

"그렇군요. 염려 마세요. 이제 저는 자리를 잡았고, 이곳은 치안이
확실해서 더 이상의 위험은 없을 것입니다."

"그런가? 다행이군."

"지금까지 돌봐주셔서 감사할 따름입니다."

"그건 됐다. 맹약을 위해 보호한 것이니 감사를 받을 이유는 없다."

"드래곤에게는 그게 당연한 건지 몰라도 인간에게는 고마운 것입니
다."

파들로 부인은 그렇게 말하며 허리를 깊게 굽혀 인사를 했다. 네미
니스는 무표정한 얼굴로 그 인사를 받았다. 하지만 속으로는 아주 약
간 기분이 좋아졌음이 틀림없다.

네미니스는 천천히 고개를 끄덕이며 말했다.

"일단 내가 봉인되면 다시는 레어에서 나오지 못한다. 그래서 말인
데, 네가 원하는 것이 있으면 지금 말해라. 가능한 것이면 들어주지."

"그건 아이의 몫입니다."

"어머니는 아이를 대신할 수 있다. 시간이 있으면 아이가 성장할 때

까지 기다릴 테지만, 그럴 수 없으니 그대가 말하는 것이 좋겠다."

"……."

확실히 드래곤의 말은 틀림이 없다. 파들로 부인은 네미니스의 말에 잠시 입을 다물고 고민했다.

아이의 미래를 위해서 할 수 있는 일이 무엇일까?

재물? 힘? 지혜? 그녀는 쉽게 결론을 낼 수 없었다.

재물이 있어도 그것을 지킬 힘이 없으면 허무할 뿐이다. 남편의 영지가 가이안의 침략에 의해 점령당했을 때, 그것을 느꼈다.

힘은 있으면 좋을지도 모른다. 그러나 힘이 있어도 잘못하면 이용당할 뿐이다.

역시 지혜일까? 그녀는 네미니스를 보았다.

혼자 몸으로 아이를 키우느라 고생을 한 것도 지금에 와서는 추억의 일부분으로 바뀌었다.

그러나 한 가지 마음에 걸리는 것은 아이에게 제대로 된 교육을 시키지 못한 것이다.

귀족가의 후손을 평민 아이들과 뒷골목에서 뛰어놀게 만든 것은 어쩔 수 없다고 해도, 글과 예절에 대한 교육조차 가르치지 못한 게 파들로 부인에게 한으로 남을 정도였다.

역시 지혜다. 지혜를 달라고 하면 드래곤은 알아서 아이에게 무엇인가를 베풀 것이다.

파들로 부인은 그렇게 결심을 하고 네미니스를 보았다. 네미니스도 파들로 부인이 마음을 정했다는 것을 알고 대답을 기다리는 눈으로 마주 보았다.

그런데 그때, 방문이 콰당! 하고 거칠게 열리며 한 명의 아이가 뛰어

들어왔다.

"칼! 집 안에 들어올 때는 뛰지 말라고… 아! 어디서 이렇게 다쳤니?"

파들로 부인은 아이를 꾸짖으려다가 놀라서 얼른 다가갔다.

과연 아이는 몸 이곳저곳에 타박상을 입고 머리에는 흙먼지와 피가 뒤엉켜 있었다. 얼핏 보기에 싸움을 한 것 같은데 아이치고는 상당히 심하게 싸운 듯했다.

네미니스는 그 아이에게서 맹약의 향기를 느낄 수 있었다.

"이 아이가 카렌의 후손인가?"

파앗!

말을 꺼냄과 동시에 손을 앞으로 내밀자 하얀 광채가 일어나며 아이의 몸에 있는 상처가 서서히 사라지기 시작했다.

비틀거리던 칼은 몸 여기저기서 느껴지던 아픔이 사라지자 신기하다는 듯 네미니스를 보았다.

아들의 몸에서 상처가 없어지는 것을 본 파들로 부인은 안도의 한숨을 쉬었다. 그녀는 아이의 머리를 살짝 쓰다듬어 넘기고는 네미시스를 향해 말했다.

"카리나스 파들로입니다. 소이파 파들로의 아들로, 당신이 말씀하시는 카렌의 후손이 맞습니다."

"과연 틀림없군. 카리나스라, 좋은 이름이다. 강한 힘을 내포하고 있군."

파들로 부인이 정식으로 자신의 아이를 소개하자 네미니스는 드래곤 특유의 성명학에 의거해 아이의 이름을 분석하고는 중얼거렸다. 드래곤에게 붙여도 좋을 정도로 강력한 룬어의 조합으로 이루어진 이름이었다.

　한편 칼은 신기하다는 듯 초롱초롱한 눈으로 네미니스를 보았다.

　"와, 신기하네요. 아저씨가 절 치료해 준 건가요?"

　"그렇다."

　"전 치료 마법은 처음 봐요! 마법사도 한 번밖에 본 적 없지만요."

　다섯 살답지 않게 똑똑해 보이는 칼의 말투에 네미니스는 손으로 칼의 머리를 쓰다듬었다. 지금은 유희 중이라고 할 수 없지만, 그래도 친구의 후손이니 조카라고 할 수 있었다. 인간의 형태일 때의 습관이 자연스럽게 나왔다.

　"아저씨는 누구세요? 어머니를 찾아온 사람은 처음인데……."

　칼은 머리를 쓰다듬은 네미니스가 상당히 좋아진 듯 열심히 물었다.

　'혹시 어머니의 친척이세요?'

　굳이 말로 하지 않아도 아이의 얼굴에는 이런 질문이 또렷이 쓰여 있었다. 네미니스는 기대감에 찬 아이의 얼굴에 자신도 모르게 미소를 짓고는 한결 더 부드러워진 어조로 말했다.

　"네 아버지와 아는 사이다. 그가 죽기 전에 나는 한 가지 약속을 했지."

　"무슨 약속인데요?"

　"네가 크면 네 부탁을 하나 들어주기로 했단다."

　"와! 정말요?"

　"그래, 원하는 것이 있니?"

　네미니스는 미소를 지으며 말했다.

　사실 방금 전까지 모친인 파들로 부인에게 소원을 말하라고 했지만 아이를 직접 보고 나니 약간 생각이 바뀌었다.

아이의 소원과 모친의 소원을 모두 듣고 좋은 쪽으로 들어주기로 했다. 여차하면 둘 다 들어줄 수도 있다.

함부로 남의 소원을 들어주는 것이 금지된 드래곤이지만 어차피 그는 죽을 때까지 레어에서 못 나오는 몸, 이런 자잘한 규칙은 얼마든지 어겨도 된다.

'차라리 잘된 셈인가?'

네미니스는 속으로 생각하며 씁쓸한 웃음을 지었다. 그의 무모한 행동으로 인해 이들에게 해줄 수 있는 일이 늘어난 셈이다. 총명해 보여도 아이는 아이, 칼은 별로 고민도 하지 않고 단박에 소원을 말했다.

"마법을 가르쳐 주세요!"

"응? 마법?"

"예, 방금 전에 저를 치료한 거요."

"아, 신성 마법 말이구나."

네미니스는 그렇게 말하며 파들로 부인을 보았다. 파들로 부인은 고개를 살짝 끄덕여 동의했다.

"흠, 어디 보자."

파앗!

네미니스의 손에서 다시 하얀 섬광이 일었다. 아이는 눈이 부신 듯 급히 눈을 감고 고개를 숙였다. 그러나 곧 신기하다는 듯 그 손을 보았다. 어느새 하얀빛은 흔적도 없이 사라져 버렸다.

"그건 뭐예요?"

"너의 몸을 검사한 거란다. 그런데 안 되겠구나. 넌 마법에 대한 재능이 없어."

"예에? 그런 게 어디 있어요?"

칼은 아이다운 배신감을 표현하며 목청을 높여 되물었다. 분명히 소원을 이루어준다고 해놓고 지금 와서 안 된다니, 그런 법이 어디 있는가? 어린 소년의 표정에는 그런 감정이 확연히 드러나고 있었다.

네미니스는 과자를 달라고 졸라대다 거절당한 듯한 아이의 표정에 절로 웃음이 나왔지만 겉으로는 단호하게 고개를 저었다.

"이건 어쩔 수 없다. 흑마법이 가능한 사람은 천 명에 한 명 정도밖에 없거든. 마나의 재능이 없는 사람은 아무리 노력해도 마법을 사용하지 못하지."

"그런!"

"신성 마법도 마찬가지다. 신관이 된다고 해서 다 신성 마법을 쓸수는 없지. 천 명에 한 명 정도만이 신성력에 반응을 하거든."

"그렇군요. 전 마나도 신성력도 쓸 수 없는 거군요."

칼은 금방 풀이 죽어 고개를 툭 하고 숙였다. 무엇인가를 할 수 없다는 것은 아이에겐 적지 않은 충격이었다.

네미니스는 어쩔 수 없다는 듯 다시 고개를 흔들었다. 사실 아이에게 마법을 쓸 수 있게 하는 방법은 있다. 그러나 그런 방법을 쓰면 그때부터 이 아이는 인간이 아니게 된다. 무조건 쓰게 해달라고 억지를 쓴다면 약속한 것이 있으니 어쩔 수 없지만, 그런 상황이 아닌 이상 친구의 후손의 몸을 개조하고 싶지 않은 네미니스였다.

"그럼 저에게 검법을 가르쳐 주세요!"

"검법?"

칼은 회복이 빨랐다. 언제 풀이 죽었냐는 듯 다시 고개를 들고 눈을 반짝반짝 빛내고 있었다. 마법을 쓰는 사람에게 검법을 가르쳐 달라는 것이 과연 상식적으로 말이 되는지는 아이에겐 생각할 필요도 없었다.

"저, 칼, 검법보다는 학문이 좋지 않겠니?"

이번에는 파들로 부인이 끼어들었다. 그러나 칼은 생각할 필요도 없이 고개를 파파팍, 하고 세차게 저었다.

"글자는 엄마가 가르쳐 줄 수 있잖아요. 난 강해지고 싶어요!"

"강해진다라, 과연 그렇군."

네미니스는 칼을 보았다. 칼의 눈동자 속에는 강렬한 열망이 나타나 있었다. 부친인 소이파와는 전혀 다른 눈, 마치 카렌이 되살아나 아이가 된 것 같았다.

"어째서 강해지려고 그러지? 그리고 얼마나 강해지고 싶지?"

"강해지면 좋잖아요! 많이요!"

"넌 지금 얼마나 강하지?"

"그건……."

칼은 말문이 막힌 듯 말끝을 흐리며 어려운 질문을 하는 네미니스를 원망스러운 눈으로 보았다. 그러나 이 정도 관문은 통과해 보이겠다는 듯 필사적으로 머리를 굴렸다.

"아까 무기점의 맥스하고 싸워서 이겼어요! 이 동네 애들 중에 저보다 센 놈은 없다구요."

"어머, 너, 맥스하고 싸웠구나!"

"아, 그, 그게요. 그 애가 먼저 재키를 괴롭혔어요. 제 친구 말이에요."

엄마의 개입을 미처 생각지 못한 칼은 당황해서 얼른 변명을 했다. 평소 변명을 잘 안 하는 성격의 칼이지만 엄마에게는 한없이 약해질 수밖에 없었다.

"그래서 그렇게 피투성이가 됐구나. 맥스, 세 살이나 어린 애를 이렇게 때리다니!"

파들로 부인은 드디어 아들을 때린 사람이 누군지 알았다는 듯 팔을 부르르 떨었다. 방금 전 칼의 모습은 여덟 살 난 아이와 싸웠다고는 보기 힘들 정도로 심했던 것이다. 동네 꼬마들의 대장 격인 맥스이지만 다섯 살 난 아이에게 너무했다고 파들로 부인은 생각했다.

그러나 칼은 고개를 저었다.

"걔는 이겼는데요, 치사하게 폴이 애들을 8명이나 데려와서 덤볐어요. 저번에 졌다고 복수를 한다고요."

"폴? 폴그린 상회의 아들 폴 말이니? 언제 그 애와도 싸웠어?"

어머니는 아이가 밖에 나가서 벌인 일을 처음 알았다. 그녀는 기겁을 했다.

폴그린 상회는 스틸문에서도 제법 알려진 중형 상회로, 평민이지만 거의 귀족에 가까운 지위를 가지고 있었다.

폴은 그곳 상회 주인의 차남으로 올해 7살, 아이답지 않게 거만하고 다른 애들을 괴롭히는 성격을 가지고 있었다.

하지만 그렇다고 해도 상회의 차남과 싸웠다는 것은 파들로 부인에게는 크게 놀랄 만한 일이었다.

"친구를 괴롭히는 놈은 용서할 수 없어요!"

칼은 항의를 하듯 크게 외쳤다. 아직 세상의 험난함을 모르는 아이의 치기 어린 목소리였다. 파들로 부인은 그 어린아이의 기백에 쉽게 말을 하지 못했다. 그저 머릿속으로 어떻게 이 아이를 달랠 수 있을까 하고 고민했다.

"재미있군. 넌 확실히 강하다. 그러나 그만큼 위험하기도 하지."

네미니스는 웃었다. 누군가에게 많이 듣던 대사를 아이에게서 들었다. 그것이 네미니스를 상당히 기쁘게 했다.

"잘 생각해 봐라. 네가 싸움만 하면 너의 어머니를 지킬 수 있을까? 어머니를 행복하게 할 수 있을까?"

"그건……."

칼은 대답을 하지 못하고 고개를 숙였다. 어린 칼이지만 자신이 싸움만 하면 어머니가 슬퍼한다는 것 정도는 알고 있었다.

그래서 가능한 한 싸우지 않고 조용히 살려고도 했다.

그러나 같이 놀던 친구들이 나이 많은 애들에게 용돈을 빼앗기는 것을 보면 눈이 뒤집힌다. 그래서 칼은 동네 애들과 매일같이 싸웠다.

네미니스는 그런 칼에게 다시 물었다.

"넌 검법을 배워서 어떻게 할 생각이지? 폴과 그 애가 데려온 아이들에게 복수를 할 건가?"

"아니요. 그냥 걔네들이 아무리 많아도 감히 덤비지 못할 만큼 강해지고 싶어요. 그럼 안 싸워도 되잖아요. 제 친구들도 용돈을 빼앗기지 않고 끝나고요."

"쉽지 않은 일이다."

"세상에 쉬운 건 없다고 엄마가 말씀하셨어요."

말도 잘한다. 네미니스는 속으로 그렇게 중얼거렸다. 그리고는 품속에서 한 권의 책을 꺼내 파들로 부인에게 내밀었다. 파란 양피지 표지에 더욱더 진한 파란색으로 제목이 적혀 있는 책이었다.

참영검, 읽을 수는 있지만 그 단어가 가지는 뜻을 알 수는 없었다. 파들로 부인은 그것을 받아 들고는 고개를 갸웃하며 물었다.

"이것은 무엇입니까?"

"검법서다. 지금은 세상에 모습을 드러내지 않지만, 이 라시아 대륙에 마나를 이용한 검법을 퍼뜨린 슘족의 것이다. 그들의 언어는 독특하지. 섀도우 배인(그림자를 죽인다)이라는 뜻이다."

"슘족의 검법서⋯⋯."

전설에 내려오는 슘족에 대해서는 파들로 부인도 알고 있었다. 그러나 그들은 세상에 나오지 않은 지 수천 년이 지났다. 실제로 있었다니! 그녀는 자신이 손에 들고 있는 검법서를 감동 어린 눈으로 보았다.

하지만 실제로 슘족하고 만난 적이 있는 네미니스는 당연하다는 듯 말을 이었다.

"다른 사람에게는 보이지 않는 것이 좋을 것이다. 아이에게 글을 가르쳐라. 그리고 그걸 익히게 해라. 앞쪽에 있는 호흡법은 그대도 익히는 것이 좋다."

"꼭 아이에게 검법을 익히게 해야 할까요?"

파들로 부인은 여전히 칼이 무인으로 성장하는 것을 탐탁지 않게 여겼다. 가능하면 학자가 되어 평온하게 일생을 보내게 하고 싶었다.

그러나 네미니스는 고개를 저었다. 그리고 선언하듯 말했다.

"이 아이는 카렌의 후손이다. 성격이 그와 판박이처럼 닮았으니 아마 평범하게는 살 수 없을 것이다. 어떤 강자 앞에서도 당당해질 수 있을 정도로 강해지지 않으면 불행하게 된다. 그 점을 명심해라."

"그렇군요. 알겠습니다."

그동안 칼은 두 사람의 대화를 눈을 반짝이며 듣고 있었다. 특히 네미니스의 말을 들으면서 아이는 기뻐서 활짝 웃었다.

'어떤 강자 앞에서라도 당당해질 수 있을 정도로 강해진다!'

어머니를 설득하기 위한 네미니스의 이 말은 칼의 평생의 목표가 되었다.

"좋아, 아이가 16세가 되면 나에게 보내라. 혼자서 수련하는 것엔 한계가 있으니 내가 지도해 주지."

"위대하신 존재께서 직접 가르쳐 주신다니 영광입니다. 꼭 보내겠습니다."

"그렇게 해라. 그럼."

네미니스는 드디어 자신이 맹약의 굴레에서 벗어난 것이 기쁘다는 듯 미소를 지으며 그대로 몸을 돌려 문 쪽으로 걸어갔다. 이제는 규율에 따라 레어로 돌아가 죽을 때까지 나오지 않을 생각이었다.

레어 밖으로 나가는 것은 안 되지만 찾아오는 자를 거부할 필요는 없다.

10년 정도 지나면 칼이 찾아올 것이다. 그러면 그에게 검법을 가르치며 지루함을 달랠 수 있을 것이다.

'나쁘지 않군.'

네미니스는 자신의 생각이 상당히 훌륭한 것이라고 스스로 평가하며 조용히 집을 나섰다.

그날 이후, 칼은 파들로 부인과 함께 검법서에 적혀 있는 호흡법을 수련하기 시작했다.

동시에 글도 배웠다. 원래 공부하기를 별로 좋아하지 않는 칼이었지만 글을 모르면 검법서를 익힐 수 없다는 것을 깨닫고는 매우 열성적으로 공부를 하게 되었다.

*   *   *

"어?"

친구들을 만나기 위해 길을 걸어가던 칼은 누군가의 시선을 느끼고 사방을 두리번거리다가 자신을 똑바로 바라보는 한 쌍의 눈동자를 발견했다.

순간 칼의 표정이 환하게 밝아졌다. 그는 조심스러운 걸음걸이로 푸른 눈의 주인공에게 다가섰다. 다행히 상대는 칼을 두려워하지 않는 듯 그가 다가설 때까지 움직이지 않았다.

"와아, 이쁘다!"

야옹!

다섯 살 소년의 감탄에 대답이라도 하듯 고양이는 도도한 표정으로 새침하게 울었다. 윤기가 반지르르 흐르는 검은 털을 가진 작고 아름다운 고양이였다.

"리본이 특이하네?"

보통 고양이나 개한테 리본을 달아주는 것도 드문 일이지만, 머리나 목에 달지 저렇게 꼬리에 달린 건 처음 보았다. 칼은 무의식중에 고양이 꼬리 쪽으로 손을 뻗었다.

툭.

"어? 미안."

고양이는 칼의 행동이 마음에 들지 않는 듯 살짝 몸을 빼며 앞발로 칼의 손을 밀쳐 냈다. 칼은 자신도 모르게 사과의 말을 했다. 생각해 보니 동물들은 꼬리를 만지는 것을 좋아하지 않는다는 말을 들은 것 같았다.

어느새 칼은 친구들과 놀려던 생각을 까맣게 잊고 고양이와 친해지는 데 몰두해 있었다. 이 고양이는 매우 귀엽고 이쁠 뿐만 아니라 엄청나게 영리해서 마치 칼의 말을 다 알아듣는 것처럼 보였다.

"와아, 역시 있었구나!"

야옹!

칼이 기뻐하며 인사를 하자 고양이도 화답하듯 간단하게 울어 보였다. 칼이 손을 내밀자 고양이는 기다렸다는 듯 소년의 품 안에 얌전히 안겼다.

요 며칠간 고양이는 이렇게 같은 시간대에 나타나 칼과 놀고는 어디론가 가버리곤 했다. 집으로 데려가려 했지만, 고양이가 원치 않는 것 같아서 억지로 데려갈 수 없었다.

'엄마도 주인이 따로 있을 거라고 하셨지.'

리본도 그렇지만, 털과 겉 모양새를 들은 어머니는 상당히 잘사는 집의 고양이일 거라고 했다.

야옹!

"어, 벌써 가려구?"

고양이가 품에서 훌쩍 뛰어내리자 칼은 섭섭한 표정을 드러냈다. 평소보다 훨씬 이른 시간이다. 하지만 오늘은 달랐다. 평소 품에서 내려주면 담 위를 가로질러 순식간에 사라지던 고양이가 바로 앞쪽에서 무언가를 기다리는 듯 서 있다.

"아니야?"

칼은 고개를 갸웃거리며 고양이가 무얼 말하려는지 생각해 보았다.

야옹!

그 말에 대답하듯 고양이는 앞서 몇 걸음을 옮기고 따라오라는 듯 다시 뒤를 돌아 그를 보며 길게 울었다.

"나, 따라가도 되는 거야?"

야옹!

고개를 위아래로 흔들고는 다시 우아하게 걷기 시작하는 고양이의 뒤를 칼은 아무 생각 없이 따라가기 시작했다. 검은 고양이와 그 뒤를 따라 걸음을 옮기는 다섯 살 난 소년.

동화책에나 나올 법한 모습이 이상하게도 보이련만, 신기하게 그들의 모습에 신경을 쓰는 사람은 아무도 없었다.

꽤 오랜 시간 고양이를 따라가 도착한 곳은 무척 큰 대문 앞이었다.

휙, 턱.

"어?"

칼은 고양이가 다시 자신에게 안기자 아무 생각 없이 안아 들고는 문 안으로 들어섰다. 문 앞에 문지기인 듯한 남자들이 있었지만 고양이를 안고 들어가는 어린 소년을 막아서는 이는 아무도 없었다.

무사히 문을 통과한 고양이는 다시 땅에 내려서 앞장을 섰다.

"와아, 멋지다!"

고양이를 따라간 곳은 천국처럼 꽃이 만발한 작은 정원 안이었다. 아직 어린 소년답게 칼은 화려한 꽃들을 보기에 정신이 없었다.

"안녕?"

"어?"

칼은 갑작스럽게 자신에게 말을 걸어오는 사람을 보고 당황했지만 일단 배운 대로 행동했다.

"안녕하세요?"

"그래, 네로가 데려온 아이가 너니?"

"네로요? 아! 그 고양이 이름이 네로예요?"

그러고 보니 고양이가 보이지 않는다. 눈앞의 형은 아마도 그 고양이의 주인인 것 같았다.

로엔은 어린아이다운 순진함을 한껏 드러낸 칼의 모습에 자신도 모르게 미소를 지었다.

"난 로엔이야. 만나서 반갑구나."

"전 칼이에요. 원래 이름은 무지 긴데, 음, 카라나스 파들로예요."

잠시 망설인 칼은 자신의 풀네임을 말하고 스스로 뿌듯한 표정을 지었다. 혀가 잘 돌아가지 않는 나이다 보니 한 자도 틀리지 않고 이름을 말하기란 상당히 어려운 일이었고, 그걸 해냈으니 기분이 좋아진 것은 당연한 일이기도 하다.

그날부터 칼은 로엔을 형이라고 부르게 되었다. 로엔 형은 친절하게도 칼이 돌아가는 길에 마차를 준비해 집 근처까지 바래다 주게 했다.

"그 형 네는 폴 네 집보다 더 잘사는 것 같았다니까요."

"그러니?"

"네. 그리고 제가 공부하다가 몰랐던 걸 물어봤더니 친절하게 가르쳐 줬어요."

"그래, 잘되었구나."

장사를 하는 동안엔 칼을 가르칠 수 없다 보니 아들의 교육에는 시간이 턱없이 모자랐다. 칼의 말을 들어보니 상대는 고양이의 주인인 듯했고, 아이에게 악의는 없어 보였다.

'그래도 혹시 변덕이라고 생기면……'

아들이 마음에 상처를 받지는 않을까 두려웠다. 하지만 현실적으로는 칼이 그 형이라는 사람에게 놀러 가는 것을 막을 만한 특별한 이유가 없었기에 잠시 그렇게 지켜보기로 했다.

칼은 이후로도 거의 매일같이 그 '큰 저택' 에 드나들었다. 그리고 로엔 형뿐만이 아니라 거인 아저씨와 까만 아줌마, 똑똑한 아저씨 등등 새로운 이들을 알게 되었다.

그중에는 세상에서 두 번째로 아름다운 천사 누나도 있었는데, 그 누나의 등에 날개가 없다는 건 참 신기한 일이었다.

"흐흐흐, 역시 가이안은 신의 축복을 받았다니까."

칼이 일명 '똑똑한 아저씨'로 부르는 하이번은 입이 귀밑까지 찢어져 있었다.

미노를 멸망시키는 데 가장 큰 몫을 한 드래곤 네미니스의 제자가 될 아이이다. 그런 아이가 황궁을 제집 드나들 듯하고, 로엔을 친형처럼 생각하고 있다.

'인재가 굴러들어오다니……'

그러면서도 하이번은 이번 일을 벌인 티모라의 의도를 뚜렷이 읽고 있었다. 절대적으로 강한 존재인 흑사자, 그 삼촌의 후광이 없을 경우 로엔의 안전을 배려한 것일 게다.

이대로만 가면 가이안 제국의 제2대 황제는 드래곤의 제자를 의동생 겸 호위기사로 삼게 될 것이니 이보다 더 좋을 수 있겠는가?

세월이 흘러 칼은 네미니스의 레어로 가서 정식으로 그에게 검법을 배웠다.

네미니스는 칼에게 자신이 유희 중에 사용했던 강의 검법을 전수하고 다시 카렌의 마법 검법서까지 주었다.

그 결과, 그는 대륙에서 가장 강한 검호 중 한 명이 되어 제국의 기사 중 최고위를 뜻하는 프라임 나이트의 직위를 얻게 된다.

그리고 그가 결성한 기사단 '용전사'는 드래곤의 검법과 카렌의 마법 검법을 보유하여 무력만으로는 최강의 기사단이 되었다.

용전사단의 단장은 대대로 파들로 가문의 후계자가 역임했는데, 그들은 모두 16세가 되었을 때 어디론가 가서 10년간 수련을 한 뒤 나타났다고 한다.

네미니스는 그렇게 여생을 지루하지 않게 보낼 수 있었다.

가이안 제국 초중기에 가장 큰 힘을 발휘한 4대 기사단은 다음과 같다.

에고른이 결성한 블루 호크 궁기사단,

휴케바인이 초대 수장으로 있었던 포레스트 기사단,

카리나스를 시작으로 하는 용전사단,

소문으로만 존재하는 고스트 환영기사단.

이중에서 칼의 용전사단이야말로 최강의 전투력을 지녔다고 후대의 역사가들에 의해 평가되어진다.

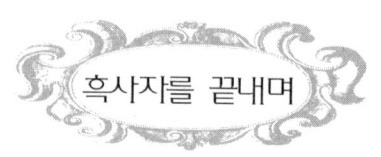

흑사자를 끝내며

또 하나의 이야기를 해내는 데 성공했습니다. 이것으로 네 번째 이야기입니다만, 언제나 그렇듯이 끝을 낸다는 것은 정말로 쉽지 않은 일입니다.

제가 소설을 쓰기 시작하면서 기본적으로 가져가는 테마는 하나입니다.

―노력하는 자가 성공한다.

가장 바쁘게 움직이고, 머리도 가장 열심히 쓴 사람이 이깁니다. 그것이 좋은 쪽인지 나쁜 쪽인지는 나중에 생각하기로 했습니다.

그리고 이긴 쪽이 주인공이 되는 것입니다.

결과적으로 제 소설의 주인공들 중 정말로 선하다고 할 수 있는 사람은 없었습니다. 적당히 사악하고, 때로는 전체보다 개인을 먼저 하고, 그러면서도 자신의 목표를 뚜렷하게 가진 사람입니다.

그런데 이번에 흑사자를 쓰면서 하게 된 생각은 전혀 다른 발상입니다.

―한 번도 노력하지 않고 모든 것을 얻은 자는 어떻게 될까?

이것입니다. 이런 사람이 주인공이 되어 사건을 진행하는 소설이 쓰고 싶어졌습니다.

　그리고 태어날 때부터 강하고, 노력하지 않아도 한 번도 지지 않은 사람은 과연 행복할까 불행할까에 대해서도 생각이 미쳤습니다.

　그래서 흑사자가 태어났습니다.

　나름대로는 심각하게 고민하고, 진지하게 사건을 구성하여 진행시켰습니다. 얼핏 보기에는 가벼워 보이면서도 내면의 무게를 중시하고 싶었습니다.

　하지만 끝을 내면서 다시 전체를 돌아보니 아직도 많이 모자라다는 생각이 드는군요.

　더욱 잘 쓸 수 있었다는 아쉬움이 계속해서 저를 괴롭힙니다. 하지만 그렇다고 해서 끝을 내지 않을 수는 없습니다.

　왜냐하면 새로운 글이 대기하고 있기 때문입니다. 다음번에는 더욱 잘 쓰겠다. 그런 결심이 저의 고뇌를 막아주는 가장 큰 방패입니다.

　모자란 글이지만 읽어주신 독자 분들께 감사의 말을 드리며 이만 줄이겠습니다.

2006년 날씨가 더워질 무렵
김운영 올림.

청어람 판타지의 재도약!!

혁신과 참신함으로 무장한
새로운 판타지 전문 브랜드의 탄생!

판타지계의 커다란 근간을 이뤄온 청어람 판타지 소설!
새로운 브랜드 「알바트로스」라는 커다란 날개를 달고
거대한 웅비를 시작합니다.

알바트로스는 판타지의, 판타지를 위한 개척자이자 도전자로 존재하겠습니다.

알바트로스는 형식적이고 나태해진 판타지계의 구습을 벗어나겠습니다.

알바트로스는 판타지계의 도약을 위한 든든한 날개 역할을 묵묵히 수행합니다.

알바트로스는 변화와 혁신을 통해 새롭게 태어날 환상 공간입니다.

알바트로스는 판타지를 아끼고 사랑하는 이들을 향한 청어람의 굳은 약속입니다.